KB115811

신중한 사람

이승우는 1959년 전남 장흥에서 태어나 1981년 한국문학 신인상에 「에리직톤의 초상」이 당선되어 등단했다. 소설집『구평목씨의 바퀴벌레』『일식에 대하여』『미궁에 대한 추측』『목련공원』『사람들은 자기 집에 무엇이 있는지도 모른다』『나는 아주 오래 살 것이다』『심인광고』『오래된 일기』, 장편소설『에리직톤의 초상』『내 안에 또 누가 있나』『태초에 유혹이 있었다』『식물들의 사생활』『생의 이면』『욕조가 놓인 방』『그곳이 어디든』『한낮의 시선』『지상의 노래』등이 있다. 대산문학상, 황순원문학상, 동인문학상 등을 수상했으며 다수의 작품이 독일어, 프랑스어, 일본어 등으로 번역되었다.

이승우 소설집

신중한 사람

초판 1쇄 발행 2014년 7월 4일
초판 5쇄 발행 2018년 9월 17일

지은이 이승우
펴낸이 이광호
펴낸곳 ㈜**문학과지성사**
등록번호 제1993-000098호
주소 04034 서울 마포구 잔다리로7길 18(서교동 377-20)
전화 02) 338-7224
팩스 02) 323-4180(편집) / 02) 338-7221(영업)
전자우편 moonji@moonji.com
홈페이지 www.moonji.com

© 이승우, 2014. Printed in Seoul, Korea
ISBN 978-89-320-2631-2 03810

이승우 소설집

신중한 사람

문학과지성사

2014

차례

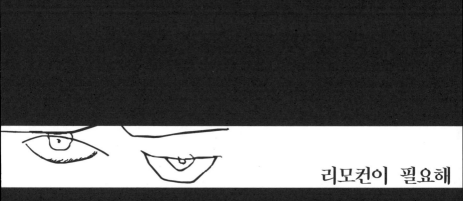

리모컨이 필요해

1

나를 깨운 것은 어떤 소리였다. 소리는 크고 불쾌하고, 너무 자주 틀어 닳아빠진 테이프에서 나는 것처럼 지지직거렸다. 나는 반사적으로 벌떡 일어나 소리 나는 곳을 향했다. 턱을 치켜들어야 하는 곳에 붙어 있는 텔레비전이 눈에 들어왔다. 텔레비전에서 내비치는 빛 때문에 방 안이 흐릿하게 밝았다. 손수건만 한 브라운관 텔레비전의 화면은 화질이 좋지 않았다. 무수히 많은 자잘한 반점들이 불안정하게 점멸하고 굵은 물결무늬가 위에서 아래로 흘러내렸다. 무수히 많은 반점들과 흔들리는 물결무늬를 헤치고 어떤 형상인지를 인식하는 것이, 잠에서 채 벗어나지 않은 내 눈으로는 불가능했다. 어떤 방송인지는 중요하지 않았다. 내 잠을 깨운 크고 불쾌하고 지지직거리는 소리를 치우는 것이 급했다. 나는 주변을 더듬으며 리모컨을 찾았다. 손에 잡히는 게 없었다. 여기저기 둘러보았지만 리모컨은 보이지 않았다. 침대 밑에는 벗어놓은 옷들과 손목시계와 핸드폰이 떨어져 있었다. 리모컨은 없었다. 상황을 파악하는 데는 약간의 시간이 필요했다. 침대에 비스듬히 누워 마감 뉴스를 보다가, 리모컨도 없다니, 이거 너무하는 거 아냐, 하고 투덜거리며 게으르게 몸을 일으켜 침대 위에 선 채로 전원을 끄고 잠들었던 지난밤 일이 떠올랐다. 나는 지난밤과 마찬가지로, 리모컨도 없다니, 이거 너무하는 거 아냐, 하고 투덜거리며, 그러나 지난밤과는 달리 민첩하게 몸을 일으켜 텔레비전의 전원을 껐다. 침대가 삐거덕 소리를 내며 요란하게 출렁였기 때문에 내 몸은 침대 위에서 불안하게 뒤뚱거렸다. 잠이 덜 깨서 그러기도 했겠지만 하마터면 중심을 잃고 넘어질 뻔했다. 텔레비전 화면이 사라지자 세상은 곧 조용해졌고, 깜깜해졌다. 내가 일어나기 전의 세상이 이렇게 조용하고 깜깜했겠구나, 생각하니 마음이 을씨년스러워졌다. 나는 침대 밑에 떨어져 있는 손목시계를 집어 들었다. 야광 시곗바늘이 5시를 가리키고 있었다. 아, 이런! 나는 시계를 집어 던지고 이불을 끌어당겼다. 강의는 오후 5시에 예정되어 있었고, 선배의 사무실에서 만나기로 한 시간은 3시였다. 내가 묵고 있는 여관에서 문화콘텐츠진흥원까지는 버스로 30분 걸린다고 했다. 버스를 기다리고 버스에서 내려 걷는 시간을 감안한다고 해도 한 시간 정도 여유를 두고 출발하면 넉넉할 것이었다. 그렇다고 그 시간까지 잠을 자겠다고 작정한 건 물론 아니었다. 나는 눈이 뜨이는 대로 여관 근처 식당에서 밥을 먹고 시내를 좀 걸어 다닐 생각이었다. 설마 이렇게 일찍 눈이 뜨이리라고 예상하지는 못했었다. 나는 이 도시가 처음이었다. 나를 부른 선배는 무엇보다 음식 자랑을 했다. 어느 식당이나 그냥 들어가면 된다. 아무거나 시켜도 된다. 다 맛있다. 선배는 또 도심 한복판을 지나 흐르는 강과 강을 가로지르는 아치형의 다리에 대해 이야기했다. 강의 폭이 적당하다. 너무 좁으면 볼품없고 너무 넓으면 정나미 떨어지는 게 강폭인데, 여기 건 딱 알맞다. 물 구경하며 강 따라 걷는 재미가 보통 아니다……음식과 강과 강을 가로지르는 다리 때문에 이 도시에 온 것은 아니다. 그거 은근히 유혹적인데요, 하고 선배가 말한 이 도시의 음식과 강과 강을 가로지르는 다리에 부쩍 관심이 있는 것처럼, 그것이 그의 제안에 응하는 가장 솔깃한 요인인 것처럼 받긴 했지만, 그건 본심을 숨기기 위한 제스처였고, 그것이 제스처라는 걸 선배도 모를 리 없다고 나는 생각했다. 왜냐하면 그런 제스처를 쓰도록 유도한 것은 실은 선배였기 때문이다. 굳이 그럴 필요가 없는데도, 그는 나에게 전화를 걸어서 미안하다는 말부터 했다. 기차 타고 내려오는 데 네 시간이 걸리고 강사비가 얼마 되지 않아 이런 부탁하는 게 민망하다고 했지만 꼭 그 때문만은 아니었을 것이다. 그는 나에게 필요한 것이 안정된 일자리라는 걸 알고 있었다. 하긴 누군들 그러지 않겠는가. 나에게 그런 기회가 없었던 것은 아니지만 잡지 못했고, 앞으로는 더 잡기 어려우리라는 것도 그는 알고 있었다. 그리고 나는 그가 나에게 안정된 자리를 제공해줄 수 있는 자리에 있지 않다는 걸 알고 있었다. 그러므로 그는 민망해하거나 미안해할 이유가 없었다. 그가 민망해하고 미안해했기 때문에 나는 아무렇지 않은 척해야 했다. 그는 이십대의 취업난을 해소하기 위해 시에서 기획한 취업 강좌의 한 부분을 맡아줄 수 있느냐는 말을 하기 위해 이 도시의 음식과 도심을 가로지르는 적당한 폭의 강과 강을 가로지르는 다리를 장대로 이용했다. 편집자를 위한 글쓰기 교육이라니. 그렇지만 나는 아무렇지 않은 것처럼 그 장대를 잡았다. 노는 것보단 낫지 뭐, 하는 말은 그도 하지 않았고, 나도 하지 않았다.

　나는 하루에 일곱 시간은 자야 한다고 생각하는 사람이다. 무슨 근거가 있는 것은 아니다. 그냥 그 정도를 자야 몸과 마음이 쾌적하다. 지난 밤에는 새벽 1시 무렵에 잠들었으니까 네 시간밖에 자지 않은 셈이다. 적어도 세 시간은 더 자고 일어나야 한다고 생각하며 나는 다시 눈을 감았다. 두꺼운 커튼이 쳐진 방 안은 캄캄하고 조용했다. 잠들기 좋은 조건이었다. 그러나 한번 달아난 잠은 다시 찾아올 기미를 보이지 않았다. 오히려 의식이 더 선명해졌고, 그러자 나를 깨운 텔레비전 소리에 생각이 모였다. 텔레비전 소리에 생각이 모이면서 의식이 선명해졌다고 해야 할지 모르겠다. 도대체 저 텔레비전은 왜 그 시간에 느닷없이 켜진 것일까. 누군가 켜지 않았다면 스스로 켜졌다고 단정할 수밖에 없는데, 나 아닌 누군가가 내 방의 텔레비전을 켰다는 것도 텔레비전이 저절로 켜졌다는 것도 이해할 수 없는 일이었다. 나는 벌떡 몸을 일으키고 불을 켜고 무릎걸음으로 걸어 텔레비전 가까이 다가갔다. 텔레비전은 벽에 못질을 해서 만든 선반 위에 놓여 있었다. 선반은 두 개의 쇠막대가 받치고 있어 불안하지는 않았다. 쇠막대가 아니라도 선반 위에 놓인 텔레비전의 몸집이 워낙 작아서 가뿐히 지탱할 수 있을 것 같았다. 앞으로 불거져 나온 브라운관의 표면에는 먼지가 자욱해서 흐리멍덩해 보였다. 음량과 채널, 메뉴, 전원 표시 버튼이 아래쪽에 젖꼭지처럼 붙어 있었다. 나는 그것들을 조사관처럼 꼼꼼히 살피다가 조심스럽게 전원 버튼을 눌렀다. 수없이 많은 자잘한 반점들과 흔들리며 아래쪽으로 움직이는 굵은 물결무늬가 다시 나타났다. 음질이 나쁘기도 했지만 소리가 너무 커서 내용을 알아듣기가 어려웠다. 소리를 줄였더니 목청을 높이는 설교자의 모습이 보였다. 음량이 아니라 음질이 나빠서 설교 내용은 잘 전달되지 않았다. 채널 번호는 35번이었고, 기독교 계통의 방송인 듯했다. 잠들기 전에 마지막으로 본 방송이 MBC의 마감 뉴스였다는 사실을 상기했다. 나는 기독교방송을 본 적이 없었다. 엉뚱한 채널의 방송이 엉뚱한 시간에 제멋대로 켜진 것이다. 어떻게 된 것일까. 내가 잠든 사이에 누군가 침입했다고 생각할 수는 없었다. 그래도 혹시 하고 방문을 확인했지만 문고리는 제대로 걸려 있었다. 누군가 들어왔다면, 어떻게 들어왔든, 문고리를 걸어놓은 채로 나갈 수는 없었을 것이다. 나는 메뉴 표시 버튼을 눌렀다. 영상과 화질을 점검할 수 있는 기능이 나타났다. 그러나 나는 그것들을 어떻게 조절하는지 알지 못했다. 한 번도 그런 걸 만져본 적이 없었다. 이것저것 눌러봤지만 화면에는 어떤 변화도 생기지 않았다. 손바닥으로 몇 번 때려보아도 마찬가지였다. 리모컨이 있어야 하는데, 하는 생각만 났다. 아, 이런. 리모컨이 없다니! 리모컨도 없다니! 주문처럼 투덜거리기만 하는 내가 한심하게 여겨졌다.

일주일은, 집을 떠나 지내는 시간으로는, 길지는 않지만 짧다고 할 수도 없는 시간이었다. 선배는 젊은이들의 취업난에 대해, 특히 지방에 소재한 대학 졸업생들의 취약한 경쟁력과 취업률에 대해 이런저런 이야기를 한 다음, 희망하는 젊은이들의 신청을 받아 단기간에 집중해서 효과를 낼 수 있는 실용적인 강좌를 시의 예산으로 특별히 열었노라고 했다. 오후 5시부터 하루에 두 시간씩 일곱 번 강의를 해야 한다고 했다. 식사는 밖에서 해결한다고 해도 숙박이 문제였다. 선배가 자기 집에 빈방이 있다는 말을 하긴 했지만, 내가 정말로 그 집에 들어와 지낼 거라고 생각하고 권하진 않았을 것이다. 그렇게 생각했다면 빈방 있다는 말을 꺼내지 않았을 거라는 생각이 들었으므로 나는 그 문제는 내가 알아서 할 테니까 신경 쓰지 말라고, 그렇지 않으면 외려 내가 불편해서 갈 수 없다고 말했다. 선배는, 네가 불편하다면 어쩔 수 없지, 그럼 그렇게 해, 하고 모양 좋게 물러났다. 내가 알아서 해야 할 문제였다. 매일 밤 후미진 골목의 여관을 찾아 들어가는 것이 모양 사납다는 생각이 들긴 했지만 나로선 다른 방법이 없었다. 이 도시에 도착하자마자 숙박비가 그다지 비쌀 것 같지 않아 보이는 여관을 찾아 들어갔다. 교통비를 얹어준다고는 했어도 강사비가 얼마나 될지 짐작하기 어려운 데다가 선배 말마따나 차비에 숙박비에 식사비를 제하고 나면 남는 게 있을지 은근히 걱정스러웠기 때문이다. 내가 터미널에서 가까운 골목에 있는 여관을 찾아 들어간 시간은 저녁 9시쯤이었는데, 전당포 창구처럼 생긴 조그만 유리문 안쪽의 어두침침한 방에서 밥을 먹으며 텔레비전을 보고 있던 트레이닝복 차림의 중년 남자는, 혼자예요? 하고 물었고, 나는 그렇다고 대답했다. 그는, 자고 갈건가요? 하고 물었고, 나는 그렇다고 대답했다. 그는 음식물을 씹느라 입을 오물거리면서 일회용 칫솔과 면도기를 내밀었다. 나는 필요하지 않다는 뜻으로 손을 내젓고는 좀 조용하고 깨끗한 방을 달라고 요구했다. 다 똑같아요, 하고 심드렁하게 말하며 남자는 모기를 쫓는지 오른손으로 자기 목 주변을 찰싹, 소리 나게 때렸다. 나는 다 똑같다는 그의 말을 특별히 조용하고 깨끗한 방은 없다는 뜻으로 받아들였다. 조용하고 깨끗한 방을 원하는 사람이 이런 골목으로 찾아왔느냐고 힐난하는 것 같기도 했다. 나는 토막 난 자처럼 생긴 굵은 플라스틱 막대에 매달린 305호 열쇠를 바라보며 앞으로 일주일 동안 묵을 예정이니 이 방을 다른 사람에게 주지 말라고 요청했다. 남자가 힐끗 한 번 쳐다보고는, 방은 많아요, 하고 받았다. 나는, 되도록 이 방 저 방 옮기지 않고 한군데서 지내고 싶어서요, 하며 웃어 보였는데, 남자는 건성으로, 그러세요, 하고는 쪽문을 닫았다. 약속을 했다기보다 약속할 일이 아니라고 무시하는 인상이 강했다. 어떤 일로 이 도시에 왔는지, 어디서 왔는지, 왜 일주일인지 알고 싶어 했다면 아마 귀찮았을 것이다. 그렇지만 그랬더라면 나는 내 이야기를 할 기회를 얻었을 것이고, 되도록 안정감 없이 떠돌아다니는 것 같은 기분을 피하고 싶은 내 심정을 이해시킬 수 있었을 것이고, 305호를 다른 사람에게 주지 말라는 내 쑥스러운 제안도 덜 쑥스럽게 전달할 수 있었을 것이다.

나는 텔레비전 앞에 선 채로 일일이 버튼을 눌러 모든 방송 채널을 확인했다. 어떤 채널에서는 조금 오래 머물러 있기도 했지만 거의 대부분 바로바로 돌렸다. 어쩌자는 작정이나 혹시 하는 기대도 없었다. 잠은 오지 않는데 그냥 일어나버리기에는 너무 이른 시간이었다. 바둑판이 나오고 야구장의 치어리더들이 지나가고 말을 탄 조선시대 장수가 나오고 음악방송이 지나가고 교육방송이 나오고 성인전용채널이 지나갔다. 뉴스를 전하고 드라마를 하고 날씨를 알리고 토크쇼를 하고 섹

스를 하고 축구 중계를 하고…… 새벽에도 텔레비전 안에서는 모든 일들이 벌어지고 있었다. 세상에서 일어나는 모든 일들이 일어나고 있었다. 그러나 잠을 자야 한다는 생각을 없애버릴 정도로 구미를 당기는 프로그램은 없었다. 그만 자야지, 하면서도 나는 채널 바꾸는 일을 계속하고 있었다. 제법 시간이 흘렀을 거라고 짐작하고 시계를 봤는데, 고작 10분이 지나 있었다. 나는 고개를 절레절레 흔들며 텔레비전의 전원을 끄고 침대로 돌아와 누웠다. 일곱 시간은 자야 한다고 중얼거렸다. 세상은 조용하고 캄캄했다. 잠들기 좋은 환경이었다. 그러나 잠은 쉽게 찾아오지 않았다. 설핏 잠이 들었다가 내용이 파악되지 않는 꿈의 자락을 들치며 깨어나기를 몇 번이나 반복했다. 긴 시간 동안 여러 가지 사건이 일어나는 꿈을 꾸다 깨었는데도 10분, 20분밖에 지나지 않은 걸 확인하면 화가 났다. 낯선 도시에서의 첫 밤이라 그럴 수 있었다. 여관방의 상태도 쾌적하지 않았다. 방 안은 건조했고 냄새가 났고 침대는 조금만 움직여도 출렁거렸다. 조용하고 캄캄했지만 그것 말고 잠들기 좋은 조건은 없었다. 그런데도 나는 텔레비전 탓을 하고 리모컨 탓을 했다. 그 시간에 텔레비전이 켜질 게 뭐람. 누가 그 시간에 텔레비전이 켜지게 해놓은 거야. 리모컨은 또 왜 없는 건데……

자는 것도 아니고 자지 않는 것도 아닌 상태로 그 방에서 8시 30분까지 버텼다. 어쨌든 일곱 시간은 침대 위에 누워 지낸 셈이라고 안도하며 일어나 샤워를 하고 밖으로 나갔다. 전당포 창구를 연상시키는 유리문은 닫혀 있었다. '열쇠는 여기에 두고 가세요'라는 글씨 아래 흰 바구니가 보였다. 나는 투명 막대가 달린 열쇠를 바구니에 놓았다가 도로 꺼내 가방에 넣었다. 주인이 나를 위해 305호를 남겨둘 거라는 믿음이 생기지 않아서였다. 그 방이 마음에 든 건 아니지만 하룻밤 자고 바로 방을 바꾸고 싶지는 않았다. 다 똑같다고 했던 여관 남자의 말이 그런 결정을 하는 데 도움을 주었을까. 더 좋지 않다면 더 나쁘지도 않을 것이다. 다만 텔레비전과 리모컨 이야기는 꼭 해야 할 것 같았다. 나는 창문을 노크하고 그 앞에 멈춰서서 인기척을 살폈다. 그러나 아무 소리도 나지 않았다. 나이차가 많이 나 보이는 남자의 팔을 끼고 엘리베이터에서 내린 젊은 여자가 익숙한 동작으로 열쇠를 바구니에 떨어뜨리고 나갔다. 나도 그들을 따라 여관을 나왔다.

2

다음 날은 여관방에 늦게 들어갔다. 강의가 오후 7시부터 9시까지 있었고, 개강을 기념하는 술자리가 9시부터 11시 30분까지 있었다. 선배는 어디서도 먹어볼 수 없는 음식을 맛보게 하겠다며 강의 시작 전에 저녁을 사고 강의 후의 술자리에도 참석했다. 주로 해산물을 이용해 굽고 조리고 무치고 끓인 이 도시의 음식들은 그러나 나에게 별다른 감흥을 주지 않았다. 내가 먹은 음식이 맛없었다는 뜻은 아니고, 요리 솜씨가 형편없었다는 뜻은 더욱 아니다. 그런 차원의 말이 아니다. 내가 말하려는 것은 말 그대로 맛을 느끼지 못했다는 것이다. 어떤 음식에서도 맛을 느끼지 못하게 된 것이 언제부터인지 모르겠다. 배가 고프니까 배를 채우려고 음식을 먹지만 맛을 즐기지는 못한다. 맛에 대한 기대가 사라지고 없다. 선배가 이 도시의 음식에 대해 극찬을 늘어놓았을 때 혹시 하는 기대가 조금 솟은 것은 사실이다. 저렇게까지 말한다면 무언가 특별한 것이 있을 것이다. 그 특별한 것이 내 입에 맛을 넣어줄 것이다…… 그러나 아무 식당이나 들어가도 후회할 일이 없기 때문에 식당을 고를 필요가 없다는 이 도시에서도 손꼽히는 맛집이라는 그 유명 음식점의 어떤 음식도 내 미각을 돌아오게 하지는 못했다. 나는 나에게 실망하지 않았다. 그렇지만 적극적인 어떤 반응인가를 기대하는 선배에게 심드렁한 모습을 보일 수는 없었다. 권하는 대로 맛있다며 이것저것 먹어댄 끝에 포만감으로 불쾌해졌다. 음식은 그럴 수 있었다. 그러나 도심을 가로지르며 흐른다는 그 멋진 강과 그 강을 가로지르는 다리에서조차 아무런 감흥도 느끼지 못할 수 있다는 생각을 하자 피곤하고 겁이 났다. 과도하게 미안해하는 제스처를 앞세움으로써 의도와는 달리 자신과 내 처지의 차이를 부각시키는 선배가 불편하기도 했지만, 강변에 가서 한잔 더 하자는 청을 거절하고 그냥 숙소로 돌아간 것은 아마 그 영향이 컸을 것이다.

자정이 넘은 시간의 여관 골목은 적막했다. 한쪽 귀퉁이가 부서진 아크릴 간판 안의, 죽은 날파리들과 매연과 먼지들에게 오랫동안 시달림을 당해온 것이 분명한 형광램프를 한참 동안 바라보고 서 있다가 그 한심한 몰골에 공연히 울화가 치밀어서 충동적으로 길바닥에 떨어져 있는 깡통을 집어 던졌다. 돌이 옆에 있었다면 돌을 던졌을 것이다. 내가 겨냥하고 던진 깡통은 간판을 한참 벗어나서 멀찌감치 떨어졌다. 나는 주변을 두리번거렸고 바닥에 떨어져 있는 우유팩을 찾아 들었다. 이번에도 내가 던진 우유팩은 과녁을 맞추지 못했다. 기분이 언짢아진 나는 던질 만한 물건을 찾아 이리저리 서성였다. 몇 발자국 떨어진 곳에 벽돌 조각이 보였다. 골목으로 걸어 들어오는 구두 발자국 소리가 들리지 않았다면 벽돌 조각을 집어 들었을 것이고 애꿎은 간판을 향해 던졌을 것이다. 하이힐을 신은 짧은 치마의 여자가 내 옆을 스쳐 여관 안으로 쑥 들어갔다. 나는 귀퉁이가 부서진 아크릴 간판 속의 비쩍 마른 형광 램프를 바라보며 누군가 나 같은 사람이 밤중에 돌을 던졌을 것이고, 나와 달리 명중시켜서 깨뜨려놓았을 거라는 생각을 하며 여관 문을 열었다.

입구는 침침했고 유리문 안은 어제와 달리 캄캄했다. 닫힌 문 안쪽에는 커튼이 쳐져 있었다. 계단을 올라가는 여자의 하이힐 소리가 들렸다. 나는 잠시 계단 쪽에 시선을 주고 있다가 유리문을 두드렸다. 인기척이 나기를 기다리는 동안 내 가방 안에 305호 열쇠가 들어 있으며, 그러므로 굳이 문을 두드릴 필요가 없다는 생각을 했다. 그냥 올라가려고 몸을 돌려 한 발짝 내딛는데 커튼 젖히는 소리가 났다. 이어서 깜박거리며 방 안의 불이 켜졌다. 방 드릴까요? 유리문을 열고 밖으로 얼굴을 내민 남자가 하품을 깨물었다. 자다가 일어난 얼굴이었다. 나는, 제가 잠을 깨웠군요, 미안합니다, 하고 꾸벅 인사를 했다. 남자는 내 인사는 받지도 않고 굵은 목덜미를 긁으며, 혼자예요? 하고 물었다. 아무래도 그가 피부병이 걸렸을지 모른다는 생각이 들었다. 나는 얼굴을 찡그리며 305호에 투숙하고 있는 사람이라고 말하고는 가방에서 열쇠를 꺼내 보였다. 남자는 하려는 말이 바로 떠오르지 않는지 크게 뜬 눈을 깜박거리며 팔을 앞으로 뻗었다. 이어서 헝클어진 머리를 여러 차례 쓸어 넘겼는데 그 모습은 정신을 다잡기 위해 잠을 쫓으려는 것처럼 보였다. 이 사람, 열쇠를 반납해야지, 그냥 가지고 가면 어떻게 해요? 나는 어제 계속 305호에 묵기로 하지 않았느냐고 반문했다. 남자는 그건 그거고, 여관을 나갈 때 열쇠는 반납해야 한다고 단호하게 말했다. 그의 단호한 어투는 그가 되풀이해서 구사하는 반납이라는 단어와 어울려 내가 무언가 큰 잘못을 범한 것 같은 기분을 불러일으켰다. 나는 다른 사람에게 그 방을 줄까 봐 그랬다고, 풀 죽은 목소리로 대꾸했다. 그리고 방 값도 하루치만 치렀잖아요. 남자는 내 허물이 무엇인지 알려주겠다는 듯 덧붙였다. 나는 내 허물이 무엇인지 마침내 알게 된 사람처럼 우물쭈물 지갑에서 돈을 꺼냈다. 돈을 받은 남자는 중얼중얼 알아듣기 힘든 말을 하며 문을 닫고 커튼도 쳤다. 무슨 말을 더 할 겨를도 없었다. 나는 내가 묵는 방에 리모컨이 없다는 말을 해야 한다고 생각했지만 다시 문을 두드릴 용기가 나지 않았다. 그냥 엉거주춤 선 채로 저기, 방에 텔레비전 리모컨이 없어요, 하고 말하는데 무엇 때문인지 좀 치사하다는 생각이 들었다. 방 안의 불이 꺼짐과 동시에, 원래 없어요, 하는 말이 들려왔다. 아마 남자는 벌써 이불 속으로 들어가버린 것 같았다. 나는, 새벽 5시에 텔레비전이 켜지더라는 말도 해야 한다고 생각했지만, 이미 이불 속으로 들어가버린 남자를 귀찮게 해선 안 된다는 생각이 뒤이어 쳐들어왔기 때문에 커튼이 쳐진 유리문을 잠시 바라보다가 돌아섰다. 무언가 억울했지만 무엇이 억울한지는 선명하지 않았다. 자기 전에 텔레비전 코드를 뽑아버릴 것, 반드시! 계단을 올라가며 나는 자신에게 무슨 강령을 하달하듯 한 자 한 자 힘을 주어서 발음했다.

305호는 방문이 열린 채로 청소도 되어 있지 않았다. 아침에 나갈 때와 똑같은 모양의 방을 둘러보면서 나는 좀 침울한 기분에 젖어들었다. 불도 켜지 않고 침대에 웅크리고 앉아 마치 기분을 침울하게 만든 것이 술인 양 공연히 술을 마셨다고 중얼거려보았다. 술기운이 기분을 더 가라앉히긴 했을 것이다. 그러나 술이 기분을 가라앉힌 유일한 원인은 아니었다. 술이 기분을 가라앉히는 유일한 원인일 수 없다는 걸 나는 알고 있었다. 나는, 이미 가라앉은 기분을 더 가라앉힐 수는 있지만 가라앉지 않은 기분을 가라앉힐 수 있는 재주가 술에게는 없다고, 그것이 대단히 중요한 무슨 공식이라도 되는 것처럼 중얼거렸다.

주머니에서 꺼내 탁자 위에 올려놓은 핸드폰의 액정이 깜박거렸다. 확인해보니 부재중 전화가 세 통이나 와 있었다. 한 개는 모르는 번호였고, 두 개는 아내의 것이었다. 아내는 9시 23분에 한 번, 10시 35분에 한 번 전화를 걸었다. 시계를 보니 12시 40분이었다. 나는 잠시 망설이다가 통화 버튼을 눌렀다. 세번째 신호음이 채 끝나기 전에 아내가 전화를 받았다. 안 잤어? 나는 무덤덤하게 물었다. 응. 아내도 무덤덤하게 대꾸했다. 그리고 무덤덤한 침묵이 끼어들었다. 전화했던데…… 못 받았어. 왜 했어? 내 목소리는 모래라도 삼킨 것처럼 서걱거렸다. 그냥. 자는 거랑 먹는 거랑 어떤지 궁금하기도 하고…… 괜찮아? 그녀가 문득 목소리의 톤을 높였다. 객지에 혼자 떨어져 있는 남편의 기분을 돋우려 한다는 표가 그대로 전달되었다. 나는 괜찮아, 하고 대답하고 나서 무슨 일 있는 줄 알았잖아, 하고 덧붙였다. 무슨 일은 무슨. 무슨 일 있어야 전화할 수 있다는 거야 뭐야. 아내는 웃기까지 했다. 그러고는 어떤 반응인가를 기다리는 듯 말을 멈췄다. 그녀가 귀를 기울이고 있다는 것을 알 수 있었다. 그러나 나는 아무 말도 하지 않았다. 그러자 그녀는 밥 잘 챙겨 먹고 감기 조심하라고 말했다. 알았어, 늦었는데 그만 자, 하고 전화를 끊으려는데, 참, 여보, 하고, 할 말이 그제야 생각났다는 듯 아내가 나를 불렀다. 나, 거기 나가려고. 5시까지만 일하면 된다고 하고. 기본급은 약하지만 실적에 따라 수당 받으니까…… 학원비 정도는 벌 수 있지 않을까. 애들 성적이 자꾸 떨어져서 안 되겠어. 애들만 야단칠 일이 아니지. 요새는 열심히만 한다고 성적이 오르진 않잖아. 내일부터 출근할게. 암튼 그렇게 알고 자. 끊을게. 무슨 말을 할 마음도 없었지만, 무슨 말을 할 기회도 주지 않고 아내는 전화를 끊었다. 아내가 나가겠다고 말하는 거기는 무슨 신용정보주식회사라는 이름을 가진 추심회사였다. 신용카드 연체자들을 어르고 구슬려서 돈을 받아내는 일을 해보라고 권한 사람은 아내가 큰아이를 출산하기 전까지 다녔던 은행의 상사였다. 몇 달 전에 옛 상사가 그런 일을 해보라고 권하더라는 식으로 지나가는 말처럼 하더니 최근에는 앉아서 전화만 걸면 되는 일이라면서 꽤 적극적인 의사를 보였다. 나는 여느 때와 마찬가지로 애들이나 잘 키우라는 말로 아내의 말을 묵살했지만, 그 말을 할 때 더 이상 아내의 얼굴을 쳐다보지 못했고, 내 말이 공허하게 천장을 울린다는 사실을 깨달았다. 빚은 가파르게 늘어가고 살림은 엉망이 되었다. 내 쪽이나 아내

쪽이나 우리가 도와주면 모를까 도움을 구할 만한 친척이 없었다. 문제는 안정된 일자리를 얻을 가능성이 시간이 흐르면서 점점 줄어든다는 데 있었다. 마흔 살까지는 아직 기회가 오지 않은 거라고 생각하며 희망을 붙들 수 있었다. 늦지 않은 것은 아니지만 아주 늦은 건 아니라고 스스로를 위안하며 버틸 수 있었다. 대학에 자리 잡기가 어디 쉬운 일인가. 그러나 그 어려운 일은 마흔을 넘기자 더 어려운 일이 되어갔다. 아내도 알고 나도 알았다. 다만 아내도 나도 드러내놓고 말하지 않을 뿐이었다. 아내는 다른 방식으로 말했다. 추심회사에 나가 아이들 학원비를 벌겠다는 말을 함으로써 그녀가 남편에 대한 실망을 드러냈다고는 생각하지 않는다. 여태 희미하게나마 유지해온 남편의 능력에 대한 믿음을 이제 버리겠다는 선언이라는 식으로 확대 해석할 마음도 없다. 그녀는 혹시라도 내가 그렇게 받아들일까 봐 노심초사하고 있는 것이다,라고 나는 생각했다. 그렇지만 지쳤다는 신호를 자기도 의식하지 못한 사이에 보낸 것은 틀림없고, 그녀 자신이 나서서 무슨 일인가를 적극적으로 하지 않을 수 없게 되었다는 상황 인식을 드러낸 것은 분명했다. 그런 신호를 보내고 그런 상황 인식을 드러낸 아내가 섭섭한 것이 아니라 더 이상 그녀의 그런 신호와 상황 인식에 대해 이전과 같은 허풍과 자신감으로 대처할 수 없게 된 내 자신이 한심하고 언짢아서 견딜 수 없었다. 통화가 끝났음을 알리는 전화기의 액정 화면을 한참 동안 바라보다가 나는 충동적으로 텔레비전을 향해 던졌다. 아마 술기운 때문에 그랬을 것이다. 모니터의 볼록한 부분에 부딪히고 나오면서 휴대폰 배터리가 분리되어 튕겨져 나왔다. 나는 그대로 침대에 벌렁 드러누웠다.

3

다음 날 새벽에도 텔레비전 소리에 놀라 깨어났다. 텔레비전은 전날과 마찬가지로 35번 채널의 종교방송을 내보내고 있었고, 전날과 마찬가지로 엄청나게 크고 불쾌하고 지지직거리는 소리를 냈다. 나는 습관적으로 리모컨을 찾아 주변을 더듬었고, 그러다가 곧 리모컨이 없다는 사실을 깨달았고, 시끄러운 소리를 피해 이불을 끌어올렸다. 그렇지만 텔레비전 소리는 이불 속으로도 파고들었다. 나는 하는 수 없이 이불을 치우고 무릎걸음으로 엉금엉금 걸어가 텔레비전의 전원을 끄면서, 전원 코드를 뽑아놓고 잤어야 한다고 중얼거렸다. 지난밤에는 텔레비전을 켜지 않은 데다가 씻지도 않고 잠든 바람에 전원 코드 뽑을 생각을 하지도 못했다. 어쩔 수 없는 일이었다. 나는 다시 누워 이불을 뒤집어썼다. 내 수면 습관대로라면 적어도 세 시간은 더 자고 일어나야 했다. 조용하고 캄캄했다. 잠들기 좋은 환경이었다. 그러나 잠 속으로 다시 들어가기가 쉽지 않았다. 나는 잠 속으로 들어가보려고 눈을 감고 뒤척이다가 끝내 성공하지 못하고 일어나 방 안을 어슬렁거리며 걸어다니고 텔레비전을 켜서 여기저기 돌려보고 그러다가 짜증스럽게 텔레비전을 끄고 도로 누워 뒤척거렸다. 에이 씨, 도대체저놈의 텔레비전은 누가 왜? 욕이 저절로 나왔다.

　나는 8시까지 누워 있지 못하고 일어나 화장실로 들어갔다. 마치 그것 말고는 할 일이 없는 사람처럼 천천히 아주 오래 샤워를 하고 나와 두꺼운 커튼을 열어젖혀 빛을 받아들인 다음 방 안에 비치된, 도시락처럼 넓적하게 생긴 전화기를 노려보았다. '프런트 0번'이라는 글씨가 검은색 매직펜으로 씌어져 있었다. 그 옆에는 '성인 방송 채널 36번'과 '퇴실시 불을 꼭 꺼주세요'라는 글씨도 보였다. 나는 전화기를 들고 0번 버튼을 눌렀다. 뚜우 하는 연결음이 길게 울렸다. 거의 1분 동안 전화기를 들고 있었지만 받는 사람이 없었다. 그럴 거라고 예상해서 그런지 화도 나지 않았다. 기대하는 것이 점점 사라져가고 있었고, 그것은 이상한 일이 아니었다. 사람들이 골목을 지나가며 떠드는 소리가 들렸다. 나는 전화기를 내려놓고 드라이기로 머리를 말렸다. 조금 있다가 전화벨이 울렸다. 드라이기의 소음에도 불구하고 전화벨 소리는 워낙 커서 놓칠 수가 없었다. 나는 드라이기를 내려놓고 수화기를 들었다. 전화했어요? 여자 목소리였다. 나는 당연히 남자일 거라고 예상하고 있었기 때문에 조금 당황했다. 그 때문인지 거기 프런트

죠? 하는 질문이 튀어나왔다. 바보 같은 말이었다. 그런데요? 하고 여자가 당연한 걸 왜 묻느냐고 묻는 것 같은 목소리를 냈다. 아, 나는 남자분이 있는 줄 알고…… 하고 말끝을 흐리는데 여자가, 우리 아저씨요, 일 나갔지요, 하고 받았다. 여자의 목소리 사이로 그릇 부딪치는 것 같은 딸그락 소리가 들렸다. 나는, 일을 나가요? 하고 물었다가, 일을 나가시는군요, 하고 다시 말끝을 흐렸다. 여관에 손님도 없는데, 일을 안 하고 놀 수가 있나요? 그녀가 말했다. 무슨 일을 하느냐고 묻지는 않았다. 그 순간 그녀가, 근데 무슨 일인데요? 하고 물어왔는데, 나는 그 질문을 내가 무슨 일을 하는 사람인지 묻는 것으로 알아듣고 어떻게 대답해야 할지 몰라 머뭇거렸다. 그러나 내가 그녀에게 그녀의 '아저씨'가 무슨 일을 하는 사람인지 묻는 게 마땅하지 않아서 묻지 않은 것처럼 그녀 역시 내가 무슨 일을 하는 사람인지 묻는 게 마땅하지 않다고 생각했을 것이고, 그러므로 그런 걸 묻지는 않았을 거라고 생각을 정리했다. 전화하셨잖아요?라고 재차 묻자 나는 상황을 바로 인식했다. 나는 남자가 아니라 여자에게 말을 하게 되어 왠지 김이 빠진 것 같은 느낌이었지만 방에 리모컨이 있어야 한다는 말을 했다. 여자는 무슨 리모컨 말이냐고 물었다. 나는 텔레비전 리모컨이 없다고 말했다. 아, 그거요. 원래 없어요. 여자의 대답이 너무 담백하고 당당해서 나는 잠시 할 말을 잃었다. 있는 방도 있는데 거의 없어요, 하고 마치 친절하게 부연 설명이라도 하는 것처럼 덧붙였는데, 그 말은 하나 마나 한 소리였다. 그래도 리모컨은 있어야 하는 거 아니에요? 켜고 끄고 채널을 돌리고 할 때마다 일일이 일어서야 해요? 하고 되묻는 내 목소리에 힘이 좀 들어갔다. 처음엔 다 있었는데, 리모컨이 자꾸 없어져요, 그걸 어디다 쓰려고 집어가는지 원, 하고 말하는 여자의 목소리에도 힘이 들어갔다. 어쩐지 도리어 추궁당하는 것 같은 느낌을 받았다. 나는 하마터면 내가 가져간 게 아니라고 할 뻔 했다. 내 기분을 헤아리기라도 한 듯 여자는, 물론 아저씨가 가져갔다는 뜻은 아니고요, 하고 약간 웃음을 섞어 말한 다음, 근데 어차피 퇴실하는 시간인데 그게 왜 필요해요? 하고 물었다. 나는 새벽 5시에 저 혼자 저절로 켜지는 텔레비전에 대해 이야기했다. 이틀 동안 새벽 5시에 깨어 일어나서 잠을 설쳤다, 엄청난 볼륨으로 지지직거리는데 저항할 수가 없다, 나는 하루에 최소한 일곱 시간은 자야 하는데 이틀 연속 네 시간밖에 자지 못했다, 누군가 알람 기능을 설정해놓은 것 같은데, 해제할 방법이 없다. 아마 리모컨으로 설정과 해제를 하도록 되어 있는 것 같다, 나는 새벽에 일어날 이유가 없는 사람이다, 그러니까 저 텔레비전의 알람 기능을 해제해야 한다, 그러려면 리모컨이 필요하다…… 내가 설명을 하는 동안에도 딸그락 소리가 계속 들렸다. 여자는 딸그락 소리를 계속 내면서, 자기네들이 그런 설정을 해놓은 적이 없다고 했다. 우리가 새벽 5시에 여관 손님들을 뭐 하러 깨우겠어요? 하는 말을 웃지도 않고 했다. 그래서 나는 그녀가 농담으로 하는 말인지 아닌지 헷갈렸다. 나는 여관의 모든 방에 있는 텔레비전들이 새벽 5시에 일제히 켜져서 모든 투숙객들이 얼굴을 찡그리며 깨어나는 상상을 하며 얼굴을 찡그렸다. 그 장면은 매우 희극적이었지만 전혀 유쾌하지 않았다. 나는 일주일간 이 방을 쓰기로 했다는 사실을 상기시키고, 어쨌든 일주일 동안 매일 새벽 5시에 깰 수는 없는 일이라고, 텔레비전을 바꾸든지 알람 기능을 해제하든지 해달라고 다소 강하게 요구했다. 내 말을 끈기 있게 듣고 있던 여자가, 방을 바꾸시지요, 하고 제안했다. 나는 1초도 지체하지 않고, 방은 안 바꿀 겁니다, 하고 대꾸했다. 방을 바꾸면 안 되는 특별한 이유가 있는 것은 아니었다. 그렇다고 305호가 특별히 마음에 드는 것도 아니었다. 다른 방을 보지 않았으니 비교할 수 없지만 비교할 생각도 없었다. 이 방 저 방 옮겨 다니며 안정감 없이 떠돌이가 된 것 같은 기분으로 지내고 싶지 않다는 애초의 마음이 이유라면 이유였다. 밀어내는 것도 아닌데 밀려나기 싫어하는 내 마음이 어처구니없긴 했다. 그렇게 함으로써 자존심을 지켜낸다는 생각에는 근거가 없었다. 그렇게 해서 지켜질 자존심이라면 그렇게 하지 않는다고 허물어지지도 않을 것이다. 그런데 딱하게도 나는 그런 생각에 매달려 있었다. 공연한 고집이 분명했지만, 그 문제에 대한 나의 뜻밖의 단호함을 어떻게 이해했는지 여자가, 그럼 그러시지요, 하고 선선히 물러났다. 리모컨을 준비해놓을

게요. 그 말을 한 후 여자는, 이제 됐어요? 하듯 침묵했다. 나는 이제 됐어요, 하듯 침묵했다.

4

그날 저녁도 여관방에 늦게 들어갔다.

선배는 강의가 끝나는 시간에 맞춰서 전화를 걸어왔다. 그는 이곳에 있는 동안 너의 밤 시간을 내가 책임진다, 하고 호기 있게 외쳤다. 그는 나에 대해 모종의 미안함이나 책임감을 느끼고 있는 것이 분명했다. 그가 나를 부르긴 했지만 원하지 않는다면 오지 않을 수 있었다. 일이 필요하지 않거나 돈이 필요하지 않거나. 그러나 나는 일도 필요하고 돈도 필요했다. 그러니까 그는 책임감도 미안함도 느낄 필요가 없었다. 근거 없고 불필요할 뿐 아니라, 그에게는 물론 나에게도 불편하기까지 한 친절이 틀림없지만 뿌리칠 수는 없었다. 가족도 집도 떠나온 터라 무슨 핑계를 대고 달아날 수도 없었다. 몸이 좋지 않다는 핑곗거리가 떠올랐지만 더 필요한 순간을 위해 아껴두기로 했다. 전날과 마찬가지로 그에게 끌려다녔다. 어제와 다른 음식점에서 어제와 비슷한 요리를 맛보게 한 후 그는 강변으로 가자고 했다. 나는 좀 피곤하다고 함으로써 그만 헤어지는 게 좋겠다는 의사를 완곡하게 표현했지만 그는 못 알아듣는 척했다. 밤에는 강변에 가야 한다고 그는 말했다. 밤의 강변을 보지 않으면 이 도시에 오지 않은 것과 같다고도 했다. 그렇게 호들갑을 떨수록 그곳에, 더구나 그와 함께 가는 것이 부담되었다. 그가 자랑스러워하는 이 도시의 음식에 대해 그랬듯이 그가 칭찬해마지않는 강변에서도 무덤덤해하기만 할까 봐 걱정스러웠다. 선배에게 미안하다는 건 큰 문제가 아니었다. 매사에 심드렁해지면서 세상과의 접촉점을 잃은 자신을 다시 확인하게 될까 봐 두려웠다. 활달하고 씩씩한 선배 옆에 있으면 나의 의기소침과 무기력이 더 또렷이 드러나는 것 같아 싫었다. 그러나 선배는 내 기분 같은 건 안중에도 없는 사람 같았다. 부러 그러는지 정말로 아무것도 느끼지 못하는지 알 수 없었다. 하긴 부러 그러든 아무것도 느끼지 못해 그러든 옆 사람의 기분을 안중에도 두지 않는 것이 세상과 잘 접촉하는 사람의 특징인지 모를 일이었다. 그는 택시 안으로 나를 밀어 넣었다.

나는 도심을 가로질러 흐르는 강과 그 강을 가로지르는 다리에 대해 어떤 이미지를 가지고 있었다. 예컨대 보기 좋은 풍경과 걷기 좋은 길. 잘 가꿔진 잔디밭과 줄 맞춰 늘어선 가로수들. 그랬기 때문에 노랗고 붉은 원색의 간판들이 정신 사납게 현란한 빛을 뿜어내는 좁다란 길에 들어섰을 때 나는 의아한 눈빛으로 선배를 쳐다보았다. 강변을 따라 늘어선 건물들은 호프집과 노래방과 안마시술소와 게임방과 룸살롱과 음식점과 나이트클럽 간판을 달고 경쟁하듯 번쩍거렸다. 그런 간판들이 강을 따라 끝도 없이 이어졌다. 사이사이에 편의점과 약국과 옷 가게가 있었지만 그것들은 초라하고 기가 죽어 보였다. 다리 건너에도 같은 모양의 길이 있었다. 강을 횡단하는 다리 위에는 포장마차들이 길게 늘어서 있었다. 요란하게 흔들리는 그 혼잡스런 길 위에 사람들이 넘쳐났다. 사람들도 흔들리며 걷는 것 같았다. 여기야? 하고 나는 물었고, 여기야, 하고 그가 대답했다. 의기양양한 표정이었다. 내가 산책길인 줄 알았는데, 하자 산책길일까 봐 걱정했지, 산책길이 아니라 다행이지? 하고 짓궂게 웃었다. 내용은 다르지만 그의 말대로 산책길일까 봐 걱정한 건 사실이었다. 그렇다고 산책길이 아니어서 다행이라는 생각이 든 건 아니었다. 나는 선배가 왜 그렇게 나를 이곳으로 데리고 오려 했는지 이해하기 어려웠다. 이건 뭐, 정신만 사나운데. 나는 중얼거렸다. 머리를 싹 비우고 놀고 싶을 때 여기만큼 좋은 데가 없다, 없는 게 없다, 여기 없는 건 어디에도 없다고 생각하면 된다. 선배는 그렇게 말했지만 나는 머리를 싹 비우고 놀고 싶은 게 아니었다. 그런 마음이 조금도 들지 않았다. 그런 적이 있었던 것 같지도 않다. 머리를 싹 비우고 놀고 싶은 사람들이 오는 곳이라고 생각하니 오히려 더 긴장이 되었다. 그 순간 불현듯 대단치도 않은 생각이 대단한 깨달음인 양 찾아왔다. 왜인지 모르지만, 무엇인가를 향해, 그것이 무엇이든, 온몸을 내던지듯 달려드는 사람들에게 나는 불편을 느끼는 것 같다. 그런 사람들의 세상에 대한 적극적인 태도와 과감하고 거침없는 움직임을 거북해하는 것 같다. 그들이 곧 과감하고 거침없이 나에게 무언가를 들이밀고 대들 것 같아 무섭다고 해야 할까. 나에게 친절을 베풀려고 애쓰는 선배가 왜 거북한지, 왜 그를 피하고 싶은 마음이 생기는지 알 것 같아졌다. 그러자 그 자리와 선배로부터 달아나고 싶은 마음이 간절해졌다. 그 답답하고 냄새나는 여관방이 갑자기 그리워졌다. '술 마시고 노래하고'라고 적힌 간판이 유난히 경망스럽게 점멸하는 건물 입구로 들어가며 우쭐한 표정으로 돌아보는 그에게 나는 나지막한 목소리로 말했다. 저기, 나 여기 들어가기 싫은데, 그냥 가서 쉬고 싶어요. 선배는 이치에 맞지 않은 말을 들은 것처럼 의아하게 나를 쳐다보았다. 왜? 여기 맘에 안 들어? 괜찮은 데야. 나를 믿어. 그의 적극적이고 과감하고 거침없는 손이 나의 손목을 잡아끌었다. 그의 손을 뿌리치려 했지만 손을 빼낼 수 없었다. 손을 빼내려면 힘을 써야 했는데, 그 상황에서 힘을 쓰는 것이 마땅한지 판단이 서지 않았고, 무엇보다 힘을 쓴다고 해서 손을 빼낼 수 있을지 확신하기 어려웠다. 나는 어쩔 수 없이 끌려 들어갔다.

실내는 어둡고 시끄러웠다. 넓은 홀의 앞쪽에 무대가 있고, 무대 위에는 건반과 기타와 마이크가 놓여 있었다. 머리를 길게 기른 남자의 기타 반주에 맞춰 짧은 치마를 입은 여자가 노래를 부르고 있었다. 홀에 테이블이 몇 개 있었지만 손님은 별로 없었다. 선배는 종업원과 무슨 이야기인가를 주고받았다. 종업원은 한 방향을 가리키며 손가락 다섯 개를 펴 보였다. 선배는 종업원의 어깨를 툭 치고 그가 가리키는 방향으로 걸어갔다. 복도 양쪽으로 방들이 나타났다. 선배가 5호실의 문을 열었다. 긴 테이블이 중앙에 놓여 있고 의자는 여섯 개가 있었다. 노래방 기계가 보였다. 술을 마실 수 있는 노래방이라고 생각하면 돼. 그렇게 말하고 나서 선배가 마이크를 쥐었다. 익숙한 동작이었다. 그가 막 노래를 시작하는데 문이 열리고 아까 그 종업원이 술과 안주를 가지고 들어왔다. 나는 여섯 개의 의자 가운데 하나를 차지하고 앉았다. 점점 더 멀어져간다. 머물러 있는 청춘인 줄 알았는데. 선배는 잔뜩 폼을 잡고 노래를 불렀다. 종업원이 나갔다가 여자 둘을 데리고 들어왔다. 한 여자는 내 옆에 앉으면서 인사를 하고 한 여자는 노래 부르는 선배 옆에 서서 탬버린을 흔들었다. 내 옆에 앉은 여자가 네 개의 잔에 술을 따랐다. 그러고는 몸이 닿을 듯 가까이 붙어 앉으며 자기 잔을 앞으로 내밀었다. 나도 내 잔을 들고 그녀의 잔과 부딪쳤다. 여자가 무슨 말인가를 했지만 선배가 부르는 노랫소리 때문에 들리지 않았다. 나는 궁금하지 않았기 때문에 무슨 말을 했느냐고 묻지 않고 술을 마셨다. 여자가 약간 머쓱한 표정을 지으며 선배 쪽을 바라보고 박수를 쳤다. 노래를 마치고 자리로 돌아온 선배가 나에게 마이크를 건넸다. 자, 한 곡 뽑아라. 나는 손을 내저었다. 노래를 부르고 싶은 마음

이 생기지 않았다. 초조하고 불안했다. 눈에 보이지 않는 무언
가가 목을 조르는 것처럼 답답했다. 공기 속에 유독한 가스가
퍼져 있는 것 같기도 했다. 기분대로라면 그냥 일어나고 싶었
다. 그래야 했다. 그러나 목을 조르는 보이지 않는 손인지 공
기 속의 유독한 가스인지 알 수 없는 무언가가 기분대로 하지
못하게 했다. 기분대로 할 수 없어서 더 초조하고 불안했다.
나는 술을 입에 털어 넣어 잔을 비운 다음 술병을 들었다. 여
자가, 어머, 제가 따를게요, 하며 병을 맞드는 시늉을 했다. 술
을 잘하시네요. 그것이 특별한 일이라도 된다는 듯 여자가 호
들갑스럽게 웃으며 내 팔을 꼬집었지만 나는 개의치 않고 내
잔을 스스로 채웠다. 탬버린을 흔들던 여자가 마이크를 들고
일어났다. 빠른 템포의 음악이 나오자 선배가 자리에서 일어
나 몸을 흔들었다. 여자도 노래를 부르며 몸을 흔들었다. 나는
선배가 내 손을 잡아끌까 봐 불안했는데 내 불안을 눈치챈 듯
선배가 내 손을 잡아끌었다. 나는 손사래를 쳤지만 그의 완력
에 이끌려 몸을 일으키지 않을 수 없었다. 선배는 자기처럼 하
라는 듯 나를 향해 싱글거리며 몸을 뒤틀었다. 내 옆에 앉아
있던 여자도 일어나 춤을 췄다. 여자도 자기처럼 하라는 듯 나
를 향해 싱글거리며 몸을 뒤틀었다. 나는 내던져진 보릿자루
처럼 엉거주춤 서 있다가 자리로 돌아가 앉았다. 선배는 두 여
자를 번갈아 안고 춤췄다. 나는 술이 마시고 싶어서가 아니라
술조차 마시지 않고 쭈그리고 있으면 더 보기 흉한 보릿자루

로 비칠까 봐, 그것이 신경 쓰여서 거듭 술을 마셨다. 세 명이 돌아가며 노래를 부르고 세 명이 돌아가며 한 번씩 나의 팔을 잡아끌었다. 나는 대개 손사래를 치고 버텼지만 가끔 끌려 일어났고, 가끔 끌려 일어났지만 엉거주춤 서 있기만 하다가 도로 앉았고, 도로 앉은 다음에는 술을 마시고 싶어서가 아니라 술조차 마시지 않고 쭈그리고 있으면 더 보기 흉한 보릿자루로 비칠까 봐, 그것이 신경 쓰여서 거듭 술을 마셨다.

그런 일이 몇 차례 반복되었고, 나는 어쩔 수 없이 취했다. 그런 일이 몇 차례 반복되었다는 것 말고 다른 기억이 떠오르지 않은 것으로 보아 취한 게 분명했다. 취한 게 분명한 상태에서 내가 무슨 말을 하고 무슨 행동을 했는지 분명하지 않다. 언제 그 집에서 나왔는지, 어떻게 여관까지 왔는지도. 어떻게 305호를 찾아 들어왔는지도. 분명한 것은 요의를 느끼며 깨어났을 때 머리가 너무 아팠고, 그때 내 옆에 누군가 누워 있었다는 것이다. 뒤척이다 손에 닿은 누군가의 물컹한 살의 감촉 때문에 깨어났는지도 모르겠다. 요의와 두통과 누군가의 살에 닿는 감촉 가운데 무엇이 먼저인지는 확실하지 않고, 또 중요하지도 않았다. 확실하고 중요한 것은 요의와 두통과 누군가의 살의 감촉이 동시적으로 내 몸에서 일어나고 있었다는 것이다. 아주 짧은 순간 내 손에 닿는 살이 아내의 것이라고 생각하고 덤덤하게 돌아눕는데 아내가 내 옆에 누워 있을 리 없다는 판단이 서늘한 느낌과 함께 찾아왔다. 나는 서늘한 기운이 온몸에 스며 고루 퍼질 때까지 숨을 멈추고 가만히 있었다. 아주 조심스럽게 눈을 뜨는데 붙어 있던 눈꺼풀이 떨어지면서 굉장한 소리가 나는 것 같았다. 나는 조금 더 숨을 멈추고 가만히 있었다. 조용하고 캄캄했다. 옆 사람의 숨소리가 흐릿하게 들렸다. 나는 더 오래 가만히 숨을 멈춘 채 버티고 싶었지만 그럴 수 없었다. 사태를 파악해야 했고, 무엇보다 급한 요의를 해결해야 했다. 나는 조심스럽게 몸을 일으키고 침대에서 빠져나와 화장실로 갔다.

화장실에 들어갈 때는 괜찮았는데 나올 때 무언가가 발에 걸려 넘어질 뻔했다. 몸이 벽에 부딪치는 순간 유난히 큰 소리가 나는 것처럼 느껴졌다. 어둠 속에서 부스럭거리는 소리가 들리고 잠에 취한 여자의 목소리가 들렸다. 무슨 소변을 그렇게 요란하게 봐요? 나는 무슨 말을 해야 할지 몰라 아무 말도 하지 않았다. 아, 졸려. 몇 시예요? 나는 몇 시인지 알지 못했고, 그래서 가만히 있었다. 시간을 확인하기 위해 불을 켜고 싶지 않았다. 불을 켜지 않고도 시간을 확인하는 방법이 있었지만 나는 내 손목시계와 핸드폰이 어디 있는지 알지 못했고, 굳이 찾고 싶은 마음도 없었다. 여자는 다시 잠이 들었는지 조용했다. 그러자 나야말로 몇 시나 됐는지 궁금해졌고, 이제부터 어떻게 해야 할지 난감해졌다. 모르는 여자가 누워 있는 이불 속으로 도로 들어가는 건 싫었지만 다른 선택을 한다는 게 쉽지 않았다. 무엇보다 요의는 해결했지만 두통은 사라지지 않고 있었다. 진통제가 있을 리 없었다. 나는 일곱 시간은 자야 한다고 중얼거리며 조심스럽게 이불을 들치고 들어갔다. 여자가 자세를 바꾸며 다시, 몇 시예요? 하고 물었고, 내가 못 들은 척 가만히 있자, 5시 반에는 일어나야 하는데, 하고 덧붙였다. 나는 그녀가 왜 5시 반에 일어나야 한다고 말하는지 그 까닭을 들려줄 거라고 기대했지만 그녀는 더 말하지 않았다. 그러자 그녀가 왜 5시 반에 일어나야 한다고 하는지가 몹시 궁금해졌다. 그런 것이 왜 궁금해지는지 모르겠지만 나는, 5시 반에 왜? 하고 묻고 말았다. 여자는 잠꼬대하듯, 집에 가야죠, 하고 대답했다. 이번에는 묻지 않았는데 그녀가 덧붙였다. 애가 깨기 전에 들어가야죠. 들어가서 밥해주고 학교 보내야죠. 나는 밥과 학교,라는 단어를 처음 들은 것처럼 입술 위에 올려놓고 가만히 굴려보았다. 서글프고 묘하고 쓸쓸한 느낌이 퍼져나갔다. 5시 반에 깨워줘요, 하며 여자가 돌아누웠다. 리모컨이 없던데, 하는 말은 그녀가 이불을 뒤집어쓰고 다시 잠 속으로 빨려 들어가기 직전에 한 말이었다. 조용하고 캄캄했다. 잠들기 좋은 환경이었다. 나는 눈을 크게 뜨고 어둠 속에서 작은 짐승처럼 몸을 웅크리고 있는 검은 텔레비전을 노려보았다.

1

3년간의 외국 생활을 마치고 귀국했을 때 Y에게는 갈 곳이 없었다.

그를 아는 사람이 다 인정하듯 그는 무계획적인 사람이 아니다. 치밀하다고 할 수는 없지만 신중한 편이긴 했다. 경기도 양평의 단월에 지은 집만 해도 그랬다. 땅을 구하고 집을 짓기까지 7년이 걸렸다. 그는 형질변경을 하고 설계를 하고 시공업자를 직접 물색했다. 농지법과 건축법, 국토의 계획 및 이용에 관한 법률을 독파했다. 쉽게 선택하고 대강대강 일처리를 하지 않았다는 뜻이다. 그랬는데도 여러 차례 시행착오를 겪어야 했다. 답(畓)으로 되어 있는 지목을 변경하는 데만 신경 쓰느라 건물로 진입하는 도로가 없다는 걸 나중에 알게 되어 애를 먹었다. 연못 가장자리의 돌과 조경수들이 너무 비싸거나 어울리지 않거나 주문한 것과 다른 것이 와서 몇 차례나 바꿔야 했다. 미관을 의식한 설계도 가운데 몇 군데는 시공 중에 실용적인 이유로 고쳐졌다. 남쪽 여행 중에 인상 깊게 보았던 고택 정원을 흉내 낸 도랑과 흙으로 만든 다리가 그랬다. 시공업자들과의 잦은 마찰과 실랑이는 말할 것도 없다. Y의 아내는 이런 그를 향해 신중한지는 모르지만 치밀하지는 않다고 면박을 주었다. Y는 반발하지 않았는데, 그 역시 그렇게 생각하기 때문이었다. 그가 신중하기만 하고 치밀하지 못한 것은 무른 천성 때문이라고 그의 아내는 판단했다. 그의 아내는 치밀하지 못한 신중함은 아무짝에도 쓸모없는 유약함의 다른 이름일 뿐이라고, 신중하기만 하고 치밀하지 못한 것보다는 신중하지 않더라도 치밀한 편이 낫다고 투덜거리곤 했는데, 그것은 앞뒤가 맞지 않는 소리라고 Y는 생각했다. 치밀하지는 못해도 신중할 수는 있지만 신중하지 않으면서 치밀하기는 어렵다는 것이 그의 견해였다. Y가 그 말을 입 밖으로 꺼내지 않은 것은 신중한 성격 때문이었다. 즉 무른 천성 탓이었다. 그는 자기가 그 말을 꺼냈을 때 아내가 보일 반응과 그로 인해 발생할지도 모르는, 견뎌야 할 불편한 사태를 성가셔했다.

　그는 정년 이후의 삶에 대한 구상이 많았다. 단월에 지은 집도 정년을 대비해서 마련한 것이었다. 그는 도시의 소음과 먼지와 속도와 안하무인과 무질서에 오래전부터 진절머리를 내고 있었다. 기회가 되면 서울을 벗어나 한가한 곳에 집을 짓고 살겠다는 말을 서른 살 때부터 입에 달고 살았다. 서른 살은 그가 결혼한 나이였다. 그러니까 그가 단월에 집을 짓기 시작한 것은 땅을 구입한 이후가 아니라 결혼할 때부터이고 그의 아내는 결혼할 때부터 그 말을 듣고 산 셈이다. 그는 집을 짓기 위해 돈을 모았고(돈을 벌어 순전히 집 짓는 데만 쓴 것은 아니지만 그는 그렇게 생각하는 걸 좋아했고, 그렇게 생각하면서 스스로 흡족해했다), 머릿속에서 끊임없이 설계를 바꿨고, 자기의 몸과 영혼을 온전히 받아줄 평화롭고 조용하고 아늑하고 완전한 집을 꿈꾸며 도시의 소음과 먼지와 속도와 안하무인과 무질서를 견뎠다. 공들여 지은 그의 집은 완벽했다. 집이 완성되었을 때 그는 좋다! 하고 여러 차례, 그러나 속으로만 소리쳤고, 정년까지 기다릴 것 없이 곧바로 이사하면 좋겠다고 여러 차례, 속으로만 생각했다. 내키지 않아 하는 아내를 설득하는 것은 쉽지는 않았지만 불가능하지 않았다. 결혼 초기부터 세뇌를 시켜온 데다가 잠실까지 승용차로 한 시간 조금 더 걸린다며 설득한 게 주효했는지 직접 차에 태우고 오가는 동안 별말이 없었다. 완공된 집을 보고 마음이 조금 열린 것 같기도 했다. 잔디 깔린 정원과 타원형의 연못과 연못을 가로지르는 반달형의 나무다리를 잘생긴 감나무 아래 벤치에 앉아 바라보는 아내의 눈빛에서 Y는 약간의 안도감을 느꼈다. 문제는 딸아이였다. 대학생인 딸은 잔디 깔린 정원과 타원형의 연못과 연못을 가로지르는 반달형의 나무다리와 잘생긴 감나무와 감나무 아래 벤치를 바라보지 않았다. 그런 것들이 서울에서 나고 자란 스물한 살짜리 여자아이 눈에 들어올 리 없었다. 스물한 살짜리 서울내기에게는 도시의 소음과 먼지와 속도와 안하무인과 무질서가 견딜 수 없는 것이 아니었다. 딸은 죽으면 죽었지 서울을 떠나지 않겠다고 선언하듯 말했다. 서울 시민의 신분을 버리면 세상이 끝나기라도 할 것처럼 굴었다. 자기가 서울을 가지고 있다고 착각하는 서울 사람들이 있는데, Y의 딸이 그랬다. 사실은 서울이라는 도시가 사람들을 거느리고, 과시하고 있다는 사실을 그들은 모르고, 알려고 하지 않는다. Y의 딸이 그랬다. 그녀는 '꼭 시골에 가서 살고 싶으면'(딸은 '시골'을 유독 강조해서 말했다) 서울에 오피스텔을 구해주고 둘이서 떠나라고 Y와 Y의 아내에게 말했다. 그렇게 말함으로써 그녀는 자기를 거느리고 과시하는 군주에 대한 충성심을 제대로 표현했다. 그렇게 말함으로써 부모에게 상처를 준다는 사실을 그녀는 이해하지 못했다. 아무리 서울에서 나고 자랐다고 해도 그렇지, 부모에게 어떻게 저렇게 말할 수 있단 말인가. 치솟는 울화를 신중한 성격의 Y는 표현하지 않았다. 신중한 자는 저지르거나 부수거나 걷어차지 못한다. 신중한 자는 보수주의자여서가 아니라 신중하기 때문에 현상을 유지하며 산다. 현상이 유지할 만한 가치가 있기 때문이 아니라 현상을 유지하지 않으려 할 때 생길 수 있는 시끄러움을 피하기 위해 어쩔 수 없이 현상을 받아들이고, 그 때문에 때때로 비겁해진다. 그럴 때는 먹은 것이 얹힌 듯 가슴이 답답해서 가끔 쿵쿵 소리 나게 가슴을 때렸다. 그것이 그가 할 수 있는 전부였다. 신중했으므로, 그는 완전하고 완벽한 자기 세계에 대한 꿈을 유보하는 편을 택했다. 딸이 대학을 졸업하고 직장을 잡으면 독립을 시켜도 될 것이다. 그때까지 3년을 참기로 했다.

그 대신 틈날 때마다 차를 몰고 단월로 갔다. 주말에는 거의 항상 새집에 가서 혼자 잤다. 그곳에 있을 때 그는 도시의 소음과 먼지와 속도와 안하무인과 무질서를 잊었다. 완전한 세계는 이런 곳이라고 중얼거리기도 했다. 아내는 가끔 그를 따라왔지만 잠은 자지 않고 서울로 돌아갔다. 그는 잔디를 다듬고 연못을 청소하고 2백 평이나 되는 텃밭을 가꿨다. 텃밭에는 철에 따라 고추와 배추와 토마토와 상추와 고구마를 심었다. 농촌에서 어린 시절을 보낸 그는 호미나 삽을 다루는 게 서툴지 않았다. 그래도 제대로 농사를 지어본 적은 없었기 때문에 2백 평을 경작하는 건 쉽지 않았다. 그에게 도움을 준 사람은 이웃집 남자였다. Y는 사십대 중반의 이웃집 남자에게서 고구마 모종을 얻어 심고 배추 솎아내는 법을 배웠다. 그는 붙임성이 아주 좋은 사람이었다. Y가 텃밭에 나가 있으면 먼저 와서 인사했고, Y가 물어보지 않아도 농사일에 대해 이래라저래라 일러주었다. 참견하기 좋아하는 성격이 조금 부담스럽긴 했지만 그 성격 덕을 많이 본 셈이었다. 어떤 때 가보면 밭에 퇴비가 뿌려져 있기도 하고, 물 준 흔적이 있기도 했다. 그 사람이 해놓은 일이었다. Y가 고맙다고 하면 자기 밭일 하고 오다가 손질 몇 번 한 것뿐이라며 대수롭지 않아 했다. 이까짓 손바닥만 한 밭 일구는 거야 소꿉장난 아니냐고도 했다. 그럴 때면 소꿉장난하면서 쩔쩔매는 꼴이 우스워 보인다고 하는 것 같아 좀 부끄러웠다. 외지에서 들어온 사람을 따돌리지 않은 것만 해도 고마운 일인데 참 인정이 많은 사람이구나, 싶었다. 꼭 그 때문은 아니지만 Y는 몇 차례 막걸리를 샀다. 남자는 일하다 말고 밭고랑에 앉아 마시는 막걸리 맛이 최고라며 엄지손가락을 추켜세우고 껄껄 웃었다. Y의 집 평상으로 자리를 옮겨 밭에서 막 딴 상추와 고추를 곁들여 고기를 구워 먹기도 했다. 그런 자리는 가끔 밤늦게까지 이어졌다. 한두 번 다른 사람이 낄 때도 있었지만 주로 둘이 어울렸다. 그런 날, 약간 취기가 오른 상태로 몸을 비스듬히 젖혀서 별이 쏟아지는 하늘을 올려다볼 때 그는 더 부러울 것이 없다는 생각을 하곤 했다. 그런 식으로 그는 그가 꿈꾸던 완벽한 세계에 조금씩 적응해가고 있었다.

그러니까 갑작스런 발령이 아니었다면 모든 일들이 순조로웠을 것이다. 회사에서는 아프리카에 지사를 열면서 Y를 지사장으로 지목했다. 해외에서 근무한 경력과 직책 및 직위, 외국어 구사 능력 등을 두루 고려해서 그를 적임자로 결정했다고 했다. 전원에서의 조용하고 한갓지고 평화롭고 완벽한 삶을 꿈꾸고 있던 Y에게는 아주 나쁜 소식이었다. 더구나 회사에서 가라고 한 곳이 나이지리아였다. 그는 유럽과 남미에서 근무한 경력이 있었다. 10년쯤 전의 일이었다. 스페인은 말할 것도 없고 아르헨티나도 지내기가 그리 나쁘지 않았다. 그런데 나이지리아라니! 그는 차라리 이참에 명예퇴직을 해버릴까, 진지하게 고민했다. 가족들을 유럽 어느 도시에서 거주하도록 조처하겠다는 회사의 제안도 Y의 마음을 사로잡지 못했다. 문제는 그 제안이 아내와 딸의 마음까지 사로잡지 못한 것은 아니라는 데 있었다. 두 사람은 유럽에서 거주하게 해준다는 회사의 제안에 솔깃했다. 그렇지 않아도 얼마 전부터 어학연수를 보내달라고 조르던 딸아이는 반색을 하며 런던에서 살게 해주면 좋겠다고 달려들었다. 아내 역시 마찬가지였다. 그녀는 10년 전의 프랑스 주재원 시절을 자신의 인생의 황금기로 기억하고 있는 여자였다. 그 기간이 너무 짧았다며 자주 아쉬움을 토로하던 아내는 다시 찾아온 기회를 놓치려 하지 않았다. 이런 황금 같은 기회를 놓치는 것은 어리석은 짓이라고 말했다. 고민할 이유가 없는 일로 고민하는 남편을 이해할 수 없어 했다. 그들은 나이지리아의 치안이 불안해 오로지 직장과 숙소만 오가며 지내야 할 Y의 형편은 고려하지 않고 자기들의 런던 생활만을 상상했다. 이제 막 자기만의 완전한 세계에서의 새로운 삶에 대한 기대로 충만해 있던 그는 찬성할 이유가 없었는데, 그들은 반대할 이유가 없다고 내몰았다. 신중한 성격의 가장은 언제나 그런 것처럼 가족들에게 내몰렸고,

찬성할 이유를 찾지 못했지만 찬성했다.

3년의 해외 근무를 마치고 돌아오는 대로 단월에 들어가 살 계획이었으므로 그때까지 살던 서울의 아파트를 팔았다. 빚을 갚고 남은 돈을 신중하게 따져서 펀드와 주식에 분산 투자했다. 그리고 만일을 대비해서 얼마간의 돈을 통장에 넣어두었다. 마지막까지 고심한 것은 단월의 새집을 어떻게 할 것인가 하는 문제였다. 3개월도 아니고 3년 동안 집을 방치해둘 수는 없었다. 텃밭이야 아무에게나 맡길 수 있고, 또 내버려둬도 상관없지만 집을 그럴 수는 없었다. 그 집이 어떤 집인가. 해외 지사 발령을 마지막까지 망설이게 한 것도 그 집이 아니었던가. 그 집이 없었다면 조금 쉽게 결정했을 거라고 그는 생각했다. 집을 가지고 갈 수 있다면 그렇게 했을 것이다. 그렇지만 그럴 수는 없는 일이었다. 친척들 가운데 단월 집에 와본 사람들 몇이 탐을 내는 듯하더니 멀어서 출근하기가 힘들 것 같다거나 밤이 되면 무서울 것 같다는 이유를 내세워 물러섰다. 출근하기에 좀 멀기도 하고 밤이 되면 무서울 수도 있었다. 그러나 그런 정도의 불편은 이 집에서 누리게 될 정신의 풍요로움에 비하면 아무것도 아니라고 Y는 생각했지만, 다른 사람들은 그렇게 생각하지 않았다. Y가 단월에서의 삶으로부터 얻을 최고의 혜택으로 치는 여유와 평화를 그들은 굳이 구하지 않기도 했다. 그런 사람들에게 Y의 집은 그냥 촌구석에 있는, 좀 잘 지어지긴 했지만, 밤이 되면 깜깜하고 무섭고, 텔레비전 보는 것 말고는 할 일이 없어 심심하기 그지없고, 불편하고, 아무 때나 아무 데서나 벌레가 기어 나와서 찜찜하기만 한 시골 집이었다. 그런 사람들을 설득할 길은 없었다.

누군가에게 임대를 주고 갈 수밖에 없는 상황이었다. 이웃집 남자는 괜한 걱정을 한다며 평소처럼 걸걸하게 웃고, 자기가 오며 가며 잔디도 다듬고 연못에 물도 채워주고 청소도 해줄 테니 염려 놓으라고 큰소리쳤다. 고맙긴 했지만 남자가 그렇게 말한다고 대뜸 집을 맡길 수는 없는 일이었다. 밭을 맡길 수는 있지만 집을 맡기는 것은 다른 문제였다. Y는 읍내 부동산을 찾아가 사정 이야기를 했다. 그러나 부동산 중개인도 썩 내켜 하지 않았다. "요새는 전원주택 수요가 예전 같지 않아서요. 한창 붐이 일 때 멋모르고 들어왔다가 생활하기 불편하다고 빠져나간 사람이 많아요. 전세로 나와 있는 집이 한두 채가 아니라구요." 그렇게 말하면서 군데군데 붉은 줄이 죽죽 그어진 노트를 보여주었다. Y는 무슨 내용인지 알 수 없었지만 이해하는 척 고개를 끄덕였다. 거기다가 손님 집은 더 안쪽이라 어떨지, 하며 부동산 중개사는 말꼬리를 흐렸다. Y는 공연히 미안해져서 전세 보증금은 조금만 받아도 된다고 말했다. 중개사는, 보증금이 문제가 아니라 요샌 그런 델 들어가려는 사람이 없어서, 혹 매매라면 몰라도, 하며 혼잣말을 했다. 거래를 성사시켜도 자기에게 돌아올 수수료가 미미하기 때문에 내켜 하지 않는 눈치가 역력했지만 Y는 알은척하지 않았다. 그의 특별한 집은 평범하지도 않다는 평가를 받고 있었다. 혹시 임자가 나타나면 연락하겠다고 말하는 중개인의 목소리에서는 성의가 느껴지지 않았고, 당연히 연락이 올 거라는 기대도 생기지 않았다.

그가 한국을 떠날 때까지 그곳에 들어와 살겠다는 사람이 나타나지 않았으므로 이웃 남자에게 부탁할 수밖에 없었다. 관리해주는 대가로 매달 약간의 돈을 부쳐주기로 했다. 그렇게 해야 떳떳하고 또 제대로 관리해줄 것 같아서였다. 남자는 이웃끼리 무슨 돈이냐며 펄쩍 뛰면서도 못 이긴 척 계좌번호를 적어주었다. 그는 아파트에 있던 짐을 포장해서 단월 집에 옮겨놓고 이웃집 남자에게 열쇠를 건넸다. 런던에 3년 동안 살 집을 구해놓은 터라 웬만한 짐은 화물로 부쳤고, 오래 쓴 가구들은 돌아와서 개비할 생각으로 버렸다. 단월 집에 옮겨놓은 짐은 얼마 되지 않았다.

2

3년간의 외국 생활을 마치고 귀국할 때 그는 혼자였다. 처음부터 그러기로 한 것은 아니었다. 어학연수를 계획하고 아내와 함께 영국에 들어간 딸이 패션디자인에 빠진 것이 문제라면 문제였다. 딸은 아예 전공을 바꿔 공부를 하겠다고 나섰다. Y는 반대했고 아내는 찬성했다. Y는 경제적인 문제와 정년 이후의 평화로운 전원생활에 대한 자신의 계획이 헝클어질 것을 염려해서 반대했다. 신중하게 고려하여 분산 투자한 주식은 반 토막이 났고, 이미 팔았으므로 이제 팔 집이 없었고, 그는 언제 회사를 그만두게 될지 알 수 없는 나이였다. 앞으로 몇 년 동안 딸의 유학 자금을 대야 할 일을 생각하니 가슴이 답답했다. 그러나 어쩐지 그 이유를 대놓고 내세우기가 꺼림칙해서 Y는 강하게 반대하지 못했고, 하나밖에 없는 자식이 놀겠다는 것도 아니고 공부를 하겠다는데 부모가 반대할 수 있느냐는 아내의 강한 반격을 막아낼 무기가 없어서 더듬더듬 변명을 하다가 물러나고 말았다. 습관처럼 가슴을 치면서 그는, 몇 년 더 미루는 것뿐이야, 그뿐이야, 하고 스스로를 달랬다. 다행이라고 해야 할지, 딸은 그 분야에서는 제법 알아주는 대학을 알아서 찾아냈다. 그는 습관처럼 지끈거리는 뒷머리를 주무르며, 봐, 알아서 제 일을 하고, 기특하잖아, 하고 자위했다. 귀국할 무렵이 되었을 때 아내는 딸을 돌본다는 구실을 내세워 런던에 더 머물겠다는 속내를 비쳤다. 남편 혼자 보내는 것이 켕기는지 막무가내로 요구하지는 않았지만 양보할 의향도 없어 보였다. 아내가 귀국을 하거나 하지 않거나 세 명의 가족 중에 누군가는 혼자 지내야 하는 상황이었다. 자기의 거취에 따라 Y가 한국에서 혼자 지내거나 딸이 영국에서 혼자 지내야 한다는 점을 아내는 교묘하게 이해시키려고 했다. 어

느 쪽이 더 힘들겠느냐고 묻지는 않았지만, Y는 그렇게 들었
다. 자기가 더 힘들 거라고 우길 수 없었으므로 그는 침묵으로
아내의 뜻을 수용했다. 불편을 드러내는 수단인 그의 침묵은
그의 아내에게는 불편을 견디지 않아도 되는 구실이 되었다.
그가 한국에 혼자 돌아오게 된 사연이었다.

귀국하는 비행기 안에서 그는 자기가 부담해야 할 딸의 학
비와 모녀의 생활비를 계산해보았다. 계산이 잘 되지 않았다.
분명한 한 가지 사실은 이전에는 고려의 대상이었던 조기 퇴
직을 이제는 생각할 수 없다는 것이었다. 딸이 졸업할 때까지
어떻게 해서든 회사에 붙어 있어야 하고, 다른 생각을 하면 절
대로 안 된다는 것이었다. 그리고 워낙에 그럴 생각이었지만,
단월 집으로 들어가는 것 말고 다른 가능성은 고려할 수도 없
게 되어버린 처지가 그는 좀 속상했다. 이렇게도 할 수 있고
저렇게도 할 수 있는 상황에서 결정하는 것과 이렇게도 저렇
게도 할 수 없어서 어쩔 수 없이 결정하는 것은 사뭇 달랐다.
그것은 결정이라고 할 수도 없었다. 반대할 식구들이 없으니
얼마나 잘된 일이냐며 애써 위안을 삼는 자신이 민망해서 그
는 피식 웃었다.

저녁 늦게 공항에 내린 그는 귀국 첫날 호텔에서 잤다. 잠들
기 전에 3년 동안 집을 관리해준 고마운 이웃에게 전화를 걸
었는데 연결이 되지 않았다. 고객의 요청에 의해 당분간 수신
이 중단되었다는 안내 메시지만 나왔다. 하지만 그는 이상하

게 생각하지 않았다. 다음 날 택시를 타고 찾아간 그 집에서 아주 이상한 상황과 맞닥뜨리기까지 그는 조금도 이상하게 생각하지 않았다.

Y의 눈을 휘둥그레지게 한 것은 그의 집 정원이었다. 그가 그렇게 공들여서 만들어놓은, 그의 자부심의 일부이기도 했던 잔디밭이 사라지고 없었다. 그는 자기가 집을 잘못 찾아왔나 잠시 주변을 둘러보았다. 잘못 찾아왔을 리 없었다. 마을에 그렇게 멋지게 지어진 집은 그의 집 말고는 없었다. Y는 잔디가 사라진 마당에 두껍게 덮인 잿빛의 연탄 부스러기들을 보았다. 쪼개지고 부서진 연탄 가루들은 누군가 꽤 오랫동안 그곳에 연탄재를 버려왔다는 사실을 깨닫게 했다. 어디서 났는지 알 수 없는 그 연탄재들이 쌓여서 밟히고 다시 쌓이고, 단단해지고, 그리하여 맨땅처럼 되어 있었다. 잔디는 보이지도 않았다. 그는 발끝으로 땅을 툭툭 차보았다. 허연 먼지가 일어날 뿐 풀잎은 나타나지 않았다. 잔디를 제거한 것이 아니라 연탄재를 덮어 죽여버린 것이 분명했다. 그것이 전부가 아니었다. 잔디밭 한편에 만들어진 정자는 사라지지 않고 그대로 있었지만 이미 사람이 앉아 쉴 만한 공간이 아니었다. 바닥은 더러웠고, 호미와 괭이와 소쿠리 같은 농기구들이 정리되지 않은 채 놓여 있었다. 작동이 될 것 같지 않은 녹슨 선풍기와 왜 거기 있는지 알 수 없는 찌그러진 냄비도 보였다. 구멍이 뚫린 지붕은 비도 햇빛도 막지 못할 것 같았다. 물이 빠져나간 연못

은 오리 우리로 변해 있었다. 지푸라기와 모이와 배설물로 지저분한 연못 바닥에서 꽥꽥거리며 뒤뚱거리는 세 마리의 더러운 오리를 보자 신물이 올라오려고 했다. 가슴이 답답해지면서 현기증이 일었다. 그는 그럴 때 으레 그러듯 주먹으로 가슴을 쳤다. 가슴에서 쿵쿵 소리가 나고 숨이 가빠졌다. 연탄재로 뒤덮인 정원이 천천히 빙글빙글 돌았다. 그에 따라 그의 몸이 왼쪽 오른쪽으로 기우뚱하며 흔들렸다. Y는 중심을 잡기 위해 다리를 벌리고 무릎을 굽힌 채 한참 동안 그대로 있어야 했다.

"여보세요." 그의 목소리는 자기도 모르게 떨려서 나왔다. 그는 남의 집을 엿보는 사람처럼 자기 집을 기웃거렸다. 불러 놓고도 혹시 누군가 정말로 문을 열고 나올까 봐 저어하는 자신의 마음을 이해하기 어려웠다. 안에 누군가 있는 게 분명하지만, 안에 누군가 있다는 건, 그가 누구든, 아주 부자연스러운 일이었다. 그 누군가는, 그가 누구든, 거기 있어야 하는 사람이 아니었다. 거기 있는 것이 부자연스럽지 않은 사람은 Y 말고는 없었다. 그러니까 Y의 저어하는 마음은 부자연스러움에 대한 예감에서 비롯한 것이었다. 그는 늘 억지와 불합리와 막무가내를 거북해했다. 억지와 불합리와 막무가내를 겪지 않고 산 것은 아니지만, 겪을 때마다 거북하고 못 견뎌 했다. 못 견뎌 하면서도 견뎌낸 것은 견뎌내지 않을 때 닥쳐올 또 다른, 어쩌면 더 클 수도 있는 억지와 불합리와 막무가내에 대한 예감 때문이었다. 부자연스러운 것을 꺼리는 사람이, 꺼리면서도 부자연스러운 것을 내치지 못하고 받아들이게 되는 공식이 이래서 성립한다. 부자연스러운 것을 꺼리는 사람은 그렇지 않은 사람보다 부자연스러운 상황을 더 잘 받아들이는데, 그것은 부자연스러운 상황을 거부하는 자신의 태도가 혹시 만들어낼지도 모르는 더 부자연스러운 상황을 끔찍해하기 때문이다. 만들어진 부자연스러움보다 자기가 만들지도 모르는 부자연스러움을 한층 더 두려워하기 때문이다. 그런 성향은 대학생인 딸이 서울에 오피스텔을 얻어주고 두 부부만 단월에 가서 살라고 했을 때, 학비를 댈 부모 형편은 생각하지 않고 런던에서 다시 대학을 다니겠다고 했을 때, 그리고 귀국 무렵 아내가 딸과 함께 영국에 더 머물겠다고 했을 때 그가 취한 태도에 고스란히 나타난다. 그는 내키지 않았지만 받아들였다. 내키지 않은 채로 받아들였다.

단월 집에 대해서도 그럴 수 있을까? 제멋대로 더럽혀지고 훼손된 그의 공간에 대해서도 같은 태도를 취할 수 있을까? Y는 그럴 수 없을 것 같았고, 그러면 안 될 것 같았고, 그러지 않아야 할 것 같았고, 그러나 그러지 않을 수 있을지 자신이 없었다. 그는 부자연스러운 상황에 빠져 허우적거리기만 하게 될까 봐 두려웠다. 부자연스러운 상황은 받아들이는 것도 어렵고 받아들이지 않는 것도 어려웠다.

"누구요?" Y는 깜짝 놀라 소리 나는 쪽으로 몸을 돌렸다. 대문 안으로 들어서는 남자는 허름한 작업복 차림이었고, 챙이 넓은 밀짚모자에 끈이 풀리고 구두코가 닳은 군화를 신고 있었다. 남자는 불안정한 자세로 서 있는 Y와 그 옆에 세워진 두 개의 커다란 트렁크 가방을 번갈아 보았다. 미심쩍은 눈빛이었다. Y도 그랬지만 남자 역시 머릿속을 바쁘게 뒤지고 있는 것이 분명했다. Y도 그랬지만 남자 역시 머릿속에서 아무것도 찾아내지 못한 것이 분명했다. 누구요,에 이어 뭐요, 하는 질문이 이어졌다. 퉁명스러운 목소리였다. 정감도 배려도 느껴지지 않는 그 목소리가 Y는 부담스러웠다. 난 여기 집주인인데, 하고 말할 때 목소리의 꼬리가 말려 들어간 것은 그 때문이었다. 그는 주장하는 것처럼 들리기를 원했지만 상대는 눈치 보는 것처럼 들었을 수 있었다. Y는 그런 것이 다 걱정이 되었다. 남자는 별 해괴한 소리를 듣는다는 듯 피식 웃더니 성큼성큼 걸어 방으로 들어가버렸다. "잘못 찾아온 것 같수다." 문고리를 잡고 서서 그가 한 말이었다. 볼일 없으니 그만 나가라는 뜻이 분명했다. Y는 남자의 태도가 그런 상황에 합당한 것이라고 생각되지 않았기 때문에 당황했지만, 당황했기 때문에 아무 말도 하지 못했다. 잘못 찾아온 것이 아니라는 걸 이해시키기 위해서는 약간의 설명이 필요했다. 그는 집주인인 자기가 왜 이제 나타났는지 설명해야 했다. 집주인인 자기가 왜 이제 나타났는지 설명하기 위해서는 전원생활에 대한 자신의 오랜 꿈과 긴 시간에 걸친 신중한 건축과 3년 전의 갑작스런 출국과 관리를 맡긴 이웃집 사람에 대해 말해야 했다.

그 사람에게 매달 보낸 관리비에 대해서도, 어젯밤 그 사람과 통화가 되지 않아 호텔에서 바로 찾아왔다는 말도 했다. 남의 집에 들어와 살고 있는 낯선 남자의 정체와 엉망이 되어 있는 집에 대해 추궁하기 위해서는 그런 설명들이 필요하다고 그는 판단했다. 그런 구차스런 설명들이 추궁을 위한 전제가 된다고 그는 느꼈다. 당신이 누구인지, 왜 여기 살고 있는지, 내 근사한 집이 왜 이 꼴이 되어 있는지 이제 설명해보라고 요구할 때, 그의 불안한 마음을 반영이라도 하듯 목소리가 떨려서 나왔다. 그는 주먹을 꼭 쥐고 다리에 힘을 주었다. 눈앞에서 빙글빙글 도는 집을 붙잡기 위해 그런 노력들이 필요했다.

한참 후에 문이 열렸다. 그 집에서 가장 큰방이었고, 그가 아파트에 있던 물건들을 넣어둔 방이었다. 그러나 방 안은 어두워서 아무것도 보이지 않았다. 어둠 속에서 남자가 구시렁거리는 소리가 들렸다. 그러나 그 사람이 웅얼웅얼 말을 해서인지 Y가 너무 긴장을 해서인지 뜻을 파악하기는 어려웠다. 당신이 거짓말을 하고 있지 않다면 착각하고 있는 것 같다고 말하는 것 같았지만 확실하지 않았다. 내가 아는 주인은 다른 사람이에요, 하고 말하는 것 같았지만 확실하지 않았다. 확실하지 않았으므로 다시 말해달라고 요청해야 했지만, 알 수 없는 기운에 압도당해 입을 열지 못했다. 내가 주인이에요, 하는 말이 입속에서만 맴돌았다. 문을 열고 성큼성큼 걸어 나온 남자의 손에는 가로세로로 네 번 접힌 편지지가 들려 있었다. 남자는 여전히 밀짚모자를 벗지 않은 차림이었다. 이걸 보시오, 하고 퉁명스럽게 말하며 남자가 편지지를 펼쳤다. 그것은 수기로 된 임대차 계약서였다. 검은색 볼펜으로 쓴 글씨들은 크고 길쭉했다. 전세 보증금은 3천 5백만 원이었고 계약기간은 2년, 계약한 날은 2년 3개월 전이었다. 소재지 주소가 적혀 있고, 용도와 면적 란은 비어 있었다. 특이사항을 적는 곳에 '1. 임차인은 건물에 딸린 텃밭을 경작할 권리도 함께 갖는다. 2. 계약은 2년마다 자동 연장된다'는 문구가 적혀 있었다. 계약서대로라면 3개월 전에 계약이 자동 연장된 셈이었다. 임대인은 장팔식이었고 임차인은 황철수였는데, 장팔식 이름 옆에는 도장이, 황철수 이름 옆에는 서명이 되어 있었다. Y는 장팔식도 황철수도 알지 못했다. 남자가 턱을 치켜들며 거기 적힌 황철수가 자기 이름이라고 했다. 이 사람은요? 하고 Y가 장팔식이라는 이름을 가리키며 물었다. 당신 이름 아니지요? 라고 되물으며 남자는 피식 웃었다. 아니, 피식 웃었다는 건 아마 착각일 것이다. 설마 그런 상황에서 피식 웃겠는가, 하고 Y는 속으로 생각했지만, 정말로 피식 웃고 있는 남자의 얼굴을 보게 될 것이 두려워 확인하려는 시도를 하지 않았다. 그 대신 그 계약서를 세심하게 살피는 척했다. Y는 장팔식이 아니었고, 임대차 계약서를 쓴 적도 없었다. "이 사람, 어디 삽니까?" 스스로를 진정시키기 위해 심호흡을 하고 Y가 물었다. 장팔식이라니. 이 사람은 누구이기에 이런 계약서를 썼을까? Y는 그런 권리를 누구에게도 준 적이 없었다. 외국으로 나가기 전에 부동산중개소에 전세를 내놓았지만 찾는 사람이 없다고 해서 거둬들였다. 이웃집 사람에게 관리를 부탁하고 돈을 보내주긴 했지만 다른 권리를 준 적은 없었다. 그 수상한 문서가 Y의 현실 감각을 일깨웠다. 그가 원하지 않았고 상상도 하지 않았던 일이 벌어져 있었다. "이 사람, 누굽니까?" Y의 질문은 그가 생각하기에도 날카롭지 않았다. 날카롭지 않을 뿐 아니라 적절하지도 않다는 사실을 남자가 확인해주었다. 남자는 앞부리가 닳아서 허옇게 된 낡은 군화로 땅을 툭툭 차며 이 집주인이지 누구겠어요? 하고 받았다. Y는 황당한 일을 당해 어쩔 줄 몰라 하는 자신에게 공감하려는 노력을 전혀 하지 않는 남자가 못마땅했다. 남자는 진지하지 않을 뿐 아니라 Y의 조급함을 비웃는 것 같았다. 자격지심 때문인지 모르겠으나, 심지어 은근히 즐기고 있는 것처럼 보이기도 했다. 그런 남자의 태도를 어떻게 이해해야 할지 난감했다. 뒤이어 이런 상황을 심각하게 받아들이지 않아도 될 어떤 이유를 남자가 가지고 있기 때문에 심각하게 받아들이지 않는 것 같다는 생각이 들었고, 그 생각은 그를 긴장시켰다. 그는 좁은 병 속에 갇힌 것처럼 답답함을 느꼈다. "이 사람이 여기 살았어요. 이 사람이 이사 가고 우리가 들어왔다고요." 남자는 이번에도 뻔한 것 아니냐는 투로 말했다. Y는 그것이 남자의 평소 말버릇인지 일부러 꾸며내서 하는 것인지 헤아릴 여유가 없었다. 그러니까 이 집에서 살았단 말입니까, 이 장팔식이라는 남자가? 하는 말이 Y의 입에서 비명처럼 터져 나왔다. 남자는 고개만 끄덕였다. "그 사람, 키가 나만 하고 나이는 나보다 조금 덜 먹었고 조금 뚱뚱한 편이고 앞머리가 벗겨지고 얼굴이 검고 입술이 두툼하고 그렇습니까?" 떠오르는 대로 인상착의를 늘어놓으면서 그는 관리를 맡긴 이웃집 남자의 이름을 기억해내려고 노력했다. 그 사람 이름이 장팔식이었을까? 기억나지 않았다. 그 사람이 자기 이름을 알려줬는지 생각해보려고 했지만 그 역시 떠오르지 않았다. 그가 매달 관리비를 보낸 계좌의 주인은 한영숙이었다. 설마 그의 이름이 한영숙은 아닐 것이다. 그가 아는 그 친절한 이웃이 그런 짓을 할 만한 위인이라고 판단되어서가 아니라 그것 말고는 다른 가정을 세우기가 어려웠으므로 그는 그 이웃을 의심했다. 남자가, 인상착의가 뭐 비슷하네요, 하고 수긍을 해줬기 때문에 그의 가정은 확신으로 변해갔다. 그러나 가정이 확신으로 바뀌었다고 해서 문제가 풀린 것은 아니었다. 남자는 그 사람이 어디로 이사 갔는지 전혀 알지 못했고, 자기는 알아야 할 이유나 필요를 느끼지 못한다고 말했다. 연락처는 알 거 아닙니까? 하고 묻자 그 사람이 내 연락처를 알고 있지요, 하고는 그만이었다. 납득할 수 없는 대답이었지만 Y는 그 사실을 따져 묻지 못했다. "새벽에 일어나서 여태 일하고 왔거든요. 잠을 좀 자야겠어요." 남자는 노골적으로 그만 가달라는 손짓을 했다.

3

그 친절한 이웃의 이름이 장팔식이라는 걸 알려준 사람은 이장이었다. 그러나 그것이 전부였다. 장팔식이 어디로 갔는지, 왜 갔는지는 그도 알지 못했다. 이장 말고는 그 사람의 전화번호를 알고 있는 사람도 없었는데, 이장이 알고 있는 번호는 Y가 알고 있는 번호와 같았다. 전화기에서는 계속 고객의 요청으로 수신이 제한되어 있다는 메시지만 나왔다. "마누라도 없이 노모를 모시고 살았는데, 노인이 죽자 온다 간다 말도 없이 사라져버렸어요. 노인만 없어지면 이 시골 바닥에 안 붙어 있겠다고 입버릇처럼 떠들어대던 사람이라 사라진 게 이상하지 않습디다. 젊을 때 도시에 나가 살다가 쫄딱 망해서 여기 돌아온 지도 얼마 안 되고 했으니까 뭐. 안 망했으면 아마 돌아오지 않았을걸. 나중에는 노인이 세상 뜰 날만 기다리는 사람 같았다니까." 이장은 장팔식을 호의적으로 평가하지 않았다. 이장이 말하는 장팔식은 Y가 알고 있는 그 친절한 이웃이 아니었다. 이장은 자기는 물론이고 마을 사람들 모두 Y가 장팔식에게 그 집에 들어와 살도록 허락한 것으로 알았다고 말했다. 그 사람이 그렇게 떠벌리기도 했거니와 허락을 받지 않았다면 남의 집에 들어가 살 리 없다고 판단했기 때문이다. 장팔식은 Y가 떠나자마자 그 집으로 옮겨 와서 살았다고 했다.

동네 사람들을 정자에 불러 고기를 구워 먹이기도 했다고 했다. 자기도 초대받아 고기를 구워서 막걸리를 마신 적이 있다고 말하며 이장은 겸연쩍게 웃었다. 그렇지만 장팔식이 그 집에서 산 기간은 얼마 되지 않았다. 몇 달 후 노모가 숨지자 기다렸다는 듯 장례식을 치르고 마을을 떠났기 때문이다. 그 사람이 떠나고 보름쯤 지난 후 해거름 녘에 낯선 남자가 트럭을 몰고 마을로 들어왔다. 조수석에는 젊은 여자가 타고 있었다. 짐칸에 실린 살림은 단출했다. 그들은 조금 긴 여행을 떠났다가 돌아온 부부처럼 자연스럽게 문을 따고 들어가 그 집에 살기 시작했다. 남자는 트럭을 몰고 다니는데 정확하게 무슨 일을 하는지는 잘 모르겠다고 이장은 말했다. 며칠씩 집을 비우기도 하고 며칠씩 집에 붙어 있기도 하지만 동네 사람들과는 통 접촉이 없다고 했다. 남자와 나이 차이가 많이 나 보이는 여자 역시 바깥출입을 거의 하지 않는다고, 텃밭에 나와 일하는 모습을 보긴 했지만 부지런히 농사를 짓는 것 같진 않다고, 텃밭이 아까워죽겠다고 이장은 말했다. 남자 인상이 어찌나 험악한지 말을 붙이기가 겁나더라고, 남자가 여자에게 삿대질을 하며 욕을 섞어 말하는 걸 본 적이 있다고, 모르긴 해도 남자가 여자를 함부로 대하는 것 같다고, 사람들 안 보는 데서는 주먹질을 하는지도 모를 일이라고 이장 부인이 목소리를 낮춰서 덧붙였다. 그러나 그 남자가 어떻게 그 집에 들어와 살게 되었는지, 장팔식과 어떤 사이인지는 이장과 이장 부인은 물

론 마을 사람들 가운데 누구도, Y와 마찬가지로 아는 사람이
없었다.

이장이 장팔식과 어떤 사이냐고 물어본 적이 있긴 했다. 남
자는 이장에게도 무뚝뚝했다. 그건 왜요? 하고 반문한 다음,
마을 일을 맡아 하는 사람으로서 새로 이주해 와 사는 주민들
에 대해 최소한의 정보는 가지고 있어야 한다는 설명을 듣고
는 못 이기는 척, 그러나 그다지 진정성이 느껴지지 않는 어투
로, 놀음판에서 만났소, 됐소? 하고는 사라져버렸다. 일찌감치
대화할 종자가 아니라고 느꼈다고, 이장은 고개를 절레절레
저었다.

이장은 일단 그 집으로, 무조건 들어가라고 충고했다. 상식
이니 법이니 하는 걸 개똥으로 아는 작자들에게 상식과 법을
기대할 수 없다고, 현실적으로 유리한 쪽으로 생각해야 한다
고 이장은 말했다. 무조건 집으로 들어가서 버텨야 한다. 주
인이기 때문이 아니라 주인이 되기 위해서. 그 말은 맞는 말
이 아니었지만(왜냐하면 그는 주인이었으니까), 이상하게 설득
력이 있다고 Y는 생각했다. 불법으로 점유하고 있는 사람들에
게 당신이 그 집의 주인이라는 걸 증명하고 선언하고 일깨우
기 위해서는 그 사람들과 동거하는 불편을 참아야 한다. 그런
걸 무서워해선 안 된다. 불법이든 아니든 점유자를 내쫓을 수
없을 때는 일단 점유지에 몸을 끼워 넣어야 한다. 그것이 이장
의 충고였고, Y는 그 충고가 나무랄 데 없다고 느꼈다. 그랬으

므로 그 충고를 받아들이지 않을 수 없었다.

물론 순조롭지는 않았다. 남자는 Y가 집에 들어오는 걸 반기지 않았다. 이장이 이 집의 진짜 소유주가 Y라는 걸 확인해 줬지만, 그런 건 자기가 알 바 아니라는 식의 반응을 보였다. 퉁명스러운 남자는 눈에 훤히 보이는 현실을 좀처럼 받아들이지 않으려고 했다. 상황 판단 능력이 떨어지는 것 같기도 하고, 모종의 꿍꿍이를 감추고 있는 것 같기도 했다. 남자는 무슨 말을 하든 임대차 계약서만 내밀었다. 법적 효력이 있을지 의심스러운, 손으로 쓴 그 종이 한 장을 가지고 자기 권리를 무한히 확대했다. "나는 이 사람, 장팔식과 계약을 했고, 3천 5백만 원은 내 돈이요." 그 말은 자기를 내보내려면 3천 5백만 원을 줘야 한다는 뜻이고, 또 장팔식이 아니면 자기를 내보낼 수 없다는 뜻이기도 했다. Y로서는 자기가 받지도 않은 3천 5백만 원을 돌려주어야 할 이유도 없거니와 설령 그렇게 한다 하더라도 남자를 쫓아내고 집을 찾을 수 있을지 확신이 서지 않았다. 그것은 몹시 신경 쓰이는 일이었고, 무엇보다 부자연스러운 일이었다. 그가 의견을 구한 모든 사람들이 계약서상의 임대인인 장팔식을 찾아야 해결될 수 있다고 했다. Y도 그렇게 생각했다. 그러나 그 사람을 찾기 위해 자기가 할 수 있는 일이 거의 없다는 것이 문제였다. 경찰서에 신고하고 기다린다는 것이 그가 생각한 유일한 방법이었다. 시끄럽고 부자연스러운 상황을 만들기 싫어하는 신중한 성격의 Y는 어쩔 수 없이 자기 집을 점유하고 있는 남자와 부자연스러운 거래를 했다. 거래를 할 수밖에 없었으므로 거래를 했다. 남자를 믿어서가 아니라 믿지 않는다는 표시를 대놓고 할 상황이 아니기 때문이었다. 주인이 자기 집에 들어가 살기 위해 돈을 지불해야 하는 건 사리에 맞지 않고, 또 감정적으로도 내키지 않은 일이었으나, 자기 집을 놔두고 자기 집이 없는 사람처럼 다른 데서 사는 것은 더욱 사리에 맞지 않은 일이며 감정적으로도 내키지 않은 일이라고 애써 타이르며 자신을 다스렸다. 그는 신중한 태도라고 자위했지만, 신중함 때문에 비겁해지고 있다는 사실은 애써 인식하지 않았다.

다락방에 들어가 사는 대가로 하루에 만 원씩 숙박비를 내겠다는 Y의 제안은 한 달치를 일시불로 내는 조건으로 받아들여졌다. 그들 사이에 계약이 체결되었다. 주인이 임차인이 되어 맺은 희한한 임대차 계약이었다. 계약에 의하면 Y는 안방을 차지할 수 없었다. 물론 거실도 이용할 수 없었다. 그의 공간은 뾰족한 지붕 아래 다락으로 제한되었다. 그들이 쓰는 거실이나 안방과 떨어져 있긴 했지만 다락방으로 올라가려면 그들이 차지하고 있는 방 옆의 복도를 지나가야 했다. 지나가는 것만 허용되었다. 그는 그 집에, 그야말로 끼워 넣어졌다.

다락방에는 온갖 잡동사니들이 다 들어 있어서 거의 헛간이나 마찬가지였다. 살이 부러진 검은 우산과 비닐봉지가 씌워진 선풍기와 여성용 샌들 한 짝과 플라스틱 막걸리 병이 뒹굴었다. 구석에는 스펀지처럼 쌓인 묵은 먼지가 풀썩거렸고, 정체를 알 수 없는 악취도 풍겼다. 벽에 기대 있는 헐렁한 자루를 드러내자 습기에 전 곰팡이 자국이 드러났다. 자루에는 문드러진 감자와 양파가 들어 있었다. 사람이 살 수 있는 방이 아니었다. 그는 사람이 살 수 없는 방을 만들지 않았지만 그 방은 사람이 살 수 없는 방이 되어 있었고, 그는 사람이 살 수 없는 방에서 살기 위해 돈을 지불했다. 방을 치우는 데만 한나절이 걸렸다. 벽지를 바르고 장판을 갈아 까는 데 다음 날 한 나절을 썼다. 도배를 했지만 퀴퀴한 냄새는 사라지지 않았다. 다락방 한쪽에 삼각형으로 붙은 조그만 창문은 방 안의 냄새를 바깥으로 빼내지도, 바깥의 신선한 바람을 안으로 들여보내지도 못했다. 하루 종일 창문을 열어놓고 지냈다. 이불을 찾았으나 찾을 수 없었다. 남자 부부가 사용하고 있는 안방의 장롱은 그의 아파트 안방에 있던 것이 분명했으나 옮겨달라고 요구할 수 없었다. 장롱을 옮겨다 놓을 공간도 없었다. 그 장롱 안에 그가 쓰던 이불이 들어 있을 테지만 찾으러 들어갈 수 없었다. 그것은 허용되지 않았다. 눈치를 보아 하니 장롱 안의 이불들은 이미 사용되고 있었다. 장롱과 이불만이 아니었다. 그는 낯익은 소파가 툇마루에 방치되어 있는 것을 보았다. 그는 낯익은 식탁을 보았고, 낯익은 전신거울을 보았고, 낯익은 책상을 보았다. 허락한 적이 없었지만 그는 이의를 제기하지 못했다. 장팔식이 나타나면 그때 제대로 따질 거야, 하며 이를 악물었다. 그는 자기가 남자가 했던 말을 따라하고 있다는 사실을 부러 모르는 척했다. 남자는 이를 악물지 않고 그 말을 했다. "장팔식이 나타나면 그때 제대로 따지세요." 허락 없이 기름보일러를 연탄보일러로 바꾼 사실을 지적했을 때도 아무렇지 않다는 듯, 장팔식이 나타나면 그때 제대로 따지세요, 했다. 기름 값이 너무 비싸서요, 얼어 죽을 순 없잖아요, 하는 말은 잘 들리지 않았다. Y는 주인의 허락을 구하지 않고 기름보일러를 연탄보일러로 바꾼 세입자의 무례와 몰상식을 비난했지만 남자는 자기의 무례나 몰상식은 물론 Y의 비난도 인지하지 못하는 것처럼 굴었다. 훼손된 잔디 정원에 대한 아쉬움을 표현했을 때 남자는 그까짓 잔디,라는 말을 몇 차례나 반복했는데, 그렇게 함으로써 연탄재에 의해 훼손된 잔디 정원을 대수롭지 않은 것으로, 그리고 그것에 대한 Y의 지나친 집착을 이상하고 부자연스러운 것으로 치부했다. 남자에게 Y는 그런 말을 할 자격이 있는 사람이 아니었다. 자격 없는 사람의 참견에 일일이 대꾸할 필요가 없다고 생각하거나 그러는 편이 유리하다고 판단하고 있는 것이 분명했다. Y는 남자의 심기를 건드리지 않으려고 조심하는 자신을 의식하지 않으려고 조심했다.

그는 어디서 비롯하는지 알 수 없는 악취를 맡으며 최대한 움직임을 자제하고, 되도록 숨을 참아가며 남자의 아내가 건네준 꾀죄죄한 담요를 덮고 잠을 잤다. 담요에도 정체를 알 수 없는 냄새가 배어 있었다. 잠은 잘 들지 않았고, 들 수 없었고, 들었다가도 어느새 깨었고, 깨고 나면 어지러운 생각들의 그물에 걸려 헤매 다녔고, 다시 잠들지 못했다. 가끔은 집에 들어가지 않고 다른 데서 잘 생각을 했다. 회사 동료나 친구나 친척집. 하지만 그러기에 그는 나이가 너무 많이 들었고, 또 그럴 만큼 주변 사람들과 살갑게 지낸 것도 아니었다. 그는 다른 사람에게 폐를 끼치지는 않았지만 다른 사람과 마음을 터놓고 지내지도 못했다. 손가락질받을 짓을 하고 살지는 않았지만 칭찬받을 일을 하고 살지도 않았다. 누구도 자기를 반길 거라고 확신할 수 없었다. 그렇다고 누구도 반기지 않을 거라는 확신이 있는 것도 아니었다. 반길 거라는 확신이 없는 한 반기지 않을 거라는 확신이 없다는 것을 희망으로 삼을 수는 없었다. 하루라도 집을 비워서는 안 된다는, 어떻게든 공간을 점유함으로써 집을 지켜야 한다는 강박증도 작용했다. 그 때문에 그는, 마음과는 달리 하룻밤도 다른 데서 자지 못했다. 그는 매일 밤 좁고 더럽고 냄새나고 불편하기 짝이 없는 다락방에서 자는 둥 마는 둥 잠을 잤다. 좀처럼 적응되지 않을 것 같았다,라기보다 절대로 적응되지 않겠다고 작정한 쪽에 가깝지만, 적응은 작정의 문제가 아니라 시간의 문제이므로 애초에 그건 불가능한 작정이라고 해야 할 것이다. 이를테면 냄새에 적응하는 능력을 가지고 있는 후각을 결심이나 각오로 막을 수는 없는 것이다. 결심을 하든 안 하든 익숙해지고 각오를 하든 안 하든 어느 순간 받아들이게 된다. 그는 차차 그 좁고 냄새나고 더럽고 불편한 다락방에 익숙해져갔다. 자신이 계약에 의해 그 집의 일부에 부속되었다는 사실에 익숙해져갔다. 익숙해지는 것은 몸의 일이라 그는 자기가 익숙해지고 있다는 사실을 인지하지 못했다.

그 대신 Y는 틈나는 대로 훼손된 자기 왕국을 복구하는 데 시간을 썼다. 그것은 몸의 관성에 대한 저항이기도 했고, 몸의 관성을 모른 척하려는 방어술이기도 했다. 그는 연못을 청소하고 그 안에 물을 채웠다. 정원의 연탄재를 쓸어내고 뿌리가 살아 있는 잔디를 찾아 삽으로 떠서 한쪽에 옮겨 심었다. 오랫동안 쌓이고 덮여 딱딱하게 굳은 땅처럼 되어버린 연탄재는 잘 쓸려나가지 않았다. 그는 호미를 사용해서 굳은 것을 파냈다. 마당 여기저기 함부로 널브러져 있는 잡동사니들을 치우고 부서진 울타리를 보수했다. 툇마루와 벤치와 정자의 벌어진 틈을 메우고 니스칠과 페인트칠을 했다. 휴일만 아니라 평일에도 일을 했다. 퇴근하자마자 돌아와 해거름 녘부터 어두워질 때까지, 어두워진 다음에도 집을 손보는 데 시간을 썼다. 심지어 집을 회복하는 일을 하기 위해 퇴근을 앞당기기도 했다. 가령 거래처에 들렀다가 바로 집으로 가거나 거래처에 들를 일이 있다고 핑계 대고 바로 집으로 가는 일이 잦았다. 그는 집의 소유권을 되찾는 것보다 집의 원형을 회복하는 것이 더 중요하고 급한 일인 것처럼, 그것이 먼저 해야 하는 일인 것처럼 행동했다. 집의 소유권을 되찾는 일의 복잡함을 피하기 위해 집의 원형을 회복하는 것이 더 중요하고 우선하는 일인 양 움직이기도 했다. 자신의 노동의 흔적을 돌아보며 때때로 자기 집을 찾은 것 같은 기분에 사로잡히기도 했다. 그의 내부에서 부자연스러운 왜곡이 일어나고 있다는 사실을 그는 선명하게 인식하지 못했다. 어쩌면 그 사실을 인식하지 않으려 했는지 모른다. 말하자면 그것이 적응의 과정이기도 하고 적응의 결과이기도 했다. 집을 원상태로 되돌리는 것이 그에게는 집을 찾는 길이었던 셈이다. 혹은 그런 식의 전가가 이루어졌던 셈이다. 그가 집을 가꾸고 고치고 다듬는 동안 남자와 남자의 아내는 아무 일도 하지 않았다. 막지는 않았지만 돕지도 않았다. 물끄러미 바라보거나 Y가 눈에 보이지 않는 것처럼 스쳐 지나갔다. Y는 그들이 참견을 하지 않아서 다행이라고 생각하다가, 아무 참견도 하지 않다니, 하며 서운해했다.

어느 날 저녁 흔들의자에 페인트칠을 하던 Y의 몸이 휘청하며 쓰러질 때까지 그들은, 그런 식으로 서로의 존재를 의식하지 않고 한집에서 살았다. 거의 필사적이라고 할 만한 무신경이었다. 그날 저녁 Y는 문득 세상이 시계 방향으로 빙글빙글 도는 걸 느꼈고, 중심을 잡지 못하고 비틀거렸고, 중심을 잡기 위해 손을 앞으로 뻗어 저었고, 그러다가 거대한 고목이 몸을 눕히기 위해 지상을 향해 무너지듯 비스듬히 쓰러졌다. 바닥에 몸을 눕혔는데도 세상은 계속 빙글빙글 돌았다. 그는 가만히 있었지만, 그의 몸은 공중으로 떠올랐다가 땅으로 고꾸라지고, 엎어졌다가 뒤집어졌다를 반복했다. 시계 방향으로 돌던 세상은 시계 반대 방향으로 돌고, 그러다가 다시 시계 방향으로 돌았다. 오히려 쓰러지기 전보다 빠르게 돌았다. 어질어질하고 속이 메스껍고 구역질이 나오려고 했다. 그는 눈을 감았다. 눈을 감아도 세상은 회전을 멈추지 않았다. 눈에 보이지 않는 세계가 빙글빙글 계속해서 돌았다. 여전히 몸이 공중으로 떠올랐다가 땅으로 고꾸라지고, 엎어졌다가 뒤집어졌다를 반복했다. 여전히 어질어질하고 속이 메스껍고 구역질이 나오려고 했다. 이런 경험을 언젠가 한 적이 있다는 생각이 들었지만 그때의 기억을 떠올리기 전에 몸이 뒤틀리며 속에서 신물이 올라오더니 거품 같은 것이 쏟아져 나왔다. 그는 벌레처럼 꿈틀거리며 속을 게워냈다. 그의 입에서 나온 것들이 그의 얼굴에 묻고 그의 눈 속으로 들어갔다. 눈을 뜰 수가 없었고, 눈을 감고 있는데도 세상은 계속 돌았고, 역겹고 더러운 냄새도 사라지지 않았다. 그의 내부에서 쏟아져 나온 역겹고 더러운 것들이 그를 비참하게 했다. 그는 울려고 하지 않았다. 울음은 그의 의지가 끌어올린 것이 아니었다. 토하는 과정에서 눈물한 방울이 눈가에 맺혔다. 그러자 마중물에 의해 길어 올려진 펌프 물처럼 눈물이 주체할 수 없이 쏟아졌다. 눈물이 울음을 불러냈다. 그는 땅에 얼굴을 대고 울었다. 울음은 길고 풍부하고 끈질기고 어지러웠다. 그의 길고 풍부하고 끈질기고 어지러운 울음이 집 안에 있던 남자의 아내를 밖으로 나오게 했다. 여자는 악취 때문이 아니라 짐승의 울부짖음과도 같은 Y의 울음이 만들어내는 섬뜩한 기운 때문에 가까이 다가가지 못하고 떨어진 채 남편에게 전화를 걸었다. 남자는 트럭을 타고 집으로 오는 길이었다. 남자는 아내의 말을 주의 깊게 듣지 않고 짜증을 내다 전화를 끊었다. 그것은 평소와 다름없는 행동이었다. 그는 평소와 같이 30분에 올 수 있는 길을 30분 걸려서 왔다. 그 사이에 남자의 아내는 멀찍이 떨어져서 Y를 지켜보고 있었다. 토하고 기고 울부짖던 Y가 잠잠해졌을 때 그녀는 차가운 기운이 전신을 훑고 지나는 것을 느꼈다. Y가 갑자기 잠잠해졌기 때문에 그가 토하고 기고 울부짖을 때보다 더 무서움을 느낀 그녀는 거리를 유지하고 선 채 이보세요, 하고 나지막한 소리로 불러보았다. 대답이 없었기 때문에 조금 큰 소리로 다시 이보세요, 하고 불렀다. 그러나 역시 아무 대답도 들리지 않았다. 그녀는 방으로 들어가 119에 전화를 걸었다.

4

　"오늘 갑자기 생긴 병이 아니에요." 의사는 Y의 어지럼증이 꽤 오래되었다고 진단했다. Y는 그럴 리 없다며 고개를 저었다. 얼마 전 잠깐 중심을 잃고 비틀거린 적이 있긴 하지만 그

전에는 한 번도 어지럼증을 느껴보지 않았다고 Y는 말했다. 의사는 Y의 말을 무시하고, 양성 돌발성 체위 어지럼증, 전정기관, 세반고리관, 평형 감각, 이석 같은 생소한 단어들을 입에 올렸다. 의사는 Y가 오랫동안 어지러움을 느끼지 못하고 지냈다는 사실을 의아하고 신기해했다. 이 정도면, 보통 사람들 같으면 일상적인 활동을 할 수 없어요, 하면서는 특이한 변종 대하듯 바라봤다. Y는 일상적인 활동을 할 수 없다는 게 무슨 뜻이냐고 물었다. 의사는 중심을 못 잡고 시멘트 바닥에 쓰러지거나 책상 모서리에 부딪친다고 생각해보세요, 하면서 그 장면을 상상하는지 얼굴을 찡그렸다. Y는 얼굴을 찡그리지 않았다. 그 대신 몸속에 병이 있는데도 증상을 느끼지 못하고 산 것이 큰 허물이라도 되는 것처럼 그럴 리 없다는 말만 반복했다. 그의 말은 거의 무의미한 중얼거림에 가까웠다. 의사는 제 할 말만 했다. "이런 경우가 흔하지는 않은데, 환자분이 병에 적응한 거예요. 검사할 때 반응이 잘 안 나타났던 게 그 때문이죠. 무슨 작용인지 모르겠지만, 꽤 심각한 수준인데, 병에 익숙해져서 증상을 못 느끼게 된 거예요. 내 소견으로는 아주 오래되었어요." Y는 습관처럼 고개를 저으며 그럴 리가 없다는 말을 되풀이하다가 문득 입을 다물었다. 그럴 리 없다고 마구 우길 수만은 없다는 생각이 무슨 반성처럼 속에서 치밀어 올랐기 때문이다. "스트레스 받을 일을 만들지 마세요. 아무것도 하지 말고 무조건 쉬세요. 그게 최선이에요." 의사는 그렇게 말했다. Y의 귀에는 의사의 말이 들리지 않았다.

　그는 사흘간 병원에 머물렀다. 세상은 계속 빙글빙글 돌았지만 회전 속도가 심하지 않았고, 또 언제까지고 병원에 있을 수는 없는 일이었다. 그는 조심조심 걸어서 집으로 돌아왔고, 조심조심 계단을 올라 자기 방으로 들어갔다. 다락방에 이틀 동안 누워서 지냈다. 이틀 후에는 자리를 털고 일어나 쓰러지는 바람에 중단했던 페인트칠을 계속했다. 죽은 잔디를 캐내버리고 살릴 수 있는 잔디를 옮겨 심는 작업을 이어갔다. 연못을 청소하고 물을 채웠다. 울타리를 보수하고 대문을 고쳐 달았다. 회사에는 당분간 나갈 수 없다고 통보를 해뒀다. 회사에서는 띄엄띄엄 전화가 걸려왔다. 그는 받지 않았다. 가끔 세상이 기우뚱했지만 그럴 때면 몸을 반대 방향으로 약간 기울여서 중심을 잡았다. 장팔식에게서는 연락이 오지 않았다. 하루에 한 번씩 전화를 걸었지만 여전히 불통이었다. 그는 귀에 수화기를 대고 '고객의 요청으로 수신이 제한되었다'는 내용의 메시지를 끝까지 들었다. 신기하게도 그 메시지를 끝까지 듣고 나면 장팔식과 통화를 한 것 같은 기분이 들었다. 그 때문에 도중에 끊을 수 없었고, 매번 같은 소리를 들으면서도 매일 연결을 시도하지 않을 수 없었다. 낮에는 피곤해질 때까지 일을 하고 밤에는 시체처럼 잠을 잤다. 방은 여전히 좁고 어둡고 더럽고 악취가 났지만 그 방에서 잠을 잘 잤다. 그는 자주 '자기 집처럼' 느꼈다. 그것은 굉장한 일이었다. 아내가 아주 가끔 전화를 걸어오면 Y는 복잡하고 시끄럽고 먼지투성이고 안하무인이고 철면피한 도시를 피해 완벽한 평화의 공간인 전원에 자신의 왕국을 꾸민 오십대 중반 남자의 행복과 평화에 대해, 혹시 안방의 남자와 여자가 들을까 봐 신경을 쓰며 아주 작은 목소리로 이야기했다. 그 때문에 흡사 속삭이는 것 같았다.

오래된 편지

J선생의 집필실을 정리하는 일이 자기에게 맡겨졌을 때 윤은 약간 언짢아했다. 모두들 처음부터 그렇게 정해져 있기라도 한 것 같은 표정을 하고 그를 바라보았는데, 윤은 처음부터 정해져 있는 일이 따로 있다고 생각하지 않은 데다가 이 경우는 더욱 그렇다고 생각했기 때문에 마음이 불편했다. 고인의 집필실을 정리하고 유품과 유고를 찾아 분류하는 일이야 누구든 할 수 있는 일 아닌가, 하는 불만의 이면에는 누구든 할 수 있는 일을 굳이 내가 해야 하는가, 하는 의문이 도사리고 있었다. 예컨대 그 일은 하찮은 일이라고 할 수는 없어도 중요한 일로 여겨지지는 않았다. 적어도 자기가 의무적으로 해야 할 일이나 기꺼이 할 일이라고 판단되지는 않았다. 그런 판단 속에 끼어 있는 오만함의 자취에도 불구하고 그를 허물할 수

만은 없다. 그는 이름이 제법 알려진 중견 소설가이고, J선생의 제자들 가운데서도 비교적 나이가 많은 편에 속하기 때문이다. 선생의 총애를 받은 것은 사실이지만, 그 때문에 누구나 할 수 있는 일을 맡아야 하는 건 아니라는 윤의 생각이 지나치다고 할 수는 없지 싶다. 선생의 총애를 받았다고 하는 것도 선생과의 인연에 대해 발언할 기회가 많아진 윤의 입을 통해 자주 회상되어 자연스럽게 받아들여진 측면이 있었다. 다른 제자들이 사랑을 덜 받은 것이 아니라 발언할 기회를 덜 가졌을 뿐이라는 뜻이다. 윤은 스승에 대한 존경의 뜻을 인터뷰를 통해 여러 번 표현했고(다른 제자들은 그런 표현을 할 인터뷰 기회를 덜 가졌거나 거의 갖지 못했다), 선생과 함께 문학 행사의 패널로 참가한 적도 있었다. 사람들은 J선생과 윤의 작품 사이에 친연성이 있다는 식의 언급을 했다. 그러면 윤은, 그야 선생님으로부터 배웠으니까 당연하지요, 하며 받아넘겼다. 그러니까 그가 선생의 총애를 받았다는 세간의 인식은, 사실 여부야 어떻든, 윤의 활발한 작품 활동과 주목할 만한 문학적 성과를 보증하는 자료이지 누가 누구를 더 사랑했네, 덜 사랑했네 하는 사실을 증명하는 자료라고 할 수는 없었다. 윤은 그렇게 생각하고 싶어 했다. 마음 같아서는 내가 나서고 싶지만, 선생님께서 윤이 해주길 원하실 것 같아서 말이야, 하고 말한 사람은 윤보다 한 해 선배인 평론가 김이었다. 그는 이번에 J선생 유고집의 해설을 쓰기로 예정되어 있었다. 선생이 윤을 원할 거라는 평론가의 말에 다들 동의한다는 듯 고개를 끄덕였다. J선생 추모사업회의 회의석상이었다. 평론가 김이 그렇게 말하고 다른 이들이 그 말에 동의한 것은 윤이 J선생으로부터 받은 총애와 더불어 문단에서 그가 차지하고 있는 위치를 인정했기 때문이었다. 적어도 윤은 그렇게 받아들였고, 그러자 선생의 집필실 유품들을 정리하는 일이 자기가 할 만한 일이 아니라는 조금 전의 생각에 변화가 찾아왔다. 그 일은 하찮은 일이 아니었고, 아무나 맡을 수 있는 일이 아니었다. 그는 곧 그 일이 자기에게 맡겨지지 않았다면 몹시 섭섭했을 것 같다고 고쳐 생각했다. 그것은 선생으로부터의 총애와 문단에서의 위치가 부정되는 일이라고 할 수 있기 때문이었다. 선생으로부터의 총애는 몰라도 문단에서의 위치에 대한 인정은 물리치고 싶지 않았다. 그래서 그는 자기가 선생의 집필실 유품과 유고 정리를 맡는 것이 마땅하다고 고쳐 생각하고 그 과제를 순순히 받아들였다.

J선생이 자신의 유고시를 대비해서 아무런 언질도 하지 않고 세상을 떠난 것은, 단정하고 꼼꼼한 그의 평소 성품을 생각하면 좀 의외였다. 세상을 뜨기에 알맞은 나이가 따로 있을 수 없는 일이니 일흔세 살에 죽은 그가 세상 떠날 준비를 하지 않았다는 게 흉이라고 할 수는 없었다. 일흔세 살은 넘치는 나이도 모자라는 나이도 아니다. 누구에게는 넘칠지 모르지만 누구에게는 모자랄 수도 있다. 넘치거나 모자라는 것을 결정하

는 객관적이고 엄정한 저울 같은 것은 없다. 다만 그 나이를 품은 각자의 몸이 스스로 넘치거나 모자란다는 감각을 거느릴 따름이다. 몸의 감각 속에 미래를 보는 예지 능력이 포함되어 있다고 해도 그것을 전적으로 신뢰할 수도 없는 일이다. 예컨대 몸이 느끼는 것이 항상 옳지는 않은 것이다. 몸의 세포들 역시 몸을 가진 이의 욕망과 무관하게 존재하지는 않으니까. 욕망의 간섭으로 감각 기계가 오작동을 일으킬 가능성은 언제나 있으니까. 그런 경우에는 욕망이 곧 몸이니까. 욕망이 몸속에 내장된 예지 능력을 무디게 하고 교란시키고, 그리하여 예지하는 것을 욕망하는 것이 아니라 욕망하는 것을 예지하게 하는 사태가 생길 수도 있을 테니까. 몸의 감각과는 다른 일이 빈번하게 일어나는 것은 아마 그 때문일 것이다.

J선생 역시 이런 종류의 감각의 교란에서 자유롭기는 어려웠겠지만, 그러나 그의 죽음을 설명하기 위해 몸의 욕망이나 감각의 예지 능력을 끌어와야 하는 것은 아니다. 그는 교통사고로 갑자기 세상을 떠났다. 그는 일흔 살이 넘어서도 여전히 왕성하게 창작 활동을 했는데, 집필의 양이 줄어들지 않은 것은 물론 생각과 문장도 헝클어지거나 물러지지 않았다. 더 촘촘해지고 단단해졌다는 평까지 들었다. 그런 놀라운 집중력의 비결을 묻는 질문에 그는 얼굴을 찌푸리며 대답했다. "비결? 지금 치켜세우는 모양새를 하고 있지만 깎아내리는 거예요. 존경을 표하는 척하면서 슬그머니 밀어내는 거요. 대견하

다 그거예요? 60점이나 맞을 거라고 예상했는데 70점 맞아서? 대체 왜 60점 맞을 거라고 예상하는데? 그런 식으로 아무렇지도 않게 모욕하는 짓 그만두세요." 노작가의 발언은 각성을 불러일으키거나 공감을 자아내는 대신 일종의 자격지심으로 받아들여졌고, 덩달아 체력을 다지기 위한 그의 꾸준한 운동이나 규칙적인 생활 습관도 세월을 붙들려는 부자연스러운 안간힘으로 이해되었다. 어쨌거나 그가 젊은이 못지않은 체력을 가지고 있었던 것은 사실이다. 그는 일흔이 넘어서도 하루에 두 시간씩 자전거를 탔다. 마흔셋에 시작한 이후 특별한 일이 없는 한 하루도 빼놓지 않은 것이 자전거 타기였다. '비결'을 물은 질문자의 의중에 있던 답은 아마 꾸준한 자전거 타기를 통한 체력 관리였을 것이다. 그러나 그는 그렇게 대답하지 않았는데, 시간에 대항하여 부자연스럽게 안간힘을 쓰는 것처럼 보이고 싶지 않았기 때문이다. 그렇지만 오히려 그런 그의 태도가 부자연스러운 안간힘으로 비칠 수 있다는 사실을 그는 알지 못했다. 어떻게 해도 받아들이는 사람은 같은 걸 받아들인다. 왜냐하면 받아들이는 사람은 상대가 어떻게 하든 받아들이기로 정해놓은 것만 받아들이기 때문이다. 이렇게 하면 이런 경로를 통해, 저렇게 하면 저런 경로를 통해 같은 걸 받아들인다. 그러니까 어떤 태도를 취할지 궁리할 필요가 없는데도, 그 사실을 모르기 때문에, 혹은 알더라도, 어떤 태도를 취할지 궁리하게 되고, 결국 같은 것으로 받아들이고 말 어떤 태도를 택하게 된다. 칠십대 노인의 문제라면 몰라도 J선생의 문제가 아니라는 뜻이다.

하지만 이로써 그가 왜 어떤 언질도 하지 않고 세상을 떠났는지 그 궁금증을 해소할 단서는 제공된 셈이다. 그는 체력 관리를 누구보다 잘하고 있었고, 집중력이 좋았고, 왕성한 작품 활동을 하고 있었으며, 앓고 있는 병도 없었다. 말하자면 그는 자기가 이제 곧 죽을 수도 있다는 생각을, 나이가 그렇게 들었는데도, 전혀 하지 않았던 것이다. 동년배 작가들의 부음을 심심찮게 들으면서도 그랬다. 그런 생각을 애써 하지 않으려 했다고 할 수도 있다. 유고시에 대비해서 어떤 언질도 하지 않은 것은 그런 생각을 애써 하지 않으려 한 이유이기도 하고 그 결과이기도 하다.

그는 30년간 그의 건강을 지켜주었던 자전거를 타고 내리막길을 달리다 변을 당했다. 승용차는 차선을 위험하게 바꾸는 오토바이를 피하려고 핸들을 꺾다가 인도 쪽에 바짝 붙어 달리던 J의 자전거를 들이받았고, 그러자 자전거가 핑그르르 돌며 도로 위에 자빠졌고, J의 몸은 차도 위에 내동댕이쳐졌다. 뒤쫓아오던 트럭은 쓰러진 사람을 보고 급히 브레이크를 잡았지만 내리막길의 가속도를 제어하지 못했다. 그 마지막 순간에 J가 자신에게 무슨 일이 생겼을 경우에 대비해 아무런 조치도 해놓지 않은 사실을 후회했는지는 알 수 없다. 그 순간에 뒤늦게라도 어떤 결정을 했는지도 물론 알 수 없다.

윤은 그 마지막 순간에 J선생이 자신의 집필실을 정리할 사람으로 자기를 꼽았을지 생각해보았다. 그랬을 것 같기도 하고 그렇지 않았을 것 같기도 했다. 윤은 J선생의 제자들 가운데 자기가 가장 인지도가 높다고 스스로 생각했고, 또 실제로 그렇긴 했지만, 그것은 J선생이 그를 가장 마음에 들어 한다는 것과 같은 말은 아니었다. 만일 선생이 그에게 자신의 유품과 유고 정리를 맡기기로 마음을 정했다면, 그것은 선생이 그를 가장 마음에 들어 해서가 아니라 그가 선생의 제자들 가운데 가장 인지도가 높기 때문일 거라고 그는 스스로 생각했다. 그는 또 만일 선생이 그 일을 자기에게 맡기지 않았다면 그것은 그의 인지도가 높지 않아서가 아니라 선생이 그를 마음에 들어 하지 않아서라고 생각하는 것이 이치에 맞다고 판단했다. 그런 평가는 그의 이미지에 약간의 생채기를 낼 것이 분명했다. 그것은 그가 원하는 바가 아니었고, 선생이 원하는 바도 아닐 거라고 윤은 생각했다. 그러니까 어쨌든 그 일은 자기에게 맡겨져야 하는 일이었다.

J선생의 집필실 정리 작업에 따라 유고집의 분량과 성격이 결정될 것이었다. 문예지에 발표하고 작품집에 묶이지 않은 단편소설이 세 편, 중편소설이 한 편 있었다. 미발표 소설이 더 있는지 확인해봐야 했다. 전작으로 장편소설을 쓰고 있다는 이야기를 한 적이 있는데, 그것이 어느 정도 진행되었는지, 아직 구상 단계인지도 살펴야 했다. 발표를 목적으로 쓴 것은

아니라도 발표할 가치가 있는 원고를 발견할 수 있다는 것이 유고집을 펴내기로 한 출판사의 입장이었다. 근거가 없지 않았다. 선생은 소문난 메모광이었다. 어떤 지면에 스스로 소개한 바에 따르면 그가 지니고 있는 수첩과 노트는 백 권이 넘었다. 그는 모든 것을 기록한다고 했다. 그것은 일기이기도 하고 창작 노트이기도 하고 그때그때의 심경을 토로해놓은 낙서장이기도 하다고 했다. 그러나 물론 그는 그것을 공개한 적이 없었다. 공개하려고 쓴 것이 아니기 때문에 공개하지 않은 것이 당연했다. 아무리 유고집이라고 해도 J가 그것의 출판을 허용할지 장담할 수 없었다. 하지만 그는 이미 이 세상 사람이 아니므로 출판을 허용할 수도 없지만 막을 수도 없는 입장이었다. 그의 지극히 사적이고 은밀하고, 아마도 솔직할 것으로 예상되는 문장들이 공개되거나 공개되지 않는 것은 이제 순전히 다른 사람의 판단에 맡겨져 있었다. J는 자기 원고의 출판에 대해 아무 역할도 할 수 없었다. 그가 유사시에 대비한 언급을 하지 않고 세상을 떠났기 때문이었다. 출판사는 그 수첩과 노트 들이 알베르 카뮈의 '작가수첩' 같은 것이 될 수도 있다는 기대를 은근히 내비쳤다. 일기든 메모든 편지든 뭐든 발굴하는 마음으로 찾아달라고 한 편집위원은 부탁했다. 그가 무엇인가 찾아내면 편집회의를 통해 출판 여부를 결정하기로 했다. 그러나 '작가수첩'이 나올지 어떨지는 알 수 없는 일이었다. 출판사의 기대와는 달리, 독자에게 소개할 만한 내용이 거의 없을 수도 있었다. 그 판단을 할 사람은 J가 아니라 윤이었다. 사람들은 윤이 J선생과 가장 가까웠기 때문에 선생의 글에 배경과 맥락을 부여할 수 있을 거라고 짐작하고 기대했다. 이것이 그를 그 일의 적임자로 꼽은 이유이기도 했다. 윤은 자기가 J선생과 가장 가까운지, 어떤 면에서 그러한지는 확언할 수 없지만 선생의 글에 배경과 맥락을 부여하는 것이 그리 어렵지 않을 거라고 생각했다. 그렇게 생각하니 선생의 집필실에 들어가 유품을 살피고 유고를 찾아내는 일이 꽤 중요한 일처럼 여겨졌다. 그는 자부심을 느꼈다.

그렇지만, 그런 자부심과는 달리 윤이 정말로 그 일에 큰 기대나 관심을 가진 것은 아니었다. 기대나 관심의 크기로 정했다면 그 일은 그의 일이 되지 않았을 것이다. 그의 자부심은 그가 가진 기대나 관심에서 나온 것이 아니라 다른 사람의 기대나 관심에서 나온 것이었다. 특별한 것이 발굴될 가능성이 별로 없다는 그의 판단에 근거가 없는 것은 아니었다. 그는 이미 알려진 소설 외에 미발표 작품이 있을 거라고 생각하지 않았는데, 그것은 선생이 생전에 워낙 활발하게 작품을 발표했기 때문이었다. 문학적으로 의미를 부여할 만한 미공개 원고가 얼마나 있을지 미지수였다. 문학적으로 의미를 부여할 만한 원고는 이미, 어떤 경로로든 공개되었을 거라고 윤은 추측했다. 선생은 마지막 순간까지 작품을 발표할 기회가 충분히 주어진 행복한 작가였다. 그랬으므로 엉뚱한 데 기원을 두고 있는 그의 야릇한 자부심과는 상관없이 J선생의 집필실로 가는 윤의 발걸음은 가벼웠다. 가볍고 유쾌한 기억 하나가 그의 걸음에 따라붙었다. 7, 8년쯤 전 일반 독자들을 대상으로 하는 어떤 문학 행사에 윤은 J선생과 함께 참가한 적이 있었는데, 행사가 끝나고 뒤풀이를 겸한 술자리에서 선생이 농담처럼 한 말이 있었다. "네가 습작기 때 쓴 작품, 그거 내가 가지고 있다. 그 엉망인 원고, 여차하면 공개할 수도 있다는 거 명심해." 물론 술기운에 한 소리였다. 선생뿐만 아니라 그 자리에 있던 사람들(사회를 본 평론가와 그 행사를 주관한 재단의 실무자, 그리고 그 행사에 참여했다가 술자리까지 따라온 J선생의 열렬한 독자 한 사람을 포함해 다섯 명이었다) 모두 기분 좋게 취해 있었고, 시종 가벼운 웃음거리를 주고받던 밝은 분위기였으므로 선생의 그 말 역시 쉽게 웃음 속에 묻혀버렸다. 그 말이 어떤 맥락에서 나왔는지도 잘 기억나지 않았다. 그렇지만 윤의 문학적 성취에 대한 긍정과 스승으로서의 만족감이 바탕에 깔려 있다는 정황의 윤곽은 비교적 선명하게 기억났다. 한때 수준 미달의 소설을 쓰는 습작생에 지나지 않았다는 누군가의 회고에는 현재의 흡족한 수준에 대한 암시가 음각으로 새겨져 있다고 할 수 있었다. 혹은 잘나가는 젊은 작가에 대한 선생의 은근한 시기심이 그 말 속에 담겨 있었을지도 모르는데 그 역시 기분 나쁜 회고는 아니었다. 선생이 설마, 나에게? 윤은 그런 생각을 떠올린 자신이 불손하게 여겨져서 나무라듯 여러 차례 고갯짓을 했지만, 헤실헤실 삐져나오는 웃음을 감추기 어려웠다. 나무라는 자기만 자기가 아니고 나무람을 받는 자기도 자기라는 걸 그는 알고 있었다. 선생이 자기를 시기하는지도 모른다는 생각을 하는 파렴치를 감추기 위해 그런 생각을 나무라는 공손을 불러냈지만, 사실 공손은 파렴치에 딸려 나온 것이고, 파렴치를 누르는 대신 오히려 들어 올리는 역할을 할 뿐이고, 그러니까 그렇게 불려나온 공손 또한 파렴치의 다른 형국에 지나지 않다는 걸 그는 모르지 않았다. 헤실헤실 삐져나오는 웃음이 그 증거였다. J선생이 윤에게만이 아니라 다른 제자에게도, 주로 술자리에서 그런 말을 하며 유쾌하게 웃었다는 사실을 나중에 알고서 윤은 실소했다. 그러니까 그건 J선생이 술이 알맞게 올라 기분이 좋아지면 꺼내는 별 재미없는 유머인 셈이었다. 마음에 담아둘 일도, 자주 떠올릴 일도 아니었다. 윤은 마음에 담아두지도 자주 떠올리지 않았다.

그런데 이제 선생의 방을 마음껏 뒤질 수 있는 권리가 주어지자(그것은 의무이기도 했지만), 그 일이 문득 떠올랐다. 그는 J선생이 정말로 소설가의 이름을 달고 글을 쓰고 있는 그를 비롯한 여러 제자들의 흠 많은 습작기 소설 원고를 보관하고 있는지 궁금해졌던 것이다. 물론 긴장감 없는 궁금증이었다. J선생은, 그 동기가 무엇이든 제자들이 습작기 때 쓴 엉터리 소설 원고를 보관하고 있을 수도 있고 그렇지 않을 수도 있었다. 어느 경우든 신경 쓸 문제가 아니었다. 무엇보다 당사자는 이 세상 사람이 아니었다. 그런데도 그 일을 떠올린 윤은 선생의 방에 자기가 습작기 때 쓴 엉터리 원고가 보관되어 있는지 알아내고 싶어졌다. 선생의 방에서 문장도 제대로 가다듬어지지 않은 자신의 원고를 발견하게 되면 어떤 기분일지 궁금했다. 선생이 정말로 자기가 수업 시간에 제출한 습작 소설을 보관하고 있으면서 그런 말을 했든 보관하고 있지 않으면서 그런 말을 했든 두 경우 모두 왜 그랬는지는 수수께끼지만, 보관하고 있지 않으면서 그런 말을 했다면 더욱 수수께끼라고 할 만했다. 윤은 선생의 집필실 어느 책상 서랍에서 자기의 원고가 발견되는 상상을 했다. 만일 그 원고를 직접 눈으로 본다고 해도 선생이 왜 그걸 보관하고 있었는지 알 길이 없겠지만, 왜 그런 말을 했을지는 알 수 있을 것 같은 생각이 들었다. 무슨 근거가 있는 것은 아니고 그냥 그럴 것 같은 생각이 들었다.

그렇다고 해서 선생의 유품과 유고 들을 정리하러 J의 집필실에 들어간 윤이 자기 원고 찾는 일에만 몰두한 것은 아니었다. 오래된 원고를 모아둔 파일이 나오면 혹시 하고 더 주의 깊게 살핀 것은 사실이었다. 그 이상은 아니었다. 자기가 쓴 엉터리 소설이 발견될 거라고 기대한 것도 아니고 발견되지 않을 거라고 확신한 것도 아니었으므로 어떤 경우든 완전히 실망하거나 완전히 흡족해할 일은 아니었다. 그렇지만 정작 집필실 어디에서도 자기가 습작기 때 쓴 그 미숙한 원고가 발견되지 않자 섭섭한 마음이 밀려왔다. 그 마음을 그는 잘 이해하기 어려웠지만, 그리고 반대로 원고를 발견했다면 다른 기분이 들었을지 예단할 수 없는 일이긴 했지만, 섭섭한 마음이 드는 걸로 보아 선생이 습작기 때 쓴 자기 원고를 여태 보관하고 있어주기를 더 바랐던 모양이라고 생각하며 쑥스럽게 혼자 웃었다. 그의 것만 아니라 다른 제자들의 원고도 발견되지 않은 것이 그나마 다행이라는 생각을 선생의 수첩과 메모장을 정리하면서 했다.

　J의 미발표 단편소설은 발견되지 않았다. 장편소설은 대강의 얼개만 짜여 있을 뿐, 아직 첫 줄도 쓰지 않은 상태였다. '작가수첩'이 될 수 있을지는 모르지만, 선생의 수첩과 메모에는 읽을 만한 내용들이 꽤 있었다. 착상이 떠오를 때마다 메모 형식으로 써놓은 그의 글들 가운데 많은 부분이 작품의 뼈대가 되었거나 약간씩 변형이 가해져 작품 속에 자리를 잡고 있다는 사실을 발견하는 즐거움이 은근했다. 그의 글을 꾸준히 읽어온 사람이라면 쉽게 눈치챌 수 있는 것도 있고, 꾸준히 읽어온 사람이라고 해도 쉽게 눈치챌 수 없는 것도 있었다. J가 살아서 글을 쓴다면 새 작품의 뼈대가 되거나 새 작품 속에 약간 변형된 형태로 자리 잡았을 거라고 예감하게 하는 것도 있었다. 그런 것들을 맞춰보고 찾아내고 추측하는 일이 생각한 것보다 지루하지 않았다. 다행이었지만, 지루하지 않은 대신 건성으

로 읽을 수도 없었으므로 예상보다 시간이 많이 걸릴 수 있겠다는 생각이 들었다. 책이나 영화를 보고 적어놓은 감상문 형식의 글에서도 우회하고 뒤틀고 거듭 말하는 J선생 특유의 문장이 살아 있었다. 짧고 가벼운 글도 결코 짧고 가볍게 쓰지 않는 선생의 신중한 태도가 윤의 입가에 미소를 짓게 했다. 윤은 평소에 선생의 글이 지나치게 엄숙해서 일체의 엄숙한 것들로부터 부단히 달아나려고 하는 이 시대 풍조와 어울리지 않는다는 의견을 가지고 있었는데, 실은 자신도 선생의 그런 점을 존중하고 있었다는 사실을 깨닫고 안도하는 마음이 되었다. 새삼 J선생의 (총애받은) 제자라는 사실이 뿌듯하게 여겨지기도 했다. 선생이 살아 있을 때보다 선생의 제자이며 선생이 아끼는 제자라는 사실을 더 자랑스럽게 내세우게 될 것 같은 예감이 들었다.

그런 예감은 맨 아래 서랍 깊은 곳에서 몇 장의 사진이 발견된 다음에도 달라지지 않았다. 좀 의외이긴 했다. 사진 속의 J선생은 전혀 엄숙하지 않았기 때문이다. 선생은 반소매 셔츠에 사각팬티 차림이었다. 킹사이즈 침대가 배경이었다. 다섯 장 가운데는 팬티만 입고 찍은 사진도 한 장 있었다. 미스터코리아 대회에 나온 보디빌더처럼 힘을 줘서 가슴을 모으고 팔을 머리까지 들어 올려 근육을 돋보이게 포즈를 취하고 있었는데, 가슴과 팔에 힘줄이 빳빳하고 복부 근육이 탄탄했다. J선생이 미스터코리아 대회에 참가한 적이 있는지는 알 수 없지만, 그 사진은 그런 사진이 아니었다. 근육의 발달 정도를 저울질하는 보디빌더들의 대회가 침대를 배경으로 열릴 까닭이 없었다. 더욱이 선생의 헤벌어진 입과 풀어진 얼굴 표정이 사적인 공간에서 찍힌 사진임을 시사하고 있었다. 다른 사진에는 탁자 위에 놓인 와인 병과 잔이 보였다. 잔은 두 개였다. 선생의 불그스름한 볼과 찌그러진 눈가의 웃음이 기분 좋은 취기를 드러내고 있다고 윤은 느꼈다. 선생의 얼굴은 노인처럼 보이지는 않았지만 그렇다고 젊은이처럼 보이지도 않았다. 머리숱이 제법 많은 것으로 보아 최근 사진이 아니라는 짐작은 할 수 있었다. 두 장의 사진에는 선생만 찍혔지만, 다른 사진에는 한 사람이 더 찍혀 있었다. 여자였고, 그 여자 역시 옷차림이 가벼웠다. 침대라는 도구와 어울리는 옷차림이라고 생각하며 윤은 여자의 얼굴을 찬찬히 뜯어보았다. 그가 모르는 얼굴이었다. 두 사람은 어깨를 맞대고 볼을 붙인 채 약간 위를 쳐다보며 웃고 있었다. 천진난만하다는 느낌이 들 정도로 밝은 웃음이었다. 두 사람 중에 한 명이 카메라를 들고 찍은 것이 분명해 보였다. 세 장의 사진 모두 위치와 각도가 같은 것으로 보아 한군데 고정해놓고 찍었을 수도 있었다. 사진 하단에는 촬영 날짜가 표시되어 있었다. 11년 전 10월 23일이었다.

윤은 J선생의 수첩을 뒤져 그날에 그가 스페인에 있었다는 사실을 확인했다. 그는 그 주에 한국의 문화재단과 스페인의 한 문학 단체가 공동으로 주관하는 문학 행사에 참여하기 위해 마드리드에 간 것으로 되어 있었다. 마침 두 달 전에 그의 소설 한 편이 스페인어로 번역 출판되어 출판기념회와 홍보를 겸한 일정이었다. 한국 측 참석자는 그 외에 소설가 두 명이 더 있었고 시인이 한 명, 평론가가 한 명이었다. 시인이 여자였지만, 사진 속의 인물은 그 시인이 아니었다. 여자의 머리 색깔이 연한 갈색이긴 했지만 서양 여자로 보이지도 않았다. 윤은 약간의 놀라움과 얼마간의 흥미를 가지고 사진들을 자세히 들여다보고 J선생의 기록들을 샅샅이 살폈다. 여자가 누구인지 추측할 수 있는 단서는 발견되지 않았다. 기록에 의하면, 스페인에서의 공식 행사는 10월 21일에 끝나는 것으로 되어 있었고 귀국 날짜는 25일이었다. 사진이 찍힌 23일에 그가 어디 있었는지 알 길은 없으나 공식적으로는 한국에 돌아오지 않은 것이 분명했다. 윤은 사진 속에 혹시 어떤 단서가 숨어 있을지 모른다는 기대를 가지고 여러 차례 꼼꼼히 들여다보았지만 여자의 정체는 물론 그들이 머물고 있는 곳이 어느 도시인지도 찾아내지 못했다. 살바도르 달리의 것으로 추정되는 복제 그림이 한 점 벽에 걸려 있고 와인 병에 OLIVERAS라는 라벨이 붙어 있었다. 침대 머리 부분에 Romantico라는 로고도 보였다. Romantico가 침대를 만든 가구회사의 이름인지 호텔 이름인지는 확실히 알기 어려웠다. 그것들을 근거로 스페인의 어느 도시에 있는 호텔이라고 추측할 수는 있지만 단정할 수는 없었다. 스페인의 어느 도시에 있는 호텔일 리 없다고 단정할 근거는 물론 없지만, 그 반대의 근거 역시 희박했다. 그림은 복제화이고, 스페인 와인은 세계 어디서나 구할 수 있고, Romantico는, 그것이 침대 상표든 호텔 이름이든, 한국에서도 흔하게 접할 수 있는 것이었다. 오히려 그 세 개의 기호만으로 연상하자면 한국의 경치 좋은 강변에 자리 잡은 러브 호텔 이미지가 더 어울렸다. 윤은 유럽의 어느 도시에 있는 호텔이 아니라 한국의 어느 강변에 세워진 모텔이라고 해도 전혀 이상하지 않다고 속으로 생각하고, 그러면 안 된다는 법은 없지, 하고 나지막하게 중얼거렸다. 그렇지만 그러려면 23일에 그가 한국에 있어야 했다. 기록이 맞다면 그는 25일에 귀국했으니까 23일에는 한국에 없었을 것이고, 따라서 그곳이 한국의 모텔일 리 없었다. 물론 J의 노트에 있는 기록을 전적으로 신뢰해야 하는 건 아니다. 25일보다 먼저 한국에 들어왔을 가능성을 배제할 이유는 없다. 그리고 마음먹고 달려든다면 그것을 확인하는 일 또한 그렇게 어렵지 않을 것이다. 그러나 굳이 그런 마음을 먹고 싶지는 않았다. 윤에게는 그곳이 유럽의 호텔이든 한국의 모텔이든 중요하지 않았다. 중요한 것은 J선생이 어느 젊은 여성과 한방에서, 아주 편안하고 자연스러운 구도로 한가한 시간을 보내고 있다는 사실이었다. 선생의 그런 모습이 담긴 사진을 그가 보고 있다는 사실이었다. 윤은 우연치 않게 발견된 선생의 인간적인 면모에 잠시 울컥하는 마음이 되었다. 조금 놀라긴 했지만, 충격을 받은 건 아니었다. 실망이나 경멸과도 달랐다. 다른 사람이었다면 실망이나 경멸을 느꼈을지 모르지만 J선생이었으므로 느낌이 달랐다. 유명 연예인을 찍은 몰래카메라를 보았을 때의 기분과 비슷했는데, 그보다 더 강렬하고 한층 짜릿했다. 몰래카메라에 찍힌 어떤 연예인의 소탈하고 쩨쩨한 모습 때문에 오히려 그가 친근하고 정겹게 여겨지는 것과 유사한 움직임이 윤의 마음속에서 일어났다. 윤은 평소에 J선생을 존경한다고 말해왔고, 실제로도 존경한 것이 사실이지만, 그러나 왜 그런지 그때마다 어쩔 수 없이 존경한다는 생각에 따라붙는 찜찜함을 피하기 어려웠다. 제자니까, 소설을 배웠으니까, 그것이 도리니까, 그렇게 해야 하니까, 하는 투는 아니었다. 오히려 그런 사람을 어떻게 존경하지 않을 수 있단 말인가, 하는 쪽에 가까웠다. 마지못해 한 건 아니지만 압도된 상태에서, 다른 가능성은 배제된 상태에서, 하지 않을 수 없어서 당연히 하는 존경이 그의 찜찜함의 이유였다는 걸 윤은 비로소 깨달았다. 엄밀하게 말하면, 그는 J선생을 좋아한 것이 아니라 인정했던 것이다. 인정했을 뿐 좋아하지는 않았으니 두 사람 사이에 알 수 없는 거리감이 존재하는 것은 당연했다. 윤은 J선생에게서 인간미를 느끼지 못했으며, 그것은 선생이 철두철미하고 원칙적이며 사적인 틈을 내비치지 않았기 때문이었다는 걸 깨달았다. 고인이 된 J선생의 서랍 깊은 곳에서 나온 몇 장의 사진이 그와 선생 사이의

거리와 찜찜함을 메웠다. 귀중한 유물을 발굴해낸 것 같은 감격이 윤의 가슴에 들어찼다. 그는 실망하지 않았고, 선생의 이중성이나 위선을 경멸하지도 않았다. 그런 마음이 들지 않았기 때문이었다. 오히려 윤은 비로소 J선생을 어쩔 수 없이 존경하는 것이 아니라 진심으로 좋아할 수 있을 것 같았고, 마침내 좋아한다는 표현을 하면서 켕기는 기분을 갖지 않을 수 있을 것 같았다. 마침내 윤은 그런 사진을 남겨둔 선생에게 고마움을 느꼈다.

그렇다고 해서 그 사진들을 공개할 수는 없었다. 그 사진을 본 사람들이 모두 그가 느낀 걸 느낄 거라고 기대할 수 없었다. 그 사진들을 본 사람들이 그가 느낀 J선생의 인간미 대신 그가 느끼지 않은 이중성이나 위선을 느끼지 않으리란 보장은 없었다. 그 사진들을 본 사람들이 모두 J선생을 어쩔 수 없이 찜찜하게 존경했으리라고 추측할 수 없었으니까. 그는 신중해야 했고, 신중했다. 윤은 그 사진들을 누구에게도 공개하지 않겠다고 작정했다. 그는 선생이 그 사진들을 만인이 아니라 자기에게만 남겼다고 멋대로 생각하고 자기 가방 깊은 곳에 넣었다. 사진들에 얽힌 사연들을 알아내려는 호기심도 가방 깊은 곳에 넣고 잠갔다. 선생이 쓴 노트 가운데 정황이나 뜻을 똑 부러지게 이해하기 어려운 부분들이 있었고, 그런 것들 가운데 어떤 것은 사진 속의 여성을 대입하면 어찌어찌 맞아떨어질 것 같기도 했다. 그러나 윤은 아귀를 맞추려는 노력을 하지 않았다. 아주 오랫동안, 할 수 있으면 죽을 때까지 가방 속에서 그 사진을 꺼내지 않으리라 마음먹었다. 그는 귀중한 유물을 찾아냈지만, 혼자서 온전히 소유하기 위해 도로 묻어두는 편을 택했다.

그날 저녁 편집회의가 있었지만, 그는 편집위원이나 선후배 가운데 누구에게도 그 사진의 존재를 알리지 않았다. 그것이 선생에 대한 제자의 도리라고 그는 생각했다. 그러자 큰 선심이라도 베푼 것처럼 우쭐해지며 기분이 좋아졌다. 언제 졌는지 모르는 빚을 비로소 갚은 것처럼 후련하기도 했다.

그러나 아주 오랫동안, 할 수 있으면 죽을 때까지 사진을 꺼내지 않겠다는 윤의 결심은 사흘 만에 무너졌다. J선생의 집필실에 다시 찾아간 사흘 후, 그는 자신의 가방 가장 깊숙한 곳에 묻어두었던 사진들을 도로 꺼내고 말았다. 사흘 전의 확고하고 단호한 태도는 사라지고 난감하고 초조한 표정이 그의 얼굴에 그려졌다. 이걸 어떻게 하지? 하고 묻는 것 같은 표정이었다. 왜 그렇게 되었는지 이해하기 위해서는 시간을 아주 조금만 앞으로 돌려보면 된다.

윤이 양쪽 벽을 다 가리고 서 있는 J선생의 책장 구석에서 발견한 것은 그가 받은 편지들이었다. 그것은 직사각형의 종이 상자 안에 들어 있었다. 원래 와이셔츠가 들어 있던 것으로 추정되는 종이 상자가 세 개였다. 한 상자에는 각종 출판 계약서들이 날짜별로 분류되어 들어 있었다. 편지들은 다른 두 개의 상자 안에 있었다. 초청장과 축하 엽서들이 많았고, 알 만한 사람이나 기관에서 온 것이 대부분이었다. 외국에서 온 것도 상당했다. 개인적인 편지는 보관되어 있지 않았다. 컴퓨터 자판에서 찍어낸 것들이 거의 전부였다. 윤은 상자 안의 편지들을 한 장 한 장 꺼내서 유심히 살폈다. 윤은, 그러지 말자고 결심했음에도 불구하고, 자기가 며칠 전에 발견한 사진 속 여자의 편지가 있는지 찾고 있었다. 그 여자가 보낸 것으로 보이는 편지가 있을 것이다, 그러면 그 여자가 누구인지, J선생과 어떤 사이인지 짐작할 수 있을 것이다. 그러지 말자고 결심했음에도 불구하고, 그는 그 사진 속 여자에 대한 궁금증을 떨쳐내지 못했다. 그는 스스로 좀 민망했지만, 혼자서 온전히 소유하기 위해서라도 이 귀중한 유물이 얼마나 귀중한지 알 필요가 있다고 구실을 만들었다. 그냥 알아내기만 할 것이다. 알아내고 나서는 가방 안쪽 깊숙한 곳에 사진들과 함께 묻어둘 것이다. 윤의 손길은 세심하고 부지런히 움직였다. 그렇지만 사진 속 여자가 보낸 것으로 추정할 만한 편지는 나타나지 않았고, 윤은 어쩔 수 없이 약간 실망했다. J선생이 그의 얄팍한 속생각을 들여다보고 있는 것 같아 쑥스러워진 그는 공연히 큰기침을 하고 잠시 작업을 중단했다. 커피를 한 잔 끓여 마시고 다시 편지를 분류하기 시작했을 때 애초의 호기심은 상당히 사그라진 상태였다. 그랬으므로 어딘지 낯익은 글씨체의 편지가 눈에 들어왔지만 그는 그것을 잘 인식하지 못했다. 만년필로 씌어진 글씨들은 기다랗고 반듯했다. 하얀 백지는 색이 바래 누렇게 보였다. 존경하는 J선생님께,로 시작하는 그 편지의 문장은 서두가 매우 정중하고 신중했다. 글씨체만이 아니라 문장도 낯설지 않았다. 그리고 그 점이 윤을 혼란스럽게 했다. 눈에 익은 그 서체와 문장이 윤을 손가락질하고 있었는데, 그는 그 손가락질을 받아낼 엄두가 나지 않았던 것이다. 그런 글을 쓴 기억은 없는데 글씨와 문장이 자기 것임을 부정하기 어려울 때 빠져드는 혼란이 있다. 간밤의 자신의 자취들이 고스란히 찍힌 비디오를 들여다보는 몽유병자의 혼란과 같은 것이다. 그는 기억하지 못하지만 서체와 문장은 그를 기억하고 있었다고 해야 할까. 서체와 문장이 그의 기억을 끌어내고 있었다고 해야 할까. 기억하라고, 인정하라고 몰아대고 있었다고 해야 할까. 윤은 고개를 갸우뚱하고 눈살을 찌푸렸다. 기억을 끌어올리기 위해서인지, 기억나는 것을 눌러 앉히기 위해서인지 알 수 없는 몸짓이었다. 중간쯤 읽었을 때 손끝의 힘이 떨어지면서 기억이 솟구쳤다. 그것은 그가 쓴 편지였다. 편지 끝에 적힌 날짜는 19년 전 10월 16일이었고, 윤이 소설가가 되기 전해였다. 윤은 이듬해 신춘문예를 통해 문단에 나갔다. J선생은 이 오래된 편지를 왜 가지고 있었던 것일까. 윤은 선생을 이해하기 어려웠다. 선생이 가지고 있었던 것이 그의 엉터리 습작 소설이면 차라리 나을 것 같았다. 선생은 언제든 공개할 수 있는 그의 습작 원고를 가지고 있다고 말한 적이 있었다. 그러나 선생의 서재에서 그의 원고는 발견되지 않았다. 그러니까 선생이 가지고 있다고 말한, 마음만 먹으면 언제든 공개할 수 있는 그의 작품은 이것이었던가. 그의 엉터리 습작기 소설이 아니라 이 편지였던가. 그가 쓴 이 뜨거운 편지로 그의 치졸함을 상기시키려 했던 것일까. 질문은 거기서 멈췄다. 윤은 갑자기 찾아온 서늘한 깨달음으로 몸을 떨었다. J선생은 이 편지가 내가 쓴 것임을 알고 있었단 말인가. 그는 두려움에 덜덜 떨며 스스로에게 질문했다. 어떻게 알 수 있었단 말인가. 그는 자기가 이런 글을 썼다는 사실이 믿기지 않았지만 자기가 쓴 글이라는 사실을 부정할 수도 없었다. 그렇지만 윤은 그 편지를 익명으로 부쳤었다. 글씨체와 문장의 낯익음에도 불구하고 그것이 자기가 쓴 편지라는 걸 곧바로 알아차리지 못한 데에는 그런 연유가 있었다. 그는 그 편지를 익명으로 부쳤고 자기가 그런 편지를 썼다는 걸 아무에게도 알리지 않았으므로 아무도 모르리라고 생각했고, 아무도 모르는 걸 자기만 알고 있을 이유가 없다고 생각했고, 그래서 자기도 알지 않기로 했던 것이다.

19년 전에 윤이 쓴 편지는 간절했지만 추악했다. 뜨거웠지만 그 뜨거움은 자기를 연료로 해서 타는 뜨거움이었다. 그때 윤은 아직 작가가 아니었고, 그와 오랫동안 소설 공부를 같이 해온 동아리 회원인 후가 한 문예지의 신인문학상에 당선

된 해였다. 회원 가운데 첫 등단이었다. 같이 습작했던 친구들이 축하 자리를 만들었고, J선생도 와인 한 병을 들고 참석해서 잠깐 앉아 있다 갔다. 재학 중에 만들어진 그 동아리 모임은 졸업 후에도 이어지고 있었다. 취직을 하고 결혼을 하고 다른 도시로 옮겨 가는 사람이 생기면서 점차 뜸해졌지만 그때까지도 해체되지 않고 유지되었다. 졸업 후 다른 도시로 옮겨가 살게 된 후는 그 모임에 거의 참석하지 못했지만 그의 등단을 축하하는 자리에는 나왔다. 동료들은 기꺼이 그를 축하해 주었다. 윤도 그 자리에 있었다.

문제는 후의 등단작이 발표된 문예지를 읽고 난 후에 생겼다. 윤은 후의 소설을 읽다가 5년 전에 습작 동아리에서 읽은 한 여자 회원의 작품을 기억해냈다. 어느 날 갑자기 한 번도 들어본 적 없는 남편의 외삼촌이라는 사람이 불쑥 찾아와 주인공의 평화롭고 질서정연한 일상을 휘저어버리고 마침내 집까지 차지해버린다는 내용의 소설이었다. 윤은 후의 등단 작품의 골격이 그 소설과 놀라울 만큼 비슷하다고 생각했다. 남편의 외삼촌이 아내의 아버지로 바뀌고, 아내의 아버지라고 주장하는 남자가 자기 딸을 범하려 한다는 정도의 차이는 아주 사소한 것이었다. 윤은 후가 동료의 습작 소설을 훔쳤다고 규정했다. 그 생각은 두텁고 집요해졌다. 그는 애써 흥분을 가라앉히며 그 시절에 그 소설을 같이 읽었던 몇 명에게 그 사실을 알렸다. 그는 그가 그런 것처럼 동료들이 흥분해서 씩씩거릴 거라고 기대했지만 대부분이 글쎄, 혹은 그런가? 정도의 반응을 보였다. 그 작품이 전혀 생각나지 않는다는 이도 있었다. 기억하는 이도 동원된 에피소드들이 전혀 다르고 구사하는 어휘나 문체도 같지 않다고 발언해서 윤을 실망시켰다. 소설 창작에 있어서 창의적 발상이 차지하는 압도적인 비중을 강조하는 윤의 목소리에는 고개를 끄덕였지만 두 작품의 착상이 같다는 의견에는 동의하지 않았다. 그들은 소설이 될 것 같은 무언가를 발견해내는 일이 얼마나 중요한지 집중적인 습작 경험을 통해 알고 있었다. 무언가가 떠오르면 쓸 수 있었다. 떠오른 것이 제대로 된 것이면 제대로 쓸 수 있었다. 물론 제대로 된 것을 가지고 제대로 쓰지 못하는 경우가 있긴 했다. 플롯을 잘 짜지 못하거나 문장이 갖춰져 있지 않거나 할 때는 어쩔 수 없는 일이었다. 그렇지만 그것은 다른 문제였다. 그런다고 제대로 된 착상이 의미 없어지는 것은 아니었다. 윤과 윤의 동료들은 그 의견에 완벽하게 동의했다. 그렇지만 문제의 두 작품이 같은 착상에서 나온 것인가, 하는 데에는 의견이 엇갈렸다. 그나마 윤의 생각과 가장 가깝다고 생각되는 의견을 정리해서 말하자면, 그렇게 볼 수도 있지만, 그렇게 볼 것까지는 없다는 것이었다. 답답해진 윤이 당사자의 의견을 들어보자고 제안했다. 문제의 소설을 쓴 사람은 졸업하자마자 결혼해서 아이 엄마가 되어 있었고, 그 무렵에는 모임에도 잘 나오지 않은 상태였다. 5년 전은 그들이 졸업하던 해였고, 그녀가 결혼하던 해였다. 그 작품은 그녀가 결혼하기 전 마지막으로 쓴 소설인 셈이었다. 다른 사람들은 자기 일이 아니니까 강 건너 불구경하듯 하지만, 당사자는 자기 일이니까 다를 거라고 윤은 생각했다. 그러나 자기 소설을 훔쳐간 파렴치한이라고 난리를 치며 흥분할 거라는 그의 기대는 이루어지지 않았다. 두 아이의 엄마인 그녀는, 좀 비슷한 데가 있긴 하지만, 그런 정도야 뭐, 소설이 하늘에서 뚝 떨어진 게 아닌데, 표절이라고 말할 수 있나, 하며 대수롭지 않은 반응을 보였다. 오히려 꼬치꼬치 따지며 훔친 게 맞다고 주장하는 윤을 이해할 수 없어했다. 아니라는데, 왜 그래? 하고 쏘아붙이다가 아무래도 상관없다며 전화를 끊었다. 윤은 그런 그녀를 이해할 수 없었고 수긍할 수 없었다. 누가 이익을 보고 누가 피해를 보고 하는 문제가 아니었다. 그는 그저 진실이 무엇인지 알려는 것뿐이라고, 그 밖에 다른 뜻은 없다고, 진실은 아주 투명하고 단순한 것이라고 스스로에게 말함으로써 자신을 부추겼다. 그의 눈에는 너무나 명확한 것이 다른 이의 눈에는 어째서 보이지 않는 것일까. 그는 자주 투덜거렸고 그의 투덜거림이 추문을 만들어냈다. 그가 원하는 것은 추문이 아니었지만 원하지 않는 대로 되는 게 더 많은 것이 세상이었다. 사실 그는 자기가 무엇을 원하는지 알지 못했다. 원하는 무엇인가가 있다고 인정하기도 어려웠다. 반드시 무엇인가 원하는 것이 있어서, 그리고 무엇을 원하는지 알아야만 무슨 일을 하는 것은 아니다. 원하지 않아도 무슨 일인가를 하고, 원하면서 아무 일도 하지 않기도 한다. 한 가지는 확실하다. 그 순간에는 그 자신도 분명하게 인식하고 있었다고 말할 수 없지만, 그가 원하는 것은 추문의 확산으로 얻을 수 있는 것이 아니었다. 그가 화와 질투에 사로잡혀 있었다고 간단하게 규정해버리진 말자는 뜻이다. 그는 혼자서 몹시 괴로워했다. 그래서 J선생에게 편지를 쓰기로 했던 것이다. 그 편지는 일종의 고발장이었던 셈이다. 물론 그가 느꼈던 괴로움이 그의 화와 질투라는 민얼굴을 가리기 위한 불가피한 메이크업이었을 거라는 가정까지 치워버릴 필요는 없을 것 같다. 그의 괴로움이 무엇에 대한 어떤 괴로움이었는지는 묻지 말자는 뜻이다.

그런 일이 있었다. 이듬해 1월에 신춘문예에 소설이 당선된 후 윤은 더 이상 투덜거리지 않았고, 저절로 그렇게 되었고, 자기가 그런 편지를 J선생에게 보냈다는 사실도 잊어버렸다. 잊어버리려고 애를 쓴 것이 아니라 저절로 그렇게 되었다. 그랬다는 사실이 떠올랐다,라기보다 부정할 수 없는 확실한 증거물 앞에서 그랬다는 사실을 인정하지 않을 수 없었다. 윤은 자신이 쓴 그 추악한 편지 끝에 달린 선생의 짧은 글을 읽었다. 욕심내고 있다는 건 가치를 부여하고 있다는 것. 그러니까 순전히 나쁘기만 한 것은 아니다. 그 붉은 글씨들은 자신의 습작품에 대한 선생의 첨삭처럼 보였다. 얼굴이 화끈 달아올랐다. 그 편지의 어디에도 J선생이 그 편지를 보낸 사람이 윤이라는 사실을 눈치챘다는 단서는 없었다. 그럼에도 불구하고 윤은 선생이 그 사실을 눈치챘을 거라고 짐작했다. 글씨체든 문장이든 욕심이든, 무엇인가가 눈치채게 했을 거라고 생각했다. 그는 심한 수치심을 느꼈다. 그의 부끄러운 습작기 작품을 가지고 있다는 J선생의 말은 빈말이 아니었던 것이다.

윤은 선생의 첨삭을 한동안 바라보았다. 붉은 글씨들이 꿈틀거리며 일어나는 것 같았다. 꿈틀거리며 일어나서 그의 목을 조르는 것 같았다. 저항하듯 몸을 일으킨 윤은 오랫동안, 할 수 있으면 죽을 때까지 다시 꺼내지 않겠다고 마음먹고 가방 깊숙이 묻어두었던 J선생의 그 특별한 사진들을 끄집어내어 책상 위에 펼쳤다. 난해하고 초조한 표정이 그의 얼굴에 떠올랐다. 그 표정은 이걸 어떻게 하지? 하고 묻고 있었다. 그것들은 이제 더 이상 그와 선생 사이의 찜찜한 심리적 거리를 메운 것으로 인식되어 반가워하고 심지어 고마워하기까지 했던 며칠 전의 사진들이 아니었다. 사흘 전에 그는 실망하지 않았고, 선생의 이중성이나 위선을 경멸하지도 않았는데, 그것은 그런 마음이 들지 않았기 때문이었다. 그러나 이제 그는 그런 마음이 들지 않았던 사실을 의심하기 시작했다. 어떻게 그럴 수 있단 말인가. 비로소 선생을 진심으로 좋아할 수 있을 것 같고, 마침내 선생을 좋아한다는 표현을 하면서 켕기는 기분을 갖지 않을 수 있을 것 같다는 그때의 느낌이 부자연스럽고 억지스럽고 불합리하다고 생각하기 시작했다. 이제 선생을 진심으로 좋아하거나 선생을 좋아한다는 표현을 하면서 켕기는 기분을 느끼지 않게 되어 다행이라는 생각을 한 이유가 무엇인지 질문함으로써 그는 위악을 다듬었다. 그 사진들을 꼭 공개하겠다거나 반드시 공개해야 한다는 건 아니지만 공개할 권리와 능력이 자기에게 있다는 사실을 거듭 주입함으로써 그는 흥정을 위해 필요한 조건들을 쌓았다. 그는 신중해야 했고, 신중했다. 그는 J선생이 그 사진들만 아니라 그 편지 역시 공개되기를 원치 않는다고 판단하기에 이르렀다. 그 사진들만 아니라 그 편지도 만인이 아니라 자기에게만 남겼다고 생각하기로 했다. 이윽고 그는 오래전에 자신이 쓴 편지를 조심스럽게 두 겹으로 접고, 젊은 여자와 찍은 J선생의 사진들을 그 사이에 끼워 넣었다. 부자연스럽지도 억지스럽지도 불합리하지도 않다고 주문을 걸며 그는 눈을 감았고, 눈을 감은 채 자신의 가방 깊숙한 곳에 그것들을 집어넣었다. 아주 오랫동안, 할 수 있다면 죽을 때까지 꺼내지 않을 작정이었다. 그러니까 순전히 나쁘기만 한 것은 아니다. 첨삭의 말이 단단하게 물린 그의 이 사이로 빠져나왔다.

이미, 어디

그는 무슨 일인가를 해야 하지만 무슨 일을 해야 할지 모르는 사람처럼 행동한다. 무슨 일인가를 해야 하지만 무슨 일을 해야 할지 모르기 때문에 어떤 행동도 하지 않는 사람처럼 행동한다. 무슨 일을 한다고 할 수도 없고 하지 않는다고 할 수도 없다. 아무 일도 하지 않는 것은 아니지만 어떤 일을 하는 것도 아니다. 어떤 일인가를 하지만 그가 하는 일은 아무 일도 하지 않는 사람이 하는 일이다. 그러니까 그는 아무 일도 하지 않는 일을 하고 있는 셈이다. 그렇지만 그것은 놀라운 일도 아니고 특이한 일도 아니다. 이곳에 있는 대부분의 사람이 무슨 일인가를 해야 하지만 무슨 일을 해야 할지 모르는 사람처럼 행동하거나 무슨 일인가를 해야 하지만 무슨 일을 해야 할지 모르기 때문에 어떤 행동도 하지 않는 사람처럼 행동하기 때문이다. 이곳에 있는 대부분의 사람들이 무슨 일을 한다고 할수도 없고 하지 않는다고 할수도 없는 일을 한다. 아무 일도하지 않는 것은 아니지만 어떤 일을 하는 것도 아니다.

이를테면 그는 아주 천천히 걸어 다닌다. 마을 뒤편 언덕에 있는 반경 5백 미터 정도의 잔디공원을 한 바퀴 도는 데 한나절이 걸린다. 지난겨울부터 공원 근처에 자주 나타나는, 어디서 왔는지 알 수 없는 검은 털을 가진 셰퍼드 종의 개가 가끔 미친 듯 울부짖으며 잔디밭을 가로질러 달릴 때가 있는데, 그개가 이쪽 끝에서 저쪽 끝에 이르는 데 걸리는 시간이 5분도걸리지 않는 것을 생각하면 보통 느린 것이 아니다. 속도의 차이를 무시하고 말하면, 무슨 일인가를 해야 할지 모르는 것처럼 행동한다는 점에서 개는 그와 다르지 않다. 잔디밭을 달리는 개 역시 무슨 일을 한다고 할 수도 없고 하지 않는다고 할수도 없다. 아무 일도 하지 않는 것은 아니지만 어떤 일을 하는 것도 아니다. 잔디공원을 달리지만 잔디공원을 달린다는의식을 가지고 달린다고 말할 수 없다. 그렇다고 잔디공원을달린다는 의식 없이 달린다고 말할 수도 없다. 의식이 발을 지배하는지 발이 의식을 지배하는지 말할 수 없다.

공원 곳곳에 나무가 심겨 있고, 나무 아래 의자가 놓여 있다. 나무는 키가 크거나 작고 의자는 짙은 녹색이거나 옅은 녹색이다. 어떤 것은 색이 바래서 거의 흰색처럼 보인다. 나무는땅에 뿌리를 박고 있고, 의자는 땅에 다리가 박혀 있다. 나무는 땅에 뿌리가 박혀 움직이지 못하고 의자는 땅에 다리가 박혀 움직이지 못한다. 공원 한가운데에는 호수가 있다. 호수는 타원형인데 물가에는 자갈이 깔려 있고, 물가에서 가까운 쪽에는 수초가 우거져 있다. 비가 많이 와 물이 불어나면 자갈이 보이지 않고 비가 오지 않으면 자갈이 보인다. 때때로 호수에서 피어오른 안개가 잔디공원을 희뿌옇게 덮는다. 안개는 공원에 있는 모든 것을 자기 품에 품는 걸 좋아한다. 안개가 자욱할 때는 걸어가던 사람이 문득 눈앞에서 사라지기도 하고 그러다가 불쑥 눈앞으로 모습을 드러내기도 한다. 그는 공원을 아주 천천히 걸으며 시간을 보내기도 하고 의자에 앉아 시간을 보내기도 한다. 천천히 걸으며 시간을 보내는 것도 좋아하고 의자에 앉아 시간을 보내는 것도 좋아하는 것 같다. 걸을 때 그의 바짓단을 스치는 풀잎의 살랑거리는 느낌도 좋아하고 앉아 있을 때 그의 머리카락을 날리는 바람의 서늘한 기운도 좋아하는 것 같다. 가만히 앉아 시간을 보내는 것도 좋아하고 책을 보며 시간을 보내는 것도 좋아하는 것 같다. 어떨 때는 가만히 앉아 있기만 하고 어떨 때는 책 속에 코를 박고 해가 질 때까지 앉아 있기만 한다. 그렇지만 가만히 앉아 있기만 한 날도 가만히 앉아 있기만 하려고 온 것은 아니고, 책 속에 코를 박고 앉아 있기만 한 날도 책 속에 코를 박고 앉아 있기만 하려고 온 것은 아니다. 그의 호주머니에는 언제나 무슨 책인가가 들어 있다. 그의 겉옷에는 호주머니가 많은데 어떤 것은 크고 어떤 것은 작다. 어떤 것은 좁으면서 깊고 어떤 것은 넓으면서 짧다. 문고판 소설책을 넣기에 적당한 호주머니와 시집을 넣기에 적당한 호주머니와 주간지를 넣기에 적당한 호주머니와 길쭉한 지도책을 넣기에 적당한 호주머니가 그의 겉옷에 달려 있다. 호주머니에 문고판 소설과 시집과 주간지와 지도책이 들어 있을 때도 있고, 아무것도 들어 있지 않을 때도 있다. 문고판 소설은 대개 문고판 소설책을 넣기에 적당한 호주머니에 들어 있지만 항상 그런 것은 아니다. 주간지를 넣기에 적당한 호주머니에 들어 있기도 하고 지도책을 넣기에 적당한 호주머니에 들어 있을 때도 있다. 지도책 역시 지도책을 넣기에 적당한 호주머니에 들어 있기도 하지만 다른 호주머니에 들어 있기도 하고, 시집 역시 시집을 넣기에 적당한 호주머니에 들어 있기도 하지만 다른 호주머니에 들어 있기도 하다. 어떤 책이 어떤 호주머니에 들어 있는가는 사실 전혀 중요하지 않은데, 왜냐하면 그는 어떤 책이 어떤 호주머니에 들어 있든 도무지 상관하지 않기 때문이다. 예컨대 시집을 넣기에 적당한 호주머니에 시집이 들어 있는 경우도 그가 시집을 넣기에 적당한 호주머니에 시집을 넣으려고 해서 거기 들어 있는 것은 아니다. 대부분의 경우 이것은 우연한 일이다. 그는 그 호주머니가 시집을 넣기에 적당한지 적당하지 않은지 고려하지 않을 뿐 아니라 그 책이 시집인지 아닌지도 신경 쓰지 않는다. 그는 공원을 걷거나 의자에 앉거나 앉아서 가만히 있거나 책을 읽는다. 의자에 앉아서는 책을 읽지 않고 가만히 앉아 있을 때도 있지만 책을 읽을 때가 더 많다. 책을 읽기 위해 의자에 앉거나 잔디공원에 찾아오는 것은 아니다. 책을 읽지 않고 가만히 있기 위해 의자에 앉거나 잔디공원에 찾아오는 것도 아니다. 책을 읽을 때도 가만히 있는 것 같고 가만히 있을 때도 책을 읽는 것 같다. 어떤 사람 눈에는 책을 읽는 모습이 가만히 있는 것 같고 가만히 있는 모습이 책을 읽는 것처럼 보일 수도 있다. 심지어 걸을 때도 앉아 있는 것 같고 앉아 있을 때도 걷는 것 같다. 어떤 사람 눈에는 걷는 모습이 앉아 있는 것 같고 앉아 있는 모습이 걷는 것처럼 보일 수도 있다.

이렇게 말하면 그가 정말로 책을 좋아하는지, 책을 읽기나 하는 것인지 의문을 가질 사람이 있을 것이고, 그 의문은 지극히 자연스럽다. 그 자연스러운 의문은, 모든 자연스러운 것들이 다 그런 건 아니지만, 간단히 대답하는 걸 허용하지 않는다. 그러나 그가 나에게 처음 꺼낸 말이 도서관이 어디 있느냐,였다는 사실은 이 의문에 답하기 위한 참고 자료로 꽤 쓸모 있을 것 같다. 이곳에 나타난 후 그가 처음으로 이야기를 나눈 사람이 나다. 그러니까 그가 나에게 처음 한 말은 이 마을에 와서 한 첫번째 말이고, 그 첫번째 말은 도서관이 어디 있느냐,였다. 그는 두 개의 여행 가방을 한 손에 하나씩 끌고 여관에 들어왔는데, 나중에 알려준 바에 의하면, 그 가방이 그에게 남은 모든 것이었다. 가방 가운데 하나는 크고 하나는 작았다.

작은 것은 큰 것의 반만 했다. 큰 것도 엄청나게 크지는 않았다. 그는 이곳에 오기 전에 이미에서의 삶을 정리했다. 이미에서 그가 산 45년 세월은 여행 가방 두 개로 남았다. 45년 동안 아등바등 살았는데, 가방 두 개를 챙기고 나니까 더 볼 것이 없습디다, 하고 그는 말했다. 버린 물건이 1톤짜리 트럭으로 두 대나 되었어요, 하고 말할 때는 약간 부끄러워하는 것 같은 표정을 지었다. 1톤짜리 트럭 두 대분의 쓰레기, 그것이 이미에서의 내 삶이었던 거지요, 하는 말은 거의 기어들어가는 목소리로 말했기 때문에 알아듣기가 어려웠다. 그는 내가 어떤 반응인가 해주기를 바랐는지 모르지만 나는 그가 익숙한 과거와 단절하고 낯설고 새로운 구상을 실천에 옮기는, 혹은 낯설고 새로운 구상을 실천에 옮기기 위해 익숙한 과거와 단절한 사람 특유의 긴장과 열기에 지나치게 휩싸여 있는 것을 보았기 때문에 아무 대꾸도 하지 않았다.

그가 도서관에 대해 물은 것은 내가 일하는 여관에 묵은 다음 날이었는데, 낯설고 새로운 구상을 실천에 옮기려는 사람 특유의 긴장과 열기가 표정과 목소리에 그대로 배어 있었다. 나는 왜 그런 눈으로 보느냐고 혹시 그가 묻는다면 그런 걸 물어본 사람은 아무도 없었기 때문이라고 대답해줄 생각을 하며 그를 바라보았다. 그러나 그는 왜 그런 눈으로 보느냐고 묻지 않았고, 따라서 나는 그런 걸 물어본 사람이 아무도 없었기 때문이라고 말하지 않아도 되었지만, 준비한 그 말 말고 다른 말이 떠오르지 않았기 때문에 그런 걸 물어본 사람이 아무도 없었다고 말해버렸다. 그는 도서관이 어디 있나요? 하고 다시 물었다. 나는 도서관이 어디 있는지 알지 못했다. 나는 도서관이 어디 있는지 한 번도 생각해보지 않은 사람이었다. 도서관이 어디 있는지 한 번도 생각해보지 않았기 때문에 나는 도서관이 어디 있는지 생각하는 것이 힘들었다. 도서관이 어디 있는지 생각하는 것이 왜 힘든지를 한참 생각하다가 도서관이 어디 있는지를 한 번도 생각해보지 않았기 때문이라는 사실을 알아냈다. 잠시 후 꼭 그것 때문만은 아니라는 사실을 깨달았는데, 도서관이 어디 있는지를 생각하는 것이 어려운 것은 도서관이 있는지 없는지를 모르기 때문이었다. 있는지 없는지도 모르는 상태에서는 있는지 없는지부터 생각하는 것이 타당하다. 있는지 없는지도 모르면서 어디 있는지를 생각하는 것은 옳은 순서가 아니다. 그래서 순서에 따라 도서관이 있는지 없는지를 생각해보려고 했으나 그것도 쉽지가 않았다. 생각해보니 나는 도서관이 있는지 없는지를 모르고 있었다. 확실하지 않지만, 도서관을 본 적이 있는 것 같지 않았다. 기억을 신뢰할 수도 없거니와, 왜냐하면 보아놓고도 그 사실을 기억하지 못할 수 있으니까, 심지어 보지 않았으면서도 보았다고 주장할 수도 있는 것이 기억이니까, 도서관을 본 적이 없다는 이유를 내세워 도서관이 존재하지 않는다고 우겨서도 안 되는 일이다. 도서관을 본 적이 없을 때는 도서관이 없다고 말하는 것이 아니라 도서관을 본 적이 없다고 말하는 것이 마땅하다. 존재하지 않은 것을 볼 수는 없지만, 존재하는 것을 다 볼 수도 없다. 본 것은 있는 것이지만 있는 것이라고 다 보이는 것은 아니다. 나는 도서관이 어디 있느냐는 당신의 질문에 대답할 수 없는데, 그것은 내가 도서관이 있는지 없는지를 확신할 수 없기 때문이라는 취지의 말을 약간 더듬거리면서 했다. 그는 잘 이해하지 못하겠다는 표정으로 내 얼굴을 바라보다가 이빨로 손톱을 물어뜯었다. 자세히 보니 그의 손톱은 바투 잘려서 더 물어뜯을 여지가 있을 것 같지 않았다. 손톱 아래 감춰져 있어야 할 말랑말랑한 맨살이 밖으로 드러나 있는 모습을 보면서 나는 그의 손톱 모양이 손톱깎이와 같은 기구가 아니라 순전히 그의 이빨로 물어뜯어서 만들어진 것임을 알 수 있었다. 손톱깎이를 사용해서는 저렇게까지 짧게 자를 수 없다는 생각이 들었기 때문이다. 그의 손톱은 거의 반 토막밖에 남아 있지 않은 것처럼 보였다. 나는 손톱을 물어뜯는 것은 아마도 그의 오래된 버릇인 것 같다는 추측을 했는데, 그 추측이 틀리지 않다는 걸 얼마 후에 확인할 수 있었다.

그는 걸을 때나 책을 읽을 때나 거의 항상 손톱을 물어뜯었다. 손톱을 물어뜯는 버릇이 있는 사람의 손톱은 자랄 수가 없다. 손톱을 물어뜯는 버릇이 있는 사람은 물어뜯을 손톱이 있는 한 언제나 물어뜯기 때문이다. 손톱을 물어뜯는 버릇이 있는 사람은 손톱을 물어뜯기 위해 태어난 사람처럼 손톱을 물어뜯는다. 손톱을 물어뜯는 버릇이 있는 사람은 물어뜯을 손톱이 남아 있으면 불안하기 때문에 손톱을 물어뜯는데, 물어뜯을 손톱이 없으면 더 불안하기 때문에 필사적으로 물어뜯을 손톱을 찾는다. 그의 불안을 해소하기 위해서는 물어뜯을 손톱이 없어져야 하고 또 있어야 한다. 그는 불안을 없애기 위해서 손톱을 물어뜯고 손톱을 물어뜯어 물어뜯을 손톱을 제거함으로써 다시 불안을 만들어낸다. 손톱을 물어뜯는 버릇이 있는 사람에게는 물어뜯을 손톱이 없으면 없어서 불안하고 있으면 있어서 불안하다. 손톱을 물어뜯는 사람은 불안하기 때문에 손톱을 물어뜯지만, 그가 손톱을 물어뜯는 모습을 보는 사람은 그가 손톱을 물어뜯기 때문에 불안해진다. 손톱을 물어뜯는 사람은 손톱을 물어뜯음으로써 자신의 불안을 만들고, 의도와는 상관없이 다른 사람의 불안도 만든다. 손톱을 물어뜯는 그를 불안하게 바라보다가 나는 그 자리를 피했다. 그의 질문을 만족시키지 못한 사실이 신경 쓰였지만 그 자리에 더 있는다고 해서 그를 만족시킬 자신이 있는 것도 아니었다.

　그렇지만 그를 다시 만나게 되었을 때 그가 묻기도 전에 내 쪽에서 먼저 도서관을 찾았느냐고 물은 것을 보면 어쨌거나 그의 질문에 대답하지 못한 사실이 신경 쓰였던 것 같긴 하다. 그는 외출을 하기 위해 여관을 나서는 참이었고 나는 아침 일찍 군청에 갔다가 여관으로 들어가는 참이었다. 군청은 필요하면 언제든 부른다. 한 달에 두세 번 부를 때도 있지만 1년

이 다 가도록 부르지 않을 때도 있다. 부르지 않을 때는 1년에 한 번도 안 가도 되지만 부르면 하루에 몇 번이라도 가야 한다. 특별한 일이 없으면 몇 시간씩 기다려서 군청 직원이 내미는 서류에 서명을 하고 돌아온다. 그리고 대개 특별한 일이 없다. 특별한 일이 없는데도 군청은 사람을 부른다. 군청이 오라고 했는데도 가지 않으면 어떻게 되는지 모른다. 아는 사람이 있는지 모르겠으나 나는 모른다. 나는 군청이 부를 때 응하지 않은 적이 없기 때문이다. 서명을 하는 데 걸리는 시간은 채 1분도 되지 않는다. 1분을 위해 몇 시간, 어떨 때는 한나절, 심할 때는 하루를 다 쓴다. 물론 군청 직원이 내미는 서류를 다 읽고 서명을 하려면 시간이 더 필요하다. 한두 장짜리 서류도 있지만 스무 장이 넘는 서류도 있다. 어떤 서류는 내용이 간단하지만 어떤 것은 복잡하다. 그러나 기다리느라 지친 대부분의 사람들은 서류의 내용을 확인하지 않고, 마지막 장의 서명란에 서명만 한다. 군청 직원이 타이핑하는 걸 바로 앞에 앉아서, 어떨 때는 꽤 긴 시간 동안, 지켜보고 있는 건 건물 밖에 줄을 서서 기다리는 것보다 훨씬 곤혹스럽다. 군청 직원도 서류의 내용을 파악하려고 하지 않는 사람들을 나무라지 않는다. 물론 처음부터 그랬던 것은 아니다. 처음에는 서명 전에 꼼꼼히 읽고 따지고 직원에게 묻기도 했다. 그러나 몇 차례 반복하다 보면 꼼꼼히 읽거나 따지거나 직원에게 묻고 서명하는 것이 꼼꼼히 읽지 않고 따지지 않고 직원에게 묻지 않고 서명하는 것과 별반 다르지 않다는 사실을 깨닫게 되고, 그러면 꼼꼼히 읽거나 따지거나 직원에게 묻는 일을 그만두게 된다. 한두 장이든 스무 장이 넘든, 간단하든 복잡하든 마찬가지다. 꼼꼼히 읽고 따지고 직원에게 꼬치꼬치 묻는 사람이 지금도 없지는 않다. 다 그런 것은 아니지만, 그런 사람들은 대부분 군청에 처음 왔거나 몇 번밖에 오지 않은 사람들이다.

여관 문을 밀고 들어가던 나는 여관 문을 밀고 나오는 그와 머리를 부딪칠 뻔했다. 그와 부딪치는 것을 피하기 위해 나는 몸을 왼쪽으로 돌렸는데, 그는 나와 부딪치는 것을 피하기 위해 몸을 오른쪽으로 돌렸기 때문에, 우리의 의도와는 달리 나의 왼쪽 어깨와 그의 오른쪽 어깨가 맞부딪쳤다. 이번에도 그는 손톱을 물어뜯었는데, 나와 부딪치기 전부터 손톱을 물어뜯고 있었는지 나와 부딪치는 순간 손톱을 물어뜯으려고 손을 입으로 가져갔는지 분명하지 않다. 나는 몸을 틀어 그가 지나갈 수 있도록 자리를 내주면서 엉겁결에 도서관을 찾았느냐고 물었다. 그는 애매하게 고개를 저었다. 나는 그가 도서관을 찾지 못한 책임이 나에게 있는 것 같아 미안해져서 머리를 긁적거리며 당신이 도서관을 찾지 못한 것은 아마 도서관이 없기 때문일 거라고 말했다. 그는 무슨 말을 하는지 모르겠다는 얼굴로 나를 쳐다보았다. 도서관이 있든 없든 상관없는 정도가 아니라 무엇 때문인지 도서관이 어디 있는지 알고 싶어 한 사실을 부정하려는 것처럼 보였다. 최소한 아주 절실하게 궁금해한 건 아니라고 말하고 싶어 하는 것처럼 보였다. 그가 나에게 도서관이 어디 있는지 물었던 일을 모르는 것 같기도 했다. 도서관이 어디 있는지 알고 싶어 한 사실을 잊었거나 나에게 도서관이 어디 있는지 물었다는 사실을 잊은 것처럼 보이기도 했다. 도서관은 아무래도 상관없다는 신호를 보내는 것 같긴 했지만 알 수 없는 책임감과 미안함에서 완전히 벗어나지 못한 나는 어떤 책을 찾는지 모르겠으나 혹시 내가 도와줄 수 있을지 모르니 말해보라고, 많지는 않고, 또 무슨 책들인지 정확히 파악하지 못하고 있긴 하지만, 그저 읽을 것이 필요한 경우라면 내 방에 있는 읽을거리를 빌려줄 수 있다고 말했다. 그는 이빨로 손톱을 물어뜯느라 보기 흉하게 얼굴을 일그러뜨리고, 얼굴만 아니라 목소리까지 일그러뜨려서, 아무 일도 하지 않고 있으면 불안한데 여기에서는 딱히 할 일이 없다고, 딱히 할 일이 없는데도 무슨 일인가를 하지 않으면 불안하니까 무슨 일인가를 해야 하는데 무슨 일을 해야 할지 모르겠다고, 무슨 일인가를 해야 하는데 딱히 할 일이 없고 무슨 일을 해야 할지 모를 때 할 만한 일이 걷는 것과 책을 읽는 것이라고, 걷는 것과 책을 읽는 것은 무슨 일을 하는 것이기도 하고 무슨 일도 하지 않는 것이기도 하다고, 아무 일도 하지 않는 것이기도 하고 무슨 일인가를 하는 것이기도 하다고, 그러니까 아무 일도 하지 않으면서 무슨 일인가를 하는, 일종의 무의식적 행위가 걷는 것과 책을 읽는 것이라고, 자기가 걷고 책을 읽는 것은 순전히 무의식적 행위라고 말했다. 나는 그가 특정한 정보가 필요한 것이 아니라 단순히 읽을거리가 필요하다는 말을 한 것으로 받아들이고 내 방에 있는 책들을 그의 방으로 옮겼다. 문고판 소설과 시집과 길쭉한 지도책과 주간지 같은 것이 그의 방으로 옮겨졌다.

그것들은 누군가의 방에서 나의 방으로 옮겨진 것들이었다. 그 누군가는 여관에 3주일 동안 묵었고 한 달 전에 사라졌다. 그의 방에는 여행용 가방이 두 개 있었다. 하나는 크고 하나는 작았다. 작은 것은 큰 것의 반만 했다. 큰 것도 엄청나게 크지는 않았다. 이 임시 거주지에서 금방 떠날 수 있을 거라고 생각한 듯 가방 속의 짐을 다 꺼내놓지도 않았다. 그렇지만 떠나기 전에 다 읽겠다고 작정한 듯 책들은 모두 나와 있었다. 어떤 책은 방바닥에 뒹굴고 어떤 책은 그가 외출할 때마다 걸치고 다니던 겉옷의 호주머니에 들어가 있었다. 그는 거의 항상 걷거나 책을 읽었다. 걸으면서 책을 읽고 책을 읽으면서 걸어 다녔다. 책을 읽기 위해서 걷는 것 같기도 하고 걷기 위해서 책을 읽는 것 같기도 했다. 우리는 잔디공원 한쪽에 작은 나무를 심고 그 아래 조그만 의자를 만들었다. 우리는 그의 이름을 알지 못했기 때문에 의자의 나무판에 '무명씨를 기리며'라고 썼다. 우리는 그의 태어난 날과 태어난 곳을 알지 못했기 때문에 알지 못한 날, 알지 못한 곳에서 출생했다고 썼다. 사라진 그의 방을 치워야 했으므로 우리는 그의 물건들을 나누어 가졌다. 사라진 사람의 물건을 나누어 가지는 것이 방을 치우는 방법이었다. 객실을 청소하는 여자와 요리를 하는 남자와 정원을 손질하는 노인과 프런트 데스크를 지키는 아가씨와 몇 명의 투숙객들이 탐나는 물건을 하나씩 집어갔다. 탐나는 물건이 없는 사람은 아무거나 집어갔다. 탐이 나서인지 특별히 탐나는 물건이 없어서인지 속옷을 집어가는 사람도 있었다. 그러나 책을 집어가는 사람은 없었다. 속옷을 집어가는 사람도 있었지만 책을 집어가는 사람은 없었기 때문에 책들만 남았고, 나는 남은 책들을 내 방으로 옮겼다. 그때부터 그 책들은 내 방에 있었다. 나는 가끔 책장을 넘겨보았지만 진지하게 독서를 하지는 않았다.

그의 방에 책들을 옮겨주면서 그 책들의 출처를 밝히지는 않았다. 출처를 밝히자면 그 책들의 주인이 어떻게 사라졌는지를 알려줘야 하는데 왜 그런지 그러면 안 될 것 같았다. 왜 그러면 안 될 것 같은 생각이 들었는지를 그 순간에는 이해하지 못했으나 그가 이곳에 온 사연을 제법 길게 이야기한 어느날 희미하게나마 이해할 수 있게 되었다. 그날은 그가 여관에 들어온 지 일주일째 되는 날이었다. 그는 나에게 자기에게 연락 온 것이 없느냐고 물었고, 나는 내가 연락받은 것은 없다고 대답한 후 혹시 다른 사람이 연락받은 것이 있는지 확인해보았다. 프런트 데스크를 지키는 아가씨는 고개를 절레절레 흔들었다. 혹시 하고 객실을 청소하는 여자와 요리를 하는 남자와 정원을 손질하는 노인에게 물어보았지만 그에게 온 메시지를 받은 사람은 없었다. 그는 실망한 얼굴로 객실을 향해 걸어가다 말고 몸을 돌려 혹시 자기에게 연락이 오면 언제든지, 밤이든 새벽이든 가리지 말고, 그 즉시 알려달라고 말했다. 나는 그러겠다고 하고 나서 누구의 연락을 기다리는지 물었다. 그는 손을 입으로 가져갔는데 물어뜯을 손톱을 찾지 못한 듯 입 모양이 비뚤어지고 표정이 일그러졌다. 나의 입 모양도 덩달아 비뚤어지려고 했다. 나는 그가 열 개의 손톱 가운데 물어뜯을 수 있는 손톱을 되도록 빨리 찾아내기를 바라며 그를 주시했다. 그가 물어뜯을 수 있는 손톱을 빨리 찾아내지 않으면 내 손톱을 물어뜯으라고 내밀어야 할지 모르겠다는 걱정이 들었다. 손톱 물어뜯는 버릇이 전염될 가능성이 없지 않다는 생각도 들었는데 그것은 정말로 내가 원하는 바가 아니었다. 다행히 그는 물어뜯을 한 손톱을 곧 찾아냈고, 나는 안도의 숨을 내쉬었다. 물어뜯을 손톱을 찾아냈기 때문인지 그의 표정이 한결 편안해졌다. 입 모양은 계속 일그러져 있었지만 표정은 편안해 보였다. 나는 이미에서는 이미 사라진 사람이에요, 하고 입을 열어 말할 때 입 모양 때문에 발음이 좀 일그러지게 나왔지만 표정은 편안해 보였다. 나는 저기로 가기 위해 이미를 버렸어요, 하고 말하면서 그는 창문을 향해 턱을 들어올렸다. 그의 턱이 가리키는 곳이 창문이 아니라 창문 너머 잔디공원 너머 언덕 너머 어디라는 것을 나는 알아차렸다. 이곳에 머물려고 이미를 떠난 게 아니에요, 이곳에 온 것은 이곳에 머물기 위해서가 아니에요, 하고 그는 이어서 빠르게 말했다. 그는 갑자기 자기 이야기를 쏟아내기 시작했는데, 그것은 내가 예상한 바가 아니었다. 예상한 바가 아니었지만 나는 그가 무슨 말을 할지 궁금했다. 그는 마음먹고 이미에서의 자신의 삶을 정리한 사연을 이야기했다.

그는 모든 것을 정리하기로 하고 모든 것을 정리했다. 회사에 사표를 내고 퇴직금을 받고 가지고 있던 약간의 부동산과 주식과 보험을 처분해서 4등분한 다음 노모와 아내와 아들에게 4분의 1씩 나눠 주고 4분의 1은 자기 몫으로 챙겼다. 노모와 아내와 아들에게 어디로 가겠다고 선언했을 때 충격을 받거나 반대를 한 사람은 없었다. 귀가 어두운 노모는 그가 한 말을 잘 알아듣지 못해서 충격을 받지 않았고, 생각이 어두운 아들은 그가 한 말의 의미를 잘 알아듣지 못해서 반대하지 않았고, 귀도 생각도 어둡지 않은 아내는 그가 한 말과 그가 한 말의 의미를 잘 알아들었지만, 혹은 잘 알아들었기 때문에 충격을 받거나 반대하지 않았다. 친구나 동료는 그가 하는 말에 귀를 기울이는 척하면서 듣지 않았고, 귀를 기울이지 않은 척하면서 들었다. 귀를 기울이는 척하면서 듣지 않고 다른 생각을 했기 때문에 그가 하는 말에 충격을 받지 않았고, 귀를 기울이지 않은 척하면서 은근히 신경을 모았기 때문에 반대하지 않았다. 그가 가장 정리하기 힘들어했던 대상은 열다섯 살 어린 그의 애인이었다. 이미를 정리하고 어디로 가려는 그의 애초의 계획은 계획보다 조금 미뤄졌는데 그것은 열다섯 살 어린 그의 애인 때문이었다. 만일 애초의 계획을 미루지 않았다면 그는 한 해 전에 이미를 떠났을 것이다. 하마터면 그는 이미를 떠날 계획을 포기할 뻔했는데, 그것은 물론 열다섯 살 어린 그의 애인 때문이었다. 열다섯 살 어린 그의 애인의 얼굴을 만지고 가슴에 키스할 때면 그의 안쪽에서 누군가가 굳이 떠날 필요가 있느냐고, 이미도 살 만하다고 속삭였다. 만일 그가 이미를 떠나지 않았다면 그것은 순전히 열다섯 살 어린 그의 애인 때문이었을 것이다. 그러나 물론 열다섯 살 어린 그의 애인이 그의 이주 계획을 듣고 충격을 받거나 반대했다는 뜻은 아니다. 만일 열다섯 살 어린 그의 애인이 충격을 받고 반대했다면 그는 애인의 얼굴을 만지고 가슴에 키스하기 위해 애인의 얼굴을 만지고 가슴에 키스할 수 있는 이미를 떠나지 않았을지 모른다. 그러나 열다섯 살 어린 그의 애인은 충격을 받은 척했지만 반대하지는 않았다. 열다섯 살 많은 애인의 결정과 판단을 존중하는 척했지만 어떤 결정과 판단에도 무신경하다는 걸 알아챘으므로 그는 미련 없이 정리할 수 있었다. 열다섯 살 어린 그의 애인을 정리할 수 있게 된 다음에는 어려운 것이 없었다. 그는 스스럼없이 각종 회원권과 신용카드와 의료보험을 취소하고 운전면허증을 반납했다. 이미에서 당신은 그렇게 불행했습니까? 하고 나는 물었다. 그는 손톱 물어뜯는 것을 멈추지 않은 채(그런데 아직 물어뜯을 손톱이 남아 있는 것일까?) 그렇게 불만스러웠던 것은 아니라고 말했다. 그는 이미에서 그럭저럭 잘 살았다. 그는 제법 규모가 큰 의류회사의 직원이었고, 회사와 사회로부터 그런대로 유능하다는 평가를 받았다. 건강도 나쁘지 않았고 교우 관계도 괜찮았다. 목숨까지바칠 친구가 있는 건 아니었지만, 그가 원할 때는 퇴근 후 술자리에 언제든 낄 수 있었다. 자기 소유의 집이 있었고 부모로부터 물려받은 약간의 부동산과 주식도 있었다. 야망이 크지않았으므로 마음의 번뇌도 없었다. 그만하면 만족하며 살 수있었고, 그는 실제로 만족하며 살았다. 그런데, 그렇다면, 무엇이 이미에서의 시간들을 폐기하도록 만들었을까.

어느 날 아침에 세수를 하다가 그는 문득 거울에 비친 자신의 얼굴을 보며 이 끔찍한 것들, 하고 중얼거렸는데, 당장은자기 입에서 무슨 말이 빠져나왔는지 깨닫지 못했고, 자기 입에서 무슨 말이 빠져나왔는지 깨달은 다음에도 자기가 무엇을 끔찍하다고 한 건지 이해하지 못했다. 그러나 그의 입에서빠져나온 한마디는 그의 머릿속으로 들어가 윙윙거렸고, 그는 어쩔 수 없이 자기가 발음한 끔찍한 것들에 사로잡혀 지냈다. 자기도 모르는 사이에 끔찍한 것들,이라는 말이 빈번하게입 밖으로 나왔다. 대개는 자기가 그것을 발음하고 있다는 걸의식하지 못한 채 그는 끔찍한 것들,을 발음했다. 그가 무엇인가를 끔찍해하고 있다는 건 분명했지만 그 자신이 무엇을 끔찍해하는지는 분명하지 않았다. 그것은 그가 무엇을 끔찍해하는지 모르고 있거나 알고 싶어 하지 않거나 알고 있지만 드러내고 싶어 하지 않기 때문일 수 있었다. 그가 분명히 무엇인가를 끔찍해하고 있었지만, 그 무엇을 끔찍해하면 안 된다는, 혹은 끔찍하다고 표현하면 안 된다는 요구를 받고 있었다는 사실을 알게 된 것은 한 달쯤 후였다. 그 무렵 그는 중앙도서관에서 한 권의 책을 읽었다. 중앙도서관은 이미에서 가장 크고 장서가 많은 도서관이며, 세상의 모든 지식이 모이는 곳이라고 알려져 있었다. 그곳에서 찾을 수 없는 세상의 정보는 없다고 그는 말했다. 그곳에서 찾을 수 없는 정보는 아직 오지 않은 미래에 만들어질 정보 말고는 없다고 그는 말했다. 아직 오지 않은 미래에 만들어질 정보는 없지만 아직 오지 않은 미래에 대한 정보는 있었다고 그는 말했다. 그가 읽은 책에 의하면, 시간은 이미를 거의 다 지나가고 있는 중이었다. 사람들은 눈치채지 못했지만 시간은 쉬지 않고 조금씩 흐르며 이미를 지나갔다. 사람들이 눈치채지 못한 것은 시간이 워낙 눈치채지 못하게 흐르기 때문이었다. 이미는 사라지지 않지만 희미해질 것이다. 이미는 여전히 존재하지만 그러나 지나간 시간으로 존재할 것이다. 시간은 나아갈 것이고 이미는 남겨질 것이다. 시간이 지나가므로 이미는 시간의 뒤에 머물 것이다. 그는 중앙도서관에서 이미를 지나간 시간이 어디로 가는지 읽었다. 이미를 지나간 시간은 어디에서 살기 시작할 것이다. 이제 이미는 시간의 뒤에서 살고 어디는 새로운 현재를 살 것이다. 그는 이미를 지나간 시간이 거주할 새로운 숙소인 어디에 대해 읽었다. 어디는 이미와 같지 않다고, 어디에서는 모든 것이 새로워질 거라고 그는 말했다. 무엇이 어떻게 새로워질지는 모르지만, 이미와는 모든 점에서 다를 거라고 그는 말했다. 다른 데를 지나 이미에 왔던 시간이 다른 데와 전혀 다른 새로운 삶을 펼쳐 보였던 것처럼 이미를 지나 어디에 온 시간도 이미와 전혀 다른 새로운 삶을 펼쳐 보일 거라고 그는 말했다. 그러나 다른 데를 지나 이미에 왔던 시간이 다른 데와 전혀 다른 새로운 삶을 펼쳐 보였지만 그 시간이 도래할 때까지 그 다른 새로움이 무엇인지 알지 못했던 것처럼 어디에서의 전혀 다른 새로움이 어떤 것인지도 그 시간이 도래할 때까지는 추측할 수 없다고 그는 말했다. 시간이 머물고 있는 동안 이미에는 너무 많은 것들이 들러붙었다. 들러붙은 자리에 무언가가 들러붙고 그 위에 또 무언가가 다시 들러붙었다. 너무 많은 것들이 켜켜이 들러붙어 최초에 그 자리에 있었던 것이 무엇인지를 식별하기가 불가능해졌고, 무의미해졌고, 또 식별하려는 시도를 하는 사람도 없어졌다. 그곳에서 산다는 것은 다만 어딘가에 들러붙어 있는 것에 지나지 않는 것이 되었다. 들러붙어 있는 것들에 들러붙는 것, 그것에 지나지 않았다. 들러붙어 있는 것들에 들러붙어 있는 것들에 들러붙는 것…… 그것에 지나지 않았다. 생각이 거기에 이르렀을 때, 그는 얼마 전부터 자기 입에서 튀어나오던 그 무의식적인 '끔찍한 것들'이 무엇인지 알 것 같아졌다. 그는 자기가 들러붙어 있는 것과 자기에게 들러붙어 있는 것들을 생각했고, 관습과 체면, 습관, 그리고 내부의 시선 때문에 표현하기를 주저했던 그 끔찍한 것들의 실체를 마주 보았다. 그에게 들러붙어 그를 덮고 그를 가리고 그를 대신하고 그인 것처럼 행세하고 그 자신이라고 세뇌한, 그것은 가족이었다. 이미에서 가족은 신성한 형식이었다. 신성하기 때문에 보호받고 형식이기 때문에 견고한 가족. 털어내버리고 싶다고 그는 소리쳤지만, 너무나 견고하게 들러붙어서 털어내는 것이 불가능하며, 만일 제대로 털어내려면 그 자신을 떼어내지 않을 수 없다는 사실도 깨달았다. 가족은 가족이라는 이유로 그에게 무례했고 그를 무시했고 심지어 그가 아무것도 아닌 것처럼 행동했다. 그의 가족이 특별히 무례하고 악하다고 할 수는 없었다. 모든 가족은 가족에게 무례하고 모든 가족은 가족을 무시하고 모든 가족은 가족이 아무것도 아닌 것처럼 대한다. 모든 가족은 가족이라는 이유로 가족에게 무례하고 가족을 무시하고 가족이 아무것도 아닌 것처럼 대하면서도 그 사실을 자각하지 못하거나 자각하지 않으려 한다. 그런 식으로 불만을 갖게 되자 이미에서 사는 것이 힘들어졌다고 그는 말했다. 처음에는 그다지 간절하지 않았지만 달라붙은 것들을 털어내고, 스스로도 떨어져 나와 새로운 형식에 맞춰 살고 싶은 갈망이 깊어졌다고 그는 말했다. 그러자 그의 속생각을 간파하기라도 한 듯 이미의 모든 것들이 그를 힘차게 밀어내는 것 같았다고 그는 말했다. 밀어내는 힘에 밀려 집을 정리하고 직장을 정리하고 사람들을 정리하고 가족을 정리하고 애인을 정리했다고. 자기가 정리한다고 생각했는데 실은 자기가 정리된 건지도 모르겠다고, 자기는 이제 이미로 돌아갈 수 없는데, 그 이유는 그가 이미 이미에는 없는 사람이기 때문이라고, 그런데 자기를 어디로 데리고 갈 사람에게서 갑자기 연락이 끊어졌다고, 그래서 어디로 가지 못하고 있다고, 그렇지만 다른 도리가 없기 때문에 그의 연락을 기다리고 있는 중이라고 말하며 그는 이빨로 물어뜯은 자신의 손톱 토막을 뱉어냈다.

내가 전해준 책들의 주인에 대해 그에게 말하지 않으려고 했던 것은 어떤 예감 때문이었다. 나는 그가 한 말 가운데 어떤 부분을 이전에 이미 들은 것 같았다. 자기는 이제 이미로 들어갈 수 없는데, 그 이유는 그가 이미 이미에는 없는 사람이기 때문이라는 문장은 특히 선명했는데, 나는 한 달 전에 사라진 책 주인의 목소리를 듣고 있는 것 같은 착각에 빠져들었다. 그가 사라지기 며칠 전에 내게 해준 말에 의하면, 그는 어디로 가기 위해 이미에서의 모든 신분을 버렸으나 어디로 가는 길이 막혔기 때문에 어느 세계에도 속하지 않은 사람이 되어버렸다. 그는 어디에도 없는 사람이었다. 그는 그가 아는 모든 사람에게 이미를 떠난다고 공언했다. 몇 사람은 선물을 주었고, 몇 사람은 환송 파티를 해주었다. 떠난다고 공언한 날이 지났는데도 떠나지 못한 것은 입국 허가를 받지 못했기 때문이었다. 그는 필요한 모든 서류를 만들고 요구한 돈을 송금했다. 그러나 입국을 허가한다는 연락은 오지 않았다. 떠난다고 공언한 날이 지났는데도 떠나지 못한 그를 아무도 찾지 않았고 그 역시 아무도 찾아갈 수 없었다. 그를 찾던 수많은 서류와 우편물과 전화도 뚝 끊어졌다. 그러나 입국을 허가한다는 연락을 기다려야 하기 때문에 전화선을 끊을 수는 없었다. 가끔 잘못 걸린 전화가 오기도 했다. 한번은 술에 취한 회사 후배가 전화를 걸어서 입에 담기 힘든 욕을 해댔다. 술 취한 후배는 그가 이미 이미에서 사라진 줄 알았기 때문에 누가 받으리라고 생각하지 않고, 그가 받았는데도 받은 줄 모르고 분풀이를 하듯 회사 선배였던 그를 욕하고 조롱하고 비난했다. 그 후배의 고발에 의하면, 그는 아주 질 나쁜 상사이고 잘난 체하는 위선자이고 사기꾼이고 파렴치한이었다. 그는 그 후배의 고발의 내용을 수긍할 수 없었고, 그가 분풀이하듯 욕하고 조롱하고 비난하는 까닭을 알 수 없었지만 입술을 열어 말할 수 없었다. 입이 열리지 않은 이유는 그가 없는 사람이기 때문이었다고 그는 말했다. 한번은 길을 걷다가 평소에 알고 지내던 스포츠클럽 회원을 만났는데, 바로 옆으로 스치고 눈까지 마주쳤으면서도 알은체를 하지 않더라고 했다. 그는 이미 그가 이미를 떠난 것으로 알고 있는 사람과 마주치는 게 불편했기 때문에 처음에는 그 사람이 알은체하지 않고 지나가주어서 다행이라고 생각했다. 그러나 곧 눈까지 마주쳤으면서도 알은체를 하지 않은 것은 알은체를 하지 않으려고 해서가 아니라 정말로 그를 알아보지 못했기 때문이라는 데 생각이 미쳤고, 그것은 그가 이미 이미에 없는 사람이라고 단정하고 있다는 증거이며, 어쩌면 실제로 그 사람 눈에 그가 보이지 않았을지 모른다고 생각하기에 이르렀다. 그는 어느 순간 투명인간과 같은 보이지 않는 사람, 없는 사람이 되어 있었다. 그가 여기로 올 수밖에 없는 사연이었다.

여관 창문 앞에 서 있으면 잔디공원이 한눈에 내려다 보인다. 잔디공원은 둥글고 넓다. 공원 곳곳에 나무가 심겨 있고, 나무 아래에는 의자가 놓여 있다. 나무는 키가 크거나 작고 의자는 짙은 녹색이거나 옅은 녹색이다. 어떤 것은 색이 바래서 거의 흰색처럼 보인다. 나무는 땅에 뿌리를 박고 있고, 의자는 땅에 다리가 박혀 있다. 나무는 땅에 뿌리가 박혀 움직이지 못하고 의자는 땅에 다리가 박혀 움직이지 못한다. 공원 한가운데에는 호수가 있다. 호수는 타원형인데 물가에는 자갈이 깔려 있고, 물가에서 가까운 쪽에는 수초가 우거져 있다. 비가 많이 와 물이 불어나면 자갈이 보이지 않고 비가 오지 않으면 자갈이 보인다. 때때로 호수에서 피어오른 안개가 잔디공원을 희뿌옇게 덮는다. 안개는 공원에 있는 모든 것을 자기 품에 품는 걸 좋아한다. 안개가 자욱할 때는 걸어가던 사람이 문득 눈앞에서 사라지기도 하고 그러다가 불쑥 눈앞으로 모습을 드러내기도 한다. 그는 공원을 아주 천천히 걸으며 시간을 보내기도 하고 의자에 앉아 시간을 보내기도 한다. 천천히 걸으며 시간을 보내는 것도 좋아하고 의자에 앉아 시간을 보내는 것도 좋아하는 것 같다. 걸을 때 그의 바짓단을 스치는 풀잎의 살랑거리는 느낌도 좋아하고 앉아 있을 때 그의 머리카락을 날리는 바람의 서늘한 기운도 좋아하는 것 같다. 가만히 앉아 시간을 보내는 것도 좋아하고 책을 보며 시간을 보내는 것도 좋아하는 것 같다. 어떨 때는 가만히 앉아 있기만 하고 어떨 때는 책 속에 코를 박고 해가 질 때까지 앉아 있기만 한다. 그렇지만 가만히 앉아 있기만 한 날도 가만히 앉아 있기만 하려고 온 것은 아니고, 책 속에 코를 박고 앉아 있기만 한 날도 책 속에 코를 박고 앉아 있기만 하려고 온 것은 아니다. 그는 지금 호수 앞에 있는 의자에 앉아 있다. 책을 읽고 있는 것 같기도 하고 호수를 바라보고 있는 것 같기도 하다. 책을 읽고 있다고 할 수도 없고 호수를 바라보고 있다고 할 수도 없다. 그는 한 가지 일에 집중하는 사람이 아니다. 늘 한 가지 일에 집중하는 것처럼 보이지만, 실제로 한 가지 일에 집중하지는 않는다. 무슨 일을 한다고 할 수도 없고 하지 않는다고 할 수도 없다는 것은 그런 뜻이다. 그는 언제나 손톱을 물어뜯고 있는데, 그것 역시 무의식적인 행동이다. 그는 무의식적으로 걷고 무의식적으로 읽고 무의식적으로 물어뜯고 무의식적으로 앉고 무의식적으로 바라본다. 그가 앉은 의자가 그가 읽고 있는 책의 주인을 기념하는 자리라는 걸 그는 알지 못한다. 그 의자에 그림자를 드리우고 있는 연녹색의 나무가 책 주인의 나무라는 걸 알지 못한다. 그는 산책을 하다가 앉을 때면 꼭 그 나무 밑 의자에 앉는데, 그 나무가 그 남자의 나무이며, 그 의자가 그 남자의 의자라는 걸 알지 못한 채 그렇게 한다. 그가 모르는 걸 나는 알고 있지만 내가 아는 걸 그에게 알게 할 필요가 있다고는 생각하지 않는다. 그렇기 때문에 나는 그냥 바라보기만 한다.

내가 바라보는 자리에서는 그의 등이 보인다. 그의 등은 작고 초라해 보인다. 어쩌면 추위를 타고 있는지 모른다고 나는 생각한다. 지난겨울부터 공원 근처에 자주 나타나는, 어디서 왔는지 알 수 없는 셰퍼드 종의 검은 개가 미친 듯 울부짖으며 잔디밭을 가로질러 달린다. 날카로운 눈과 검은 털을 가진 그 개가 미친 듯 울부짖으며 잔디밭을 가로질러 달리는 모습을 그는 물끄러미 바라보고, 혹은 바라보지 않고, 나는 그런 그의 모습을 물끄러미 바라본다. 개는 한 바퀴만 도는 것이 아니고 가장자리를 따라서만 도는 것도 아니다. 여러 바퀴를 돌기도 하고 반 바퀴만 돌기도 한다. 지그재그로 뛰기도 하고 곡선을 그리며 춤을 추듯 달리기도 한다. 개에게 어떤 규칙이 있을 거라고 기대할 필요는 없다. 때때로 개는 공원 한복판의 호수를 향해 뛰어든다. 그가 호수에 뛰어드는 것은 호수에 떠 있는 나무토막 때문이다. 호수에 떠 있는 나무토막을 물고 물 밖으로 나온 개는 잔디밭을 춤추듯 뛰어다닌다. 누가 던졌는지, 어디서 떠내려왔는지 알 수 없는 물 위의 나무토막이 개에게 주인과 놀던 지난 시절의 기억을 불러내는 모양이라고 나는 생각한다. 해가 질 무렵 공원에서 개의 주인이 호수 속으로 나무토막을 던져 넣는 모습을 보는 일은 어렵지 않다. 주인이 던진 나무토막을 건지기 위해 충성스런 개는 재빨리 물속으로 뛰어들고 물이 깊으면 헤엄을 쳐서라도 기어이 나무토막을 물고 돌아온다. 그것은 개와 개 주인 사이의 놀이이다. 물 위에 떠 있는 나무토막을 보는 순간 기억의 지시를 받은 검은 털의 눈빛이 날카로운 개는 본능적으로 물속으로 뛰어들고 기어이 나무토막을 물고 밖으로 나온다. 그러나 불행하게도 그가 건져 온 나무토막을 받고 목덜미를 쓰다듬으며 다시 새로운 과업을 부여해줄 주인은 존재하지 않는다. 개는 나무토막을 입에 문 채 날뛸 수밖에 없다. 주인과 잘 놀고 잘 지낸 개일수록 잘 길들여진다. 잘 길들여진 개일수록 주인과 놀던 일을 잊지 못하고 따라서 주인의 부재를 더욱 크게 느낀다. 공유하고 있는 기억이 많으면 과거에 집착하게 되고 과거에 했던 일을 떠올리게 되고 과거의 시간 속에 사는 것처럼 살게 되고, 과거의 시간 속에 사는 것 같은 착각을 가지고 현재를 살게 된다. 그는 지금 여기 있지만 지금 여기 있는 것이 아니다. 그는 지금 여기 있지만 지금 여기는 그를 간섭하지 못한다. 우리는 우리를 간섭하는 것들과 함께 산다. 혹은 우리를 간섭하는 것들이 우리를 살게 한다. 간섭하지 않는 것들은 우리와 같이 살지 않는 것들이고 우리를 살게 하지 않는 것들이다. 그를 간섭하는 것은 과거의 시간이다. 그는 지금 여기 없는 자다. 그는 없는 자로 지금 여기를 산다. 나무토막을 입에 문 채 날뛸 수밖에 없는 것이 과거만 있고 지금은 없는 자로 사는 개의 삶이다. 새로운 현재를 기대하느라 자신을 없는 자로 만든 남자가 과거의 시간에 고착되어 자신을 없는 자로 만든 개의 날뛰는 모습을 보고 있다. 내 눈에는 그가 객석에 앉아 공연을 보고 있는 것처럼 보인다. 그러나 무대와 객석은 뚜렷하게 구분되지 않는다. 무대 위의 공연자가 무대를 객석까지 넓히면 객석은 무대가 된다. 무대 위의 공연자가 객석의 관객을 공연 속으로 끌어들이면 관객은 공연자가 된다. 나무토막을 입에 문 채 어쩔 줄 몰라 하며 잔디공원을 날뛰던 검은 털의 개는 그가 앉은 의자 앞에 무릎을 꿇고 얌전히 앉는다. 그를 향해 고개를 쳐들고 무언가 갈구하는 눈빛을 보내고 있는 개를 그는 한동안 내버려둔다. 입을 벌리지 못하고 끙끙거리는 개의 목소리가 내 귀에까지 들리는 듯하다. 나는 그가 개에게 호응하기를 바라는지 바라지 않는지 알 수 없다. 나는 그가 관객이 아니라 연기자가 되어 공연하기를 바라는지 바라지 않는지 알 수 없다. 나의 입장에서는 관객인 그는 이미 공연자이고 그가 앉아 있는 객석도 이미 무대다. 이윽고 그가 나무토막을 개의 입에서 빼낼 때 나는 내가 이 공연을 계속 보고 싶어 하는지 보고 싶어 하지 않는지 알 수 없어진다. 공연이 너무 뻔해서 시시할 것 같기도 하고, 어떻게 전개될지 알 수 없어 흥미진진할 것 같기도 하다. 시시하든 흥미진진하든 공연은 이어질 것이고, 나는 시시한지 흥미진진한지 확인하기 위해서라도 공연을 지켜보아야 한다. 그가 나무토막을 호수를 향해 던진다. 눈빛이 날카롭고 털이 검은 개는 곧장 몸을 일으켜 연못으로 뛰어든다. 폴짝폴짝 뛰는 폼이 기쁨에 겨워 어쩔 줄 몰라 하는 것처럼 보인다. 개가 다리를 움직일 때마다 물살이 튀어 오른다. 나무토막을 물고 돌아온 개는 주인 앞에서 하듯 그 앞에서 폴짝폴짝 제자리뛰기를 하는데, 그 모습이 흡사 춤을 추는 것 같다. 그는 개를 가진 주인이 자기 개에게 하듯 목덜미를 쓰다듬은 다음 나무토막을, 이번에는 몸을 일으켜서 힘껏 호수를 향해 던진다. 나무토막이 공중에 포물선을 그리며 날아간다. 개가 나무토막이 떨어진 지점을 향해 번개처럼 달려간다. 얼마나 빠른지 나무토막이 떨어지기 전에 낙하지점에 먼저 도착해서 기다리고 있는 것처럼 느껴진다. 개가 물어 오면 그가 받아서 다시 던진다. 그가 던진 나무토막을 개가 다시 물어 오고, 개가 물어 온 나무토막을 그가 또다시 던진다. 그는 자갈이 깔린 물가에 가까이 다가가서 더 멀리 나무토막을 던진다. 그의 신발이 물에 젖는다. 신발이 물에 젖어도 개의치 않는다. 나무토막이 더 멀리 날아가면 개도 더 멀리 뛰어 들어간다. 발이 닿지 않으면 헤엄을 친다. 헤엄을 쳐서라도 물 위에 떠 있는 나무토막을 물어 온다. 그 단순한 동작이 되풀이된다. 언제까지고 끝날 것 같지 않다. 연못에서 피어오른 안개가 가끔 호수 속으로 들어간 개의 모습을 감춘다. 개는 갑자기 사라졌다가 불쑥 모습을 드러낸다. 안개가 서서히 몸집을 불리며 잔디공원을 덮어가는 장면은 언제 봐도 장관이다. 나는 연못에서 기어 나온 안개가 서서히 몸집을 불리며 사방으로 퍼져나가는 장면을 놓치고 싶지 않기 때문에 창문 앞에서 꼼짝하지 않는다. 안개는 꿈틀거리며 몸을 틀고 잔뜩 웅크렸다가 팔을 벌리고 하늘로 솟구쳤다가 넝쿨식물처럼 뻗어나간다. 느리지만 쉬지 않는다.

그와 개는 보였다가 보이지 않았다가 한다. 문득 사라졌다가 불쑥 나타났다가 한다. 그러나 이제 그들의 움직임은 내 관심을 끌지 못한다. 주인공이 무대에 등장하면 관객의 시선은 저절로 주인공에게로 쏠린다. 이제까지 관객의 눈길을 사로잡았던 이들은 아직 그대로 무대에 있지만, 적어도 이제까지와 같은 비중으로 관객의 눈길을 사로잡지는 못한다. 안개는 꿈틀거리면서 솟구치면서 뻗어나간다. 소리는 들리지 않지만 흡사 음악에 맞추어 춤을 추는 것 같다. 잔디공원은 개와 그의 놀이터가 아니라 안개의 놀이터다. 잔디공원 안의 모든 것, 연못과 나무와 의자와 개와 그를 포함한 모든 것이 안개의 놀잇감이다. 안개는 잔디공원 안의 모든 것을 가지고 논다. 가끔 나무토막이 물 위에 떨어지는 소리가 들리고 개가 물속으로 들어가는 소리가 들리고 물속에서 나온 개가 쓰다듬어달라고 목덜미를 내밀며 끙끙거리는 소리가 들린다. 형체는 희미하게 가끔 보이거나 거의 보이지 않고 소리만 들린다. 소리는 동작을 떠올리게 하지만 소리가 떠올린 동작은 완전하지 않다. 소리조차 안개의 위용에 눌려 흐릿해지고 스러진다. 상상으로 불완전한 부분을 채워 완성해야 하지만 안개는 상상력의 활동도 막는다. 눈앞에 펼쳐진 장면이 압도적일 때는 모든 감각이 멈춘다. 감각의 지원을 받지 않으면 상상력은 전원이 연결되지 않은 전기 제품처럼 쓸모없어진다. 관객은 눈앞에 펼쳐진 장면에만 몰두하도록 요청받는다. 모든 걸작들은 폭군과 같다. 관객들을 무기력하게 하고 주눅 들게 하고 복종하게 한다. 첨벙거리는 요란한 물소리가 한참 동안 들리는 듯하더니 어느 순간 더 이상 어떤 소리도 들리지 않는다. 안개가 두터운 막이 되어 소리를 잡아먹기 때문인지 두터운 막 안에서 아무 소리도 만들어지지 않기 때문인지 알 수 없다. 안개 속에 있는 것은 안개다. 그에게 그가 가지고 다니는 책의 주인이 어떻게 사라졌는지 이야기하지 않았다는 생각이, 그 와중에 문득 떠오르고, 말하려고 기회를 노린 적도 없지만 그에게 말하지 않기를 잘했다는 생각이 스쳐 가고, 어차피 말할 필요가 없어졌다는 생각이, 그래서 다행이라든지 불행이라든지 하는 판단과 상관없이 든다. 나는 여관을 덮치기 위해 긴 팔을 쭉 뻗는 안개를 무엇에 붙들린 것처럼 홀린 눈으로 바라본다.

딥 오리진

그녀는 그가 한 달 열흘 만에 나타났다고 말했다. "정확히 한 달 열흘이에요." 그는 그렇게 오랫동안 그 집에 가지 않았다는 게 믿어지지 않았지만, 얼마 만이든 상관없는 일이라고 생각했기 때문에 따져 묻지 않았다. 정작 그는 기억하지 못하는 자기의 '한 달 열흘'을 말을 나눠본 적도 없는 낯선 여자가 정확하게 기억하고 있다는 사실이 의아스럽긴 했지만 그 역시 대단한 일이라고 생각하고 싶지 않았기 때문에 마음에 두지 않았다. 대단한 일이 아니라고 할 수는 없었다. 그 말을 듣는 순간 눈알이 커지고 머리카락이 쭈뼛 일어선 것은 사실이었다. 그런데도 대단한 일이라고 생각하고 싶지 않았던 것은 그런 일쯤은 아무렇지 않게 받아들여야 한다는 의식의 조종을 받고 있었기 때문이다. 신중함보다는 일종의 허영심이 작용한

결과라고 할 수 있었다. 범박하게 말해서, 나는 책을 세 권 펴 낸 작가다,라는 자부심에 찬 목소리가 내부에서 울리고 있었 던 셈인데, 그 목소리가 내부에서만 울리고 있었던 것은, 워낙 에 내부에서만 울릴 수밖에 없는 내용이기도 하거니와 밖으로 뱉어낼 만큼 의연하지 않은 탓도 있었다. 그것을 신중함으로 이해하지 못할 이유는 없지만, 그러려면 이 신중함에 일종의 조심스러움이나 소심증이 포함되어 있다는 설명이 덧붙여져 야 할 것이다. 좀 이상하게 들릴지 모르지만, 이제 더 이상 세 상의 모든 사람이 자기 책을 읽고 있다는 망상에 사로잡혀 있 지는 않다는 뜻이다. 그는 세상의 모든 사람이 자기 책을 읽고 있다는 이상하고 터무니없는 착각에 빠져 지낸 적이 있었다. 첫 책이 나오던 날, 자긍심과 포만감으로 부푼 가슴을 주체하 지 못한 그는 전국에서 가장 큰 서점을 찾아갔었다. 신간 소 설 코너에 진열된 자신의 첫 소설책 앞에 서서 그는 서가 사이 를 지나다니거나 이 책 저 책 뒤적이는 사람들의 얼굴을 유심 히 살폈다. 자기 책을 들었다 놓았다 하며 일부러 사람들과 눈 을 맞추려고 애쓰기도 했다. 적어도 그 책방에 온 사람들이라 면 자기 이름으로 소설책을 낸 진짜 작가(막연하지만 그는 자 기 이름으로 된 책을 가지기 전까지는 진짜 작가라고 불릴 수 없 다는 선입견을 가지고 있었다)인 그를 못 알아볼 리 없다는 생 각이 들어서였다. 너무나 비합리적이고 이상한 그 생각이 그 때는 조금도 비합리적이지 않고 이상하지 않았다. 비합리적이고 이상한 열정이 그의 가슴에 가득 차 있었기 때문이다. 그러니까 그는 그때 서점에 있는 모든 사람을 진짜 작가인 자기의 독자로 오인했던 것이다. 진짜 작가인 자기 책을 사려고 서점에 온 거라고 착각했던 것이다. 당연한 일이지만, 아무도 그에게 알은체하지 않았고, 간혹 그의 책을 뒤적거리는 사람은 있었지만 들고서 계산대로 가는 사람은 한 명도 없었으며, 그의 책을 뒤적거리는 사람조차 그를 알아보지 못했다. 그것이 당연하다는 걸 지금은 아주 잘 이해하지만, 첫 책을 낸 진짜 작가의 자부심으로 충만해 있던 그때는 그것이 당연하다는 걸 이해할 수 없었다. 그는 자기를 알아보지 못하는 사람들을 의아해했다. 물론 꽤 오래전 일이다. 책을 세 권이나 내고도 여전히 그런다면 그것이야말로 의아한 일일 것이다.

그러니까 그는 아주 조심스럽게, 조금은 비겁하게, 저 여자는 나를 진짜 작가로서는 아니라도 그냥 작가로, 어쨌든 알아봐준 거라고, 드문 일이긴 해도 놀랄 일이라고 할 이유는 없다고, 고맙긴 하지만 대수로운 일은 아니라고 애써 생각하고자 했던 것이다. 하지만 그는 신중할 수밖에 없었는데, 더 이상 세상의 모든 사람이 자기 독자라는 망상 따위에 사로잡혀 있지 않았기 때문이다. 그 사람이 정말로 자기를 작가로 알아봐준 것인지 그마저도 섣불리 장담하기가 망설여졌다는 것은 그 신중함 속에 소심증이 포함되어 있다는 증거다. 그저 자기를 다른 사람으로 착각했을 가능성도 얼마든지 있었다. 그가 짐짓 대단하지 않은 일로 치부하고 싶어 했던 것은 그 때문이었다. 그러나 불쑥 나타나 그의 앞자리를 차지하고 앉은 여자는, 『산책자들』 재밌었어요, 하고 그의 이름이 아니라 그의 책 제목을 입에 올림으로써 그를 안심시켰다. 『산책자들』은 그가 몇 달 전에 펴낸 그의 세번째 책이었다. 그는 기대했지만 독자들은 외면했고 평론가들은 별 관심을 보이지 않았다. 그건 그 전에 펴낸 두 권의 경우와 다르지 않았다. 그는 우쭐했다기보다 다행이다 싶었다. 적어도 자기를 다른 사람으로 착각한 것은 아니라는 사실이 밝혀졌기 때문이었다. 하지만 그녀가, 한 달 열흘 전에는 일주일에 두 번 이상 이곳을 찾아왔으며, 올 때마다 최소한 세 시간 이상 머물다 돌아가지 않았느냐고 알은체를 했을 때는 우쭐할 뻔했다.

그녀가 말한 이곳은 '딥 오리진Deep Origin'이라는 이름을 가진 커피전문점이다. 그가 '딥 오리진'에 자주 오는 것은 사실이었다. 일주일에 두 번 이상이라는 것도, 한 번 와서 세 시간 이상 머문다는 것도 틀리지 않았다. 그는 언제부턴가 커피전문점을 작업실 삼아 글을 쓰고 있었고, '딥 오리진'은 그가 자주 찾는 동네 커피전문점 가운데 하나였다. 그는 매일 책을 읽고 글을 쓰기 위해 동네 커피전문점을 전전했는데, 어느 집을 선택하느냐는 순전히 그날의 기분에 따라, 그야말로 우연에 의해 이루어졌다. 월요일은 어디, 화요일은 어디, 하는 규칙이 따로 없었다. 어떤 집은 이틀 연속 가기도 하고, 어떤 집은 한동안 발을 끊기도 했다. 그렇긴 해도 불규칙과 무질서가 지속될 때 자연스럽게 작동하기 마련인 생리적 균형감각을 고려하면 생각만큼 한곳에 치우치거나 한쪽으로 쏠리지는 않았을 가능성이 높다. 한곳을 좀 오랫동안 무시했다 싶으면 곧 벌충을 해서 균형을 맞추려는 심리가 작동했을 것이다. 규칙은 없지만 규칙적이었을 것이다. 그렇게 보면 아마 평균적으로 일주일에 두 번이라는 숫자가 맞을 수 있다고 그는 생각했다. 자기도 의식하지 못하는 자기의 행동 패턴을 기억하고 있는 여자는 그를 우쭐하게 할 만했다. 그는 어색하게 웃으면서, 어떻게 그런 걸 다 기억해요, 무섭네요, 하고 말했지만 정말로 무섭지는 않았다. 누군가의 주목의 대상이 되는 것이 무서운 일이라고 생각해보지 않았다. 더구나 두 눈을 동그랗게 뜨고 앞자리에 앉아 빨아들일 듯 빤히 쳐다보는 낯선 여자는 상당한 미인이었다. 머리는 짧고 입술은 붉은색이었다. 탁자에 팔꿈치를 올리고 턱을 괸 모습이 고혹적이라는 인상을 갖게 했다. 무서움과는 거리가 먼 얼굴이었다. 그는 조금 우쭐해도 되지 않을까 생각하며 조심스럽게 여자를 탐색했다.

그러나 얼마 후에 그동안 그가 '딥 오리진'에 나타나지 않은 이유가 자기 때문이라는 걸 알고 있다고 그녀가 말했을 때 그는 서늘한 기운이 귓불을 스치고 지나가는 걸 느꼈는데, 그것은 그때까지 속으로 은밀히 즐기고 있던 뿌듯함과는 아주 다른 것이었다. "나 때문이지요? 나 때문에 안 온 거지요? 나 때문에 왔고, 또 나 때문에 안 온 거지요?" 그녀는 재촉하듯 물었다. 그는 어처구니없어하는 마음이 전달되기를 바라면서, 저는 그쪽을 오늘 처음 보는데요, 하고 말했다. 강원도 원주의 문학관에 딸린 창작실에 한 달간 들어가 있었다는 말은 하지 않았다. 어색한 웃음에 어색함이 더해졌다. 그녀가 따라 웃기를 바랐지만 그녀는 웃지 않았다. 그녀가 따라 웃지 않았으므로 어색한 웃음을 짓고 있던 그의 입술도 더 어쩔 줄 모르고 차갑게 굳었다. 그렇게 말할 줄 알았어요, 이해해요, 하면서 그녀는 야릇한 눈빛을 보냈다. 웃음을 지은 것 같았지만 확실하지는 않았다. 위에서 내려다보는 눈빛이 아닌데도 이상하게 눌리는 것 같은 느낌이 들었다. 그런 느낌이 싫었기 때문에 그는 그녀의 눈을 피했다. 이거 참, 어이가 없어서,라는 말이 짧은 탄식과 함께 나왔다. 우물쭈물하는 것 같은 인상을 주긴 싫은데, 누가 보아도 우물쭈물하는 것으로 보일 것 같았고, 그는 그것이 싫었다. "무안해할 필요 없어요. 다 이해할 수 있어요." 그녀는 되풀이해서 위아래로 고개를 움직였다. "뭘 이해한다는 거예요, 도대체?" 그는 자기의 우물쭈물을 눈치채고 그 이유를 무안함이라고 규정한 그녀를 향해 자기도 모르게 소리를 높였다. 그러나 그녀는 아랑곳하지 않고 계속 고개를 끄덕였다. 남의 이야기를 집중해서 듣는 성격이 아닌 것 같았다. 그래도 그는 자기 이야기를 해야 했으므로, 그녀를 한 번도 본 적이 없다는 사실을 다시 강조한 다음 자기가 한 달 열

홀 동안 여기 오지 않은 것을 그녀와 연관 지어 생각하는 이유가 뭐냐고 물었다. 그 질문은 하지 않는 편이 나았다는 걸 그는 나중에 깨달았다. 질문자는 질문에 대한 대답이 나올 때까지 기다려야 한다. 질문을 받은 자가 의무를 진다는 생각은 피상적이다. 아무 부담도 지지 않는 것은 아니지만, 질문한 자가 지는 의무에 비하면 대단하다고 할 수 없다. 대답이 돌아올 때까지 질문자는 아무런 권리도 갖지 못한다. 질문했기 때문이다. 대답이 나온 후에도 상황은 달라지지 않는다. 질문에 대한 대답을 들었으므로, 대답까지 들었으므로, 질문자는 대화를 끝낼 수 없다. 기대한 대답을 들었다면 기대한 대답을 들었기 때문에 끝낼 수 없고, 기대한 대답을 듣지 못했다면 기대한 대답을 듣지 못했기 때문에 더욱 끝낼 수 없다. 자기가 기대한 대답을 듣지 못해서 대화를 이어가기가 싫어졌고, 그래서 대화를 서둘러 끝냈다는 혐의를 받지 않으려면 기대했던 대답을 듣지 못했어도 대화를 끝내지 말아야 한다. 더구나 기대하는 대답이 따로 없다면, 예컨대 딥 오리진의 이 딱한 소설가처럼, 더욱 질문에 신중을 기해야 한다. 그가 질문을 하지 않는 편이 나았다고 하는 것은 이런 사정을 두고 하는 말이다. 그는 신중했어야 했다. 그녀는 그의 질문이 끝나기 무섭게, 마치 그런 질문을 숱하게 받아본 사람처럼, 마치 그런 질문이 나오기를 기다리고 있기라도 했던 것처럼 숨도 쉬지 않고 곧장 대답했는데, 그것은 그가 기대한 것이 아니었다. 그에게는 기대하는 대답이 따로 없었기 때문에 어떤 말을 했든 기대한 것은 아니었겠지만, 그렇다고 어떤 말이든 다 괜찮다는 것은 아니었다. "그것은 당신이 이곳에 오는 이유가 나를 보기 위해서라는 걸 내가 알기 때문이지요." 그녀는 그렇게 말했다. "당신은 나를 보기 위해 일주일에 두 번 이상 딥 오리진에 오지요. 이곳에 오면 언제든 나를 볼 수 있기 때문이지요. 내가 거의 항상 이곳에 있다는 걸 알기 때문이지요. 나는 항상 저쪽 창가에 앉아 있는데, 당신은 항상 이 자리에 앉지요. 더 좋은 다른 자리가 있어도 언제나 이 자리에만 앉지요. 이 자리에 누군가 앉아 있으면 조금 불안해하며 두리번거리다가 옆에 앉아 이 자리가 비기를 기다리거나 그냥 나가거나 하지요. 왜 그러는지 나는 알아요. 이 집에서 저 창가 자리를 가장 잘 살필 수 있는 곳이 이 자리거든요." 그는 눈을 들어 그녀가 가리키는 창가를 살폈다. 두리번거릴 필요는 없었다. 그녀가 말한 대로 탁자 위에 서류 뭉치와 몇 자루의 연필과 종이컵이 놓인 창가 자리가 한눈에 들어왔다. 그에게 다가오기 전에 그녀가 앉아 있던 자리였을 것이다. 그 자리에 앉아 있는 그녀를 본 적이 있던가, 그는 생각해보았다. 떠오르지 않았다. 그녀가 그곳에 앉아 있는 모습도 떠오르지 않았고, 그곳에 앉아 있지 않은 모습도 떠오르지 않았다. 확실한 것은 그가 그녀를 살피기 위해, 그녀가 앉은 창가 자리가 잘 보이는 자리를 일부러 골라 앉은 적이 없다는 것이다.

그가 딥 오리진에 들어오면 거의 항상 같은 자리에 앉는다
는 그녀의 말은 틀리지 않았다. 그러나 그것은 그녀를 살피기
위해서가 아니었다. 그가 늘 앉는 자리는 한쪽이 벽이고 화장
실에서 가까웠는데, 그가 그 자리를 선호하는 것은 그 의자 밑
에 전기 콘센트가 있고, 머리 위의 둥근 조명이 탁자 위로 바
로 떨어지기 때문이었다. 구입한 지 5년째인 그의 노트북은
배터리의 충전 기능에 이상이 생겨 콘센트와 연결하지 않고는
한 시간 이상 작업할 수가 없는 상태였고, 커피집 안이 대체로
밝은 편이긴 했지만 그래도 환하고 둥근 조명이 직접 탁자 위
로 내리꽂히는 그 자리가 일하기에 좋았다. 콘센트는 벽을 따
라 몇 개 더 설치되어 있었지만, 둥글고 환한 조명이 탁자 위
로 직접 떨어지는 자리는 그곳뿐이었다. 그것이 선택의 이유
였다. 가끔 기지개를 켜며 눈을 들어 주변을 두리번거리긴 했
지만(그거야 자연스러운 일이니까) 그녀를 의식한 적은 없었다.
가끔 두리번거리다 눈길이 마주쳤는지 모르지만(그 역시 매우
자연스러운 일이니까), 기억에 남아 있는 눈길은 없었다. 그는
의자 밑의 전기 콘센트와 탁자 위로 직접 떨어지는 둥글고 환
한 조명에 대해 설명하다가 자신의 모습이, 전혀 그럴 리가 없
는데도 변명을 늘어놓는 것으로 보일 것 같아 기분이 언짢았
고, 변명을 늘어놓는 것처럼 보일 짓을 강요받아 하고 있는 자
신이 한심해서 화가 났다. 무엇보다 필사적인 기분으로 늘어
놓는 자기 말을 주의 깊게 듣지 않고 있는 것이 분명한 여자의

표정을 보는 순간 바보가 된 것 같은 기분이 들었고, 이내 얼굴이 화끈해졌다. 그는 굴욕감 때문에 입을 다물었다. 읽고 있던 책에 눈길을 주었지만 자기 얼굴을 빤히 쳐다보는 여자를 코앞에 두고 책에 집중할 수는 없었다. 집중할 수 없었지만 그는 집중하는 척했다. 그럼으로써 여자가 그의 불편한 기분을 알아채고 그만 일어나주기를 바랐지만 여자는 그의 바람대로 해주지 않았다. "변명할 필요 없다고 했잖아요." 그녀의 목소리에는 한층 여유가 묻어났다. 그는 고개를 들지 않았지만 그녀의 빙글거리는 웃음을 본 것 같았다.

　그녀는 3년 전 회사를 그만둘 때까지 출판사에서 4년 동안 일했다고 자기를 소개했다. 지금은 프리랜서로 전에 일하던 출판사에서 주문받은 일을 하는데 대부분 험악한 번역 원고의 윤문이라고 했다. 가끔은 대필도 한다고 했다. 정신없이 바쁜 정도는 아니지만 쉬지 못할 만큼 일이 끊이지 않는다는 말도 했다. "여기가 내 작업실이에요. 여기 나와서 커피를 계속 마시며 원고를 보고 고치고 다시 쓰고 그래요." 그는 책에 머리를 박고 듣지 않는 척했지만 그녀가 하는 말을 다 들었다. 책에는 집중하려고 할수록 집중이 되지 않았지만 그녀의 말은 듣지 않으려고 할수록 잘 들렸다. 아니, 자신도 미처 의식하지 못했지만, 무엇을 향한 것인지 아직은 확실하지 않은 어떤 은밀하고 뜨거운 기대가 그녀의 말에 귀 기울이게 하고 있었다. 그녀는 갑자기 자기가 만난 작가들에 대해 이야기를 시작했다. "아, 생각났다. 「천년의 약속」쓴 차길 씨 있잖아요, 그 양반, 글은 오른손으로 쓰고 밥도 오른손으로 먹는데, 담배는 꼭 왼손으로 피워요. 웃기지요? 내가 물어봤거든요. 왜 담배는 왼손으로 피우는지……" 주로 술자리에서의 에피소드나 대단치 않은 집필 버릇 같은 것이었는데, 일관성이나 인과관계 없이 이 이야기를 하다가 저 이야기로 훌쩍 건너뛰고 이 사람 이야기를 하다가 갑자기 저 사람 이야기로 넘어가고 했기 때문에 누구 이야기를 하는지 헷갈렸다. 예컨대 차길 씨가 왜 담배 피울 때만 왼손을 사용하는지 물어봤다고 해놓고는 그에 대한 답은 하지 않은 채 베스트셀러 소설을 쓴 어떤 여자 소설가가 타고 다니는 벤츠 승용차 이야기로 넘어가는 식이었다. 몰라도 되는 내용들이었지만 그녀가 입에 올린 작가들은 그도 알고 있는 이들이어서 흥미가 전혀 생기지 않는 건 아니었다. 그러나 그는 흥미를 느끼는 티를 내지 않았다. 예컨대 차길 씨가 글도 오른손으로 쓰고 밥도 오른손으로 먹으면서 담배를 피울 때만 왼손을 쓴다는 사실은 그도 알고 있었으나 그 이유에 대해서는 몰랐으므로 그 사람이 어떤 대답을 했는지 묻고 싶었지만, 그러면 그가 그녀와의 대화를 원하는 것처럼 비칠지 모른다는 생각이 들었기 때문에 묻지 않았다. 그녀가 왜 그에게 그런 이야기를 하는지 영문을 알 수 없었다. 그가 그런 이야기를 좋아할 거라고 지레짐작한 모양이라고 생각했지만, 왜 그렇게 짐작하는지는 짐작할 수 없었다. 자기가 여러 작가들과

친분이 있다는 사실을 드러내려는 의도가 있는 것 같다는 짐작을 했지만, 왜 그런 의도를 드러내려 하는지는 역시 짐작하기 어려웠다. 무엇 때문인지 그녀가 하는 말들이 사실이 아닐 거라는 의심은 들지 않았다. 사실이 아닌 말을 꾸며서 한다면 그래야 할 이유가 분명히 있어야 하는데, 그녀가 그에게 그럴 이유가 있을 리 없었다. 이렇든 저렇든 자기와는 상관없다는 쪽의 생각이 좀더 강했던 것 같기도 하다.

하지만 그녀가 그도 잘 알고 있는 꽤 유명한 소설가 한 명의 이름을 대면서 그 작가의 꽤 잘 알려진 소설 한 편이 실은 자기가 거의 다 쓴 것이라고 했을 때는 이를 무시하기가 그렇게 간단하지 않았다. 물론 어처구니없다는 생각이 들었고, 이제야말로 그녀가 자리를 비켜주기를 기다리지 말고 자기가 자리를 박차고 일어날 때가 되었다는 생각도 들었지만, 한편으로는 그녀의 말에 집중하게 했던 예의 은밀하고 뜨거운 기대가 이 때문이었던가, 하는 야릇한 기분도 같이 들었다. 그 야릇한 기분을 별로 중요하지 않은 것처럼 맨 마지막에 살짝 끼워둔 자신이 교활하다는 생각이 들었지만, 그는 그 생각을 얼른 덮었고, 그 생각을 얼른 덮는 것이야말로 교활하다는 생각을, 마치 남을 판단하듯 했다. 그녀가 언급한 T는 국내의 이름 있는 문학상을 여러 개 받은 데다 책도 많이 팔리는 편이어서 출판사들마다 앞다투어 인연을 맺고 싶어 하는 작가였고, 그녀가 썼다고 언급한 T의 책은 그의 소설 가운데서도 가장 많이 알려진 작품이었기 때문이다. 한마디로 일고의 가치도 없는 헛소리라고 무시해야 마땅했다. 이상한 여자라는 기왕의 인상을 곱씹으면서 곧바로 일어서버리는 것이 자연스러웠다. 그런데 그는 자리를 박차고 일어나겠다는 제스처를 취하면서도 탁자 위의 책과 연필과 수첩과 노트북을 주섬주섬 챙기며 시간을 보냈고, 결국 그의 행동에 아랑곳하지 않고 자기 말을 계속 이어가는 그녀의 이야기를 다 들었다. "아, 물론 전부는 아니에요. 3분의 1은 그분이 썼지요. 나머지는 내가 썼어요. 나더러 마음대로 쓰라고 했거든요. 출판사가 재촉하는데 그 사람이 글을 쓸 수가 없었어요. 글을 쓸 시간도 없고 여유도 없었어요. 도와줄 수밖에 없었어요. 그 작품이 그렇게 반응이 좋을지는 몰랐어요." 그는 그녀의 말을 듣다 말고, 왜 당신이 그 사람을 도와준 겁니까, 하고 묻고 말았는데, 당신의 말을 믿지 못하겠다는 표시를 확실히 하기 위해서였다고 해도, 결과적으로 몹시 궁금하다는 표현을 한 셈이고, 그녀로 하여금 이야기를 계속 이어가도록 부추긴 꼴이 되었다. 그녀는, 그 사람, 나 때문에 글을 못 썼거든요, 나 때문에 마음고생을 많이 했거든요, 하지만 제가 어떻게 하겠어요, 그 사람은 부인이 있는 사람이잖아요, 하고 태연하게 답함으로써 가볍게 던진 그의 질문을 심각한 것으로 만들었다. 전혀 상상하지 못한 그녀의 답변에 의해 힐난 투의 자기 질문이 정말로 알고 싶어서 던진 심각한 것으로 바뀌는 기이한 현상을 그는 목도했다.

질문의 성격이 대답에 의해 규정되기도 한다는 것은 새삼스러운 깨달음이었다. 예컨대 우스꽝스러운 질문이나 심각한 질문이 따로 있는 것이 아니라 대답한 내용의 성격에 의해 우스꽝스러운 질문과 심각한 질문이 사후적으로 만들어지는 것이다. 그러니까 어떤 질문이든 그 질문에 대한 대답이 돌아오기까지는 우스꽝스럽지도 않고 심각하지도 않은 것이다. 그는 짐짓 심각한 표정을 지어 보임으로써 자기 질문을 순식간에 변질시키는 희한한 재주를 가진 여자에게 어떤 감정을 표현하는 것이 좋을지 판단할 수 없었다. 그는 자신의 불편한 감정을 어떻게든 여자에게 알게 하고 싶었지만 어떻게 알게 할지 알 수 없었으므로, 그럴 때 흔히 그렇게 하듯 공허하게 웃었다. 그러고는 입술을 한껏 비틀며, 그러니까 당신 때문에 글을 못 썼다는 거지요, 당신을 사랑해서, 그 베스트셀러 작가가, 하고 말했다. 그는 비아냥거렸지만 그녀는 그의 비아냥거림에는 아랑곳하지 않고, 그래요, 그 사람 한 줄도 못 쓰겠다고 했어요, 그래서, 하고 태연하게 받았다. 그가 보낸 비아냥거림이 자기에게 되돌려졌지만 그는 어쩐 일인지 언짢지 않았다. 더 이상 그 자리에 앉아 있을 이유가 없다는 것이 명백했다. 여자는 정상이 아니었다. 일고의 가치도 없는 어처구니없는 이야기로 치부하는 것 같은 표정을 지으며 그는 배낭을 메고 그 집을 나왔다. 그는 정신 상태가 온전하지 않은 여자를 피해 달아나는 사람의 포즈를 하고 고개를 절레절레 흔들며 걸었다. 그러나 배면에 그려놓은 그림이 특수한 조명을 받으면 앞면에 은은히 비치듯 그의 얼굴에 미묘한 웃음이 서서히 배어들고 있다는 것을 그는 의식하지 못했다.

　그는 그 집에 다시 가지 않았다. 여전히 동네 커피전문점들을 찾아다니며 책을 읽고 글을 썼지만 딥 오리진만은 가지 않았다. 갈 수 없었다. 드나드는 사람들을 감시하는 것 같은 그 이상한 여자를 생각하면 저절로 머리끝이 솟고 얼굴이 찌푸려졌다. 습관적으로 그곳을 향해 방향을 잡았다가 입구에 다다라 발길을 돌린 적이 있긴 했다. 그곳을 빼먹어도 갈 곳이 많았으므로 불편하지는 않았다. 조금 과장해서 말하자면 그가 사는 동네에 하루에 하나씩 커피전문점이 생겨나는 중이었다. 음식점이 커피전문점으로 바뀌고 옷가게가 커피전문점으로 바뀌었다. 새 건물에 커피전문점이 들어오고 낡은 건물에도 들어왔다. 대로변에도 생기고 모퉁이에도 생겼다. 국민 소득이 2만 달러를 넘기면 커피 소비량이 급격히 증가한다는 보도가 있었다. 커피 소비는 혹시 몰라도 커피전문점의 확산을 국민 소득의 증가와 연계시키는 것은 난센스라고 그는 생각했다. 소득이 그렇게 갑자기 늘어났을 리 없고, 커피 애호가들 역시 그렇게 갑자기 많이 생겨났을 리 없는 일이었다. 설령 그렇다고 해도 커피전문점의 우후죽순식 확산이 그런 것과 관련 있다고 단정하는 것은 단견이라고 그는 생각했다. 노트북과 스마트폰을 비롯한 휴대용 디지털 기기의 보급이 만들어낸 현상이라는 것이 그의 생각이었다. 휴대용 물감의 출현이 인상파 화가들을 탄생시킨 것과 유사한 현상이 휴대하기 좋은 컴퓨터 기기의 보급에 의해 나타나고 있는 것이라고 그는 생각했다. 이제 사무실과 도서관은 고정되어 있지 않고 여기저기로 이동한다고, 전에는 한 공간을 점유하는 것이 중요했지만 이제는 어딘가에 접속하는 것이 중요하다고, 전에는 글을 쓸 공간이 필요했지만, 이제는 글을 쓸 기기가 있으면 된다고 그는 생각했다.

이상한 것은 그 여자를 다시 만나지 않으려고 딥 오리진을 피했음에도 불구하고, 그녀에게서 들었던 말들이 아무렇지도 않다는 듯, 혹은 아무 관계없는 일인 것처럼 불쑥불쑥 떠올랐다는 점이다. "아, 물론 전부는 아니에요. 3분의 1은 그분이 썼지요. 나머지는 내가 썼어요……" 내가 썼어요, 하고 그녀는 말했다. 그는 터무니없는 말이라고 무시했었다. 그녀는 그 사람이 자기 때문에 글을 쓰지 못했기 때문에 자기가 도와줘야 했다고도 했다. 자기 때문에 마음고생이 심했다고, 하지만 부인이 있는 사람을 자기가 어떻게 하겠느냐고 하소연하기까지 했다. 물론 그때마다 자기 망상이 심한 여자의 말이라고 치부하고 피식 웃으며 넘기긴 했다. 그에게 자기를 보기 위해 딥 오리진에 출입하고, 또 자기 때문에 한 달 열흘씩이나 딥 오리진에 나타나지 않았다고 말한 여자가 아닌가. 세상의 모든 사람들이 자기를 주목하고 있고, 세상의 모든 일들이 모두 자기 영향에 의해 일어난다고 믿는 여자라고 진단했다. 저런 상태의 여자와는 자연스러운 대화가 불가능하며 어떤 말로도 설득시킬 수 없기 때문에 아예 상대를 하지 않는 것이 최선이라고 판단하고 애써 피하고 있는 중이었다. 그런데 그 잘 알려진 작가의 소설(제목이 '한밤의 펭귄'이었다)을 자기가 썼다고 주장하는 그녀의 말이 시도 때도 없이 불쑥불쑥 떠올랐고, 언제나 그런 것은 아니지만 이상하게도 가끔은 그 말이 자연스러운 대화가 불가능하며 어떤 말로도 설득시킬 수 없기 때문에 아예 상대를 하지 않는 것이 최선이라고 판단하고 애써 피하고 있는 여자가 한 말이라는 생각이 들지 않는 것이었다. 어느 순간부터는 떠올랐다가 저절로 사라지게 내버려두지 않고 오히려 사라지지 않도록 자기가 일부러 그녀가 한 말을 붙잡고 있다는 생각을 하기에 이르렀는데, 그것은 좀 놀라운 발견이었다. 그는 그녀를 신뢰하지 않는다고 하면서 왜 그녀가 한 그 말만은 붙들려 하는지, 때때로 그 말에 유별난 신뢰를 보내고 싶어 하는지 똑떨어지게 설명할 수 없었다. 생각을 더 파고든다면 무언가 캐낼 것이 있을지 모르지만 그는 그러지 않았다. 생각을 더 파고들지 않기 위해 더 파고든다면 무언가 캐낼 수 있을 거라는 생각에 몰두하지 않았다고 해야 할지 모르겠다. 더 파고들어서 캐낼 수 있는 것이 캐내기를 원하는 것이 아닐 가능성이 높기 때문이라고 말해야 할지 모르겠다. 무엇이 나올지 모르기 때문에 캐내려는 사람도 있지만 무엇이 나올지 모르기 때문에 캐내지 않으려는 사람도 있는 것이다. 그러나 무엇이 나올지 모르기 때문에 캐내지 않으려는 것처럼 말하는 사람들 중에는 실은 반대로 무엇이 나올지 잘 알기 때문에 그러는 경우가 있는데, 우연히 만난 한 여자의 믿을 수 없는 한마디 말을 은근히 믿고 싶어 하는, 세 권의 책을 낸 소설가의 경우가 그러했다. 예컨대 그는 그녀의 믿기 힘든 말에 의외의 관심을 보이는 자기의 내면을 더 파고들었을 때 세상에 잘 알려진 그 유명한 소설가 T에 대한 치졸한 시기심을 캐내게 될까 봐 두려웠던 것이다.

그는 어떤 출판사 사장실에서 있었던, 별로 기억하고 싶지 않은 일을 기억하고 있었는데, 한 해쯤 전, 그가 편집장의 안내를 받아 들어갔을 때는 의례적인 인사말만 건네고 자기 할 일을 계속하던 사장이 뒤이어 들어온 T를 향해서는 만면에 웃음을 띠고 과장되게 팔을 내밀어 악수를 하고 자리를 옮겨와 앉고 안부를 묻고 책장에서 신간 서적 몇 권을 뽑아 건네며 반기는 것을 어색하게 웃으며 지켜보았었다. 그때까지 자기와 말 상대를 해주던 편집장도 몸을 돌려 앉아 뒤에 들어온 베스트셀러 작가와 줄곧 눈을 맞췄다. T는 그에게 알은체를 하지 않았는데, 그건 물론 그 소설가가 그와는 안면이 없었기 때문이다. 그는 알았지만 그 소설가는 그를 알지 못했다. 아는 사람이 알은체를 하는 것이 이치에 맞지만 안다고 무조건 알은체를 할 수 있는 것은 아니다. 그는 그 소설가를 알았지만 알은체할 수 없었기 때문에 알은체하지 않았고, 그 소설가는 그를 알지 못했기 때문에 알은체하지 않았다. 그가 배제된 채 꽤 긴 시간 무슨 이야기인가가 오갔다. 그도 띄엄띄엄 아주 짧게 무슨 말인가를 했지만 그의 말에 주목하는 사람은 없었다. 다른 사람은 느끼지 못했지만 그는 느꼈고, 유난히 예민하게 느꼈다. 그는 도중에 화장실에 가기 위해 일어났지만 아무도 그에게 어디 가느냐고 묻지 않았기 때문에 화장실에 간다고 말하지 않았다. 소변기 앞에 서서야 그는 자기가 소변을 보고 싶어서 화장실에 온 게 아니라는 것을 깨달았다. 오줌이 한 방울도 나오지 않았던 것이다. 사장 방에 앉아 있을 때 느꼈던 요의는 그 불편한 자리를 벗어나려는 위장이었던 셈이다. 서글픈 자괴감이 밀려왔다. 그는 잠시 망설이다가 그가 사라진다고 신경 쓸 사람이 있을 것 같지 않았으므로 곧바로 출판사 건물을 빠져나왔다. 다음 날 편집장이 전화를 걸어와 어제 왜 말도 없이 그냥 갔느냐고 묻긴 했지만 그 외에 다른 말은 하지 않았고, 그다지 섭섭해하는 감정도 전해지지 않았다. 그때 그가 그 출판사에 무엇 때문에 갔는지는 생각나지 않았다. 그냥 갔을 리는 없는데 생각나지 않는 것은 잊어버렸기 때문이다. 잊어버렸다고 믿고 싶었기 때문이다. 그러나 굳이 기억해내고 싶지 않은 것들은 얄궂게도 굳이 기억해낼 필요 없이 기억된다. 기억해낼 필요 없이 기억되는 것들은 대개 기억해내고 싶어 하지 않는 것들이다. 그는 그때 소설 한 편을 완성했고, 아무도 청탁하지 않은 그 원고를 가방에 넣어서 첫번째 창작집을 내줬던 그 출판사를 찾아갔었다. 그는 그 일이 하필이면 T의 잘 알려진 소설 『한밤의 펭귄』을 자기가 썼다는 이상한 여자의 말과 함께 떠오르는 것이 못마땅했다. 도무지 믿기 힘든 그녀의 말을 믿을 만한 것으로 받아들이는(받아들이고 싶어 하는) 까닭이 그 기억과 관계 있는 것처럼 간주될까 봐 걱정스러웠다. 그래서 되도록 생각을 깊이 하지 않으려고 했던 것이다. 생각을 깊이 할 필요가 없었거나 생각을 깊이 해봤자이기 때문이라는 게 더 진실에 가까울지 모르겠다.

어느 날 인터넷을 검색하던 그는 깜짝 놀라 눈을 크게 뜨고 손가락에 힘을 주어 어떤 페이지를 클릭했는데, 그 글의 제목은 'T씨의 『한밤의 펭귄』, 실제 작가 따로 있다'였다. 기사문 형식의 그 글은, 그러나 실제 기사는 아니었고, 독서 토론 게시판에 누군가 익명으로 올린 글이었다. 그가 놀란 것은 그 내용이 그가 딥 오리진에서 어떤 여자로부터 들은 그대로였기 때문이다. T씨는 그 소설을 3분의 1밖에 쓰지 않았으며 나머지 3분의 2를 쓴 사람은 따로 있다는 것, 그 책이 나온 출판사 편집부에서 근무한 경력이 있는 여자 프리랜서가 실제 작가라는 것, 주의 깊게 읽어보면 전반부와 후반부의 문체의 차이를 발견할 수 있을 거라는 것, 그녀가 그 소설을 대신 쓴 것은 작가와의 특별하고 개인적인 관계 때문이라고 하는데, 그 사연이 무엇이든 이는 희대의 사기 사건이라는 것, 그녀가 소설을 대신 쓰고 어떤 대가를 받았는지는 알지 못하나 쓰지도 않은 글을 자기가 썼다고 하는 작가나 판매 수익을 기대하고 유명 작가의 이름을 이용하는 출판사나 경우가 아니라는 것, 창작물의 대필은 다른 사람의 저작물을 표절하는 것보다 백 배쯤 비도덕적이라는 것이 그 글에 담긴 내용이었다. 그 글이 게시된 것은 하루 전이었는데, 하루 사이에 백 개가 넘는 댓글이 달려 있었다. 거의 모두 비난하고 비방하는 내용이었다. 옹호하는 글이 어쩌다 하나씩 발견되었는데, 믿을 수 없지만, 만일 사실이라면 T씨에게 그럴 만한 사정이 있지 않겠느냐는 정도였다. 그는 가슴을 두근거리며 댓글까지 모두 읽었다. 그 글을 발견한 것이 놀라운 사건인 것처럼 가슴을 두근거리며 읽었지만, 그리고 실제로 깜짝 놀랄 사건이 아닌 건 아니었지만, 야릇하게도 마음 한편에서는 그 글을 읽은 것이 그리 대단한 일이 아니라는 생각도 들었다. 비단 그런 이야기를 미리 들은 적이 있어서는 아니었다. 그 글을 읽기 위해 인터넷을 뒤지고 있었던 것 같기도 하고, 심지어 애써서 그 글을 찾고 있었던 것 같은 느낌이 들기도 했다. 그러자 가슴이 두근거리는 것도 단순히 충격을 받아서가 아니라 다른 종류의 감정, 이를테면 설명할 수 없는 기대나 은밀한 만족감 같은 것과 관련되어 있는 것이 아닌가 하는 생각이 드는 것이었다. 그는 약간 당황했지만, 이내 고개를 흔들고 백여 개가 넘는 댓글 아래 짧은 의견을 달았다. 진실이 무엇인지 밝혀지지 않은 상태에서 일방적으로 매도하는 것은 옳지 않다고 생각합니다. 믿었던 작가에 대해 배신감이 느껴지더라도 인격 모독적 발언은 삼갑시다.

노트북을 덮고 가슴을 쓸어내리고, 그는 자기가 아는 몇 명의 동료 소설가에게 이 사실을 알렸다. '이럴 수가! 들었어? T의 『한밤의 펭귄』이 다른 사람이 쓴 거라는 소문이 있네.' 그는 문자 메시지를 보내면서 그 독서 토론 사이트의 주소를 첨부했다. 그의 메시지를 받은 사람들은 공교롭게도 모두 트위터 이용자들이었다. 그는 트위터를 통해 그 소식이 빠르게 확산될 거라고 기대하지 않았다. 예상은 했지만 기대는 하지 않았다고, 알 만한 사람이 거의 다 알게 된 다음에 그는 중얼거렸다. 그러나 그는 이 경우, 통상적인 용례와는 달리, 기대보다 예상이 발언하는 자의 의지나 소망을 훨씬 더 강하게 피력한다는 사실을 인식하지 못했다. 그가 보낸 문자와 상관없이, 그가 문자를 보내기 전부터 트위터리안들이 그 소식을 물어나르고 있었던 것이라고, 특정한 사람이나 집단이 책임질 수 없고 통제도 할 수 없는 것이 이 시대의 정보라고, 그는 혼자 중얼거렸다. 그러나 그는 그렇게 중얼거림으로써 자신의 책임을 통제 불능 아래 두려는 의도를 은연중에 드러내고 있다는 사실을 인식하지 못했다.

게시판에 그 글을 쓴 사람이 누구인지는 몰라도 그런 정보를 제공한 사람이 누구인지는 쉽게 추측할 수 있었다. 최초의 정보는 어쨌든 대필 당사자라고 주장하는 그 여자를 통해 나갔을 것이다. 그녀는 처음 만난 그에게 T의 그 유명한 소설을 자기가 썼다고 했다. 그가 소설가라는 사실을 알아보았다고 해도 그런 이야기를 털어놓은 것은 자연스러운 일이 아니었다. 믿을 수 없는 이야기였으므로 그는 믿지 않았고, 그녀가 망상에 사로잡혀 있는 여자라고 판단하고 자리를 떴다. 그가 자기를 보러 딥 오리진에 온다는 여자가 아니던가. 세상의 모든 일이 자기 때문에 일어난다는 식의 그녀의 터무니없는 신념에는 동조할 수 없었다. 그도 한때 그런 망상에 붙들려 지낸 적이 있었지만 오래전 일이라고, 자기는 그 여자와 같지 않다고 스스로를 다독였다. 자기를 알아봐준 것이 그저 고마워서 행여나, 하고 여자의 말에 귀기울였던 자신이 한심하게 여겨졌었다. 그런데 그 이야기를 인터넷에서 접하자 갑자기 일종의 검증이라도 받은 것처럼 여겨지면서, 그 이야기를 믿을 수 없다고 내칠 게 뭐냐는 반문이 조심스럽게 솟아났다. 기다렸다는 듯 생각이 뒤집혔다. 그를 향해 자기를 보러 딥 오리진에 나타나고, 자기 때문에 딥 오리진을 회피했다고 말한 것이 T에 대한 그녀의 이야기를 망상으로 몰아낼 근거가 되었다. 그런데 이번에는 그것이 그녀의 이야기를 의심할 수 없는 것으로 받아들이게 하는 근거로 작용했다. 자기가 누구인지 정확히 알 뿐 아니라 딥 오리진에 얼마만에 나타났는지, 한 번 와서는 몇 시간이나 머물다 가는지 분명하게 꿰고 있었던 사실을 다른 중요한 정보의 정확성을 담보할 수 있는 자료로 삼으려는 이 소설가의 복잡한 심리를 이해하는 데 지금 하려는 일화가 도움이 될지 모르겠다. 그는 T를 알지만 T는 그를 알지 못하기 때문에 알은체하지 않았다고 이미 말한 바 있지만, 실은 두 사람이 그 출판사 사장실에서 처음 만난 게 아니었다. 몇 개월 전, 누군가의 시상식 뒤풀이 자리에서 그는 우연히 T와 같은 테이블에 앉았는데, 그런 자리가 늘 그렇듯 시끄럽고 왁자지껄한 가운데 일관성 없는 대화들이 산만하게 이어졌다. 어떤 화제에서 비롯되었는지 선명하지 않지만, 술이 약간 취한 그는 자기가 동네 커피전문점을 전전하며 글을 쓴다는 이야기를 했다. 커피전문점에 앉아 있으면 테이블과 테이블 사이에 투명한 막이 하나 생긴 것 같아 오히려 집중이 잘된다는 말을 하고, 조금 과장해서 그가 사는 동네에 하루에 하나씩 커피집이 생겨나고 있는 추세라 골라 다니는 재미가 상당하다고 덧붙였을 것이다. 그때 가만히 듣고 있던 T가 맥주잔을 들어 올리며 동의하기 어렵다는 표정을 지어 보였다. 평소 같으면 표시나지 않을 T의 표정이 취기 때문인지 확실하게 드러났다. 불만이라고 할 수는 없고 비난도 아니었다. 다만 그는 자기 의견을 제시할 뿐이었다. "그래요? 막이 쳐진다고 했지만 투명한 막이잖아요. 사람들이 많은 커피집에 앉아 글을 쓴다고요? 사람들이 알아보지 않나요? 테이블로 오지는 않더라도 자기들끼리 수군거릴 거 아닙니까? 동물원 우리 안의 원숭이가 된 기분일 텐데, 글이 쓰여요?" T는 다만 의견을 제시했을 뿐이지만 그는 술이 확 깨는 느낌을 받았다. 시끄럽고 혼란스러워서, 그리고 다들 술에 취해 있어 듣지 못했는지, 들었어도 달리 반문할 거리가 없어서 그랬는지, 아무도 반응을 보이지 않았다. 그는 시끄럽고 혼란스러운 가운데서도 T의 말을 다 들었고, 반문할 거리가 없지도 않았지만 아무 반응도 보이지 않았다. 보일 수 없었다. 취기가 그를 예민하게 만든 건 사실이었다. 그는 무안했고 비참했고 다만 T의 면상을 갈기고 싶었다. 그는 탁자 밑에서 주먹을 쥐었다 풀었다를 반복하며 그 술자리를 버텼다. T가 그 일을 기억하지 못하는 것은 다행이라고 그는 출판사 사장실에서 자기를 알아보지 못하는 T를 보며 생각했다. 그러나 T가 정말로 그때 일을 기억하지 못하는지, 다만 기억하지 못하는 척하는지 알 수 없다는 의심을 거둘 수는 없었다. T야 어떻든 그가 그때 일을 기억하고 있다는 것이 중요했다. T가 기억하고 있다고 해도 그가 기억하지 못한다면 그는 그때의 일은 물론 T가 기억하고 있다는 사실조차 모를 것이다. 그럴 수 있다면 좋았겠지만 이미 떠오른 것을 떠오르지 않은 척하기는 힘들었다. 그는 요의를 느낄 수밖에 없었고, 그 출판사 건물을 말없이 빠져나올 수밖에 없었던 것이다.

사태는 그가 기대하고 예상한 것보다 더 심각한 쪽으로 진행되었다. T는 나타나지 않았지만 『한밤의 펭귄』을 펴낸 출판사에서는 대필 의혹을 강하게 부정하고 나섰다. 기자회견을 자청한 출판사 사장은 누가 어떤 이유로 이렇게 악의적이고 무책임하게 거짓말을 퍼뜨리는지 반드시 밝혀내겠다고 언성을 높였다. 기자회견장에 배석한 평론가 한 사람은 『한밤의 펭귄』의 앞부분과 뒷부분 사이에 문제 삼을 만한 어떤 문체상의 차이도 발견할 수 없었으며, 이야기를 풀어가는 방식이나 서술의 특징, 인물을 형상화하는 방법 등을 고려할 때 T의 다른 소설과 유사한 점들이 상당히 많이 발견된다며 이 소설이 T가 쓴 소설이 아니라고 단정할 아무런 근거도 찾아낼 수 없다고 증언했다. T는 사장의 입을 통해 하도 어처구니없어서 대꾸할 가치를 느끼지 않는다는 의사만 전했다. 이어서 출판사의 홈페이지를 관리하는 직원이 마이크를 잡고, 이 사건은 악의적인 조작일 수도 있지만 단순한 장난질에 지나지 않은 것일 가능성도 있다는 의견을 냈다. 그 근거로 첫 폭로 게시물의 아이피와 그 글에 달린 많은 댓글 가운데 하나의 아이피 주소가 동일하다는 사실을 제시했다. 적어도 하나의 댓글은 최초의 게시문과 같은 컴퓨터에서 작성되었으며 그런데도 게시자와 동일인이 아닌 것처럼 신분을 위장하고 있다는 것이었다. 어떤 목적을 가지고 저지른 범죄일 가능성이 높지만 신중하지 않은 자의 단순한 장난질에 불과할 가능성도 배제하지 않고 있다고, 만일 후자의 경우라면 당사자도 상상 이상의 사회적 반향에 당황하고 있을 거라는 설명을 덧붙였다. 조작이든 장난이든 온라인상에 최초로 이런 내용의 글을 게시한 자를 찾고 있기 때문에 곧 어떤 자가 어떤 의도로 이런 루머를 퍼뜨렸는지 밝혀질 거라고 말하는 그 직원의 표정에는 여유가 넘쳤다.

뉴스를 읽다 말고 그는 문득 그 독서 토론 게시판에서 처음 그 게시물을 접하고 흥분하며 손가락에 힘을 주어 클릭했을 때처럼 가슴이 빠르게 뛰는 것을 느꼈다. 그러나 그때와 꼭 같지는 않았는데, 전에는 알 수 없는 흥분과 미묘한 예감의 열기가 가득했던 반면 이번에는 허전함과 조바심이 지배적이었다. 그는 자리에서 일어나 어슬렁거렸고, 창밖을 오랫동안 쳐다보며 생각에 잠겼고, 밤이 깊은 시간인데도 외투를 걸치고 밖으로 나가 한 시간 동안 산책을 했다. 그의 산책 코스에 여러 개의 커피전문점이 있었다. 딥 오리진은 늦은 시간인데도 문을 열고 있었지만 종업원들이 바닥을 쓰는 것으로 보아 곧 영업을 끝낼 모양이었다. 한 테이블에 한 쌍씩 두 테이블에 손님이 있었지만 그 여자의 모습은 보이지 않았다. 그녀는 늘 창가에 앉는다고 했으므로 밖에서도 보여야 했다. 그녀의 모습이 보이지 않자 마치 그녀를 만나러 왔다가 허탕을 치기라도 한 것처럼 아쉬운 마음이 들었다. 그녀를 보면 T의 대필 의혹에 대해 더 자세히 물어볼 수 있을 것 같았다. T의 대필 의혹이 세간의 화제가 되고 있는 상황에 대해 물어볼 수 있을 것 같았다. 그녀에게 물어보면 모든 것이 명쾌해질 것 같았다. 그러나 그건 물론 그녀의 모습이 보이지 않기 때문에 든 생각이었고,

그녀가 정말로 그곳에 앉아 있었다면 어땠을지는 장담할 수 없다. 그녀를 피해 서둘러 지나쳐 갔을지도 모르는 일이었다. 그는 안으로 들어가 커피를 마실 수 있느냐고 물었고, 종업원은 커피를 마실 수는 있지만 15분 후에는 문을 닫을 거라고 말했다. 커피가 나오기를 기다리는 동안 그는 창가 쪽 테이블을 주시했다. 천장의 조명은 꺼진 상태였고, 빠르게 달리는 자동차들이 창문에 기괴한 무늬를 쏘아댔다. 그는 그 자리에 어떤 여자가 앉아 있는 모습을 본 적이 있던가, 생각해보았다. 생각이 나지 않았다. 그는 종이컵에 아메리카노를 받아 들고 그 집을 나왔다.

이튿날 오전에 그는 누군가로부터 전화를 받았다. "너무 일찍 전화드린 게 아닌지 모르겠습니다. 여쭤볼 일이 있어서 전화드렸습니다. 잠깐 통화 괜찮으시겠습니까?" 목소리는 정중했고, 그렇게 미안해할 정도로 이른 시간도 아니었다. 전화를 건 사람은 M출판사의 직원이었다. 그는 괜찮다고 덤덤하게 대꾸했다. 직원은 매우 정중하게, 그러나 단호함이 느껴지는 목소리로, 단도직입적으로 묻겠습니다,라고 말했다. 그리고 실제로 단도직입적으로, 『한밤의 펭귄』이 T가 쓴 소설이 아니라는 모 사이트의 게시글 밑에 댓글을 단 적이 있습니까, 하고 물어왔다. 그는 당황했지만, 곧 정신을 차리고 그런 적이 있다고 시인했다. 좀 더듬거렸지만, 그건 잠이 덜 깨어서 그런 걸로 받아들여질 거라고 그는 생각했다. 그러다 곧 그가 거기에 글 쓴 사실을 어떻게 알았는지 궁금했기 때문에 그걸 어떻게 알았느냐고 물었다. 선생님 성함이 워낙 특이해서요, 가명일지 모른다는 생각을 했지만 그렇게 특이한 가명을 생각해내기도 쉽지 않을 것 같아서 말이지요,라고 여전히 정중하게, 그러나 단호함이 묻어 있는 목소리로 말했을 때 그는 그 사람이 출판사 홈페이지를 관리하는 직원일 거라고 짐작했다. 그의 이름이 특이하다는 것은 자타가 인정하는 사실이었다. 그 외에 가공한이라는 이름을 가진 사람을 그는 본 적이 없었다. 가씨 성을 가진 사람이 드문 데다가 공한이라는 이름도 평범하지 않았다. 가씨 성에 공한을 붙인 이상한 어감의 이름을 가진 사람은 자기 말고는 없을 거라고 그는 생각해왔다. "혹시 누군가 선생님 이름을 도용하지 않았을까도 생각했는데, 실명으로 글을 쓰신 것이 맞군요?" 직원이 확인하듯 물었다. 그때서야 그는 익명으로 써도 되는 게시판에 실명으로 댓글을 달았다는 사실을 깨달았다. 물론 의도적인 것은 아니었다. 실명을 쓰고 있다는 의식도 없이, 그야말로 무심코 한 일이었다. 실명을 쓰는 일에 거리낌이 없었으므로 따져보지 않았다고 할 수도 있었다. "확실하게 하기 위해 묻겠습니다. 진실이 무엇인지 밝혀지지 않은 상태에서 일방적으로 매도하는 것은 옳지 않다고 생각합니다. 배신감이 느껴지더라도 인격 모독적 발언은 삼갑시다. 이것이 가공한 선생님이 쓴 댓글이 맞습니까?" 그가 쓴 글의 내용이 맞았으므로 가공한은 그렇다고 대꾸했다.

잠깐 침묵이 흘렀다. 그 침묵은 여전히 단호하긴 했지만 더 이상 정중하지는 않았다. 어찌된 일인지 그런 것이 전해졌다. 출판사 직원은 오래 지체하지 않았다. 돌려 말하지도 않았다. 가공한이라는 이름으로 올린 글과 T의 소설이 대필이라는 주장을 한 최초의 게시 글이 같은 아이피를 사용하고 있는데, 이것을 어떻게 이해해야 할지 모르겠어서요,라는 말이 바로 귓가에 대고 말하는 것처럼 크게 들려왔다. "무슨 말이에요, 그게? 그 폭로 글을 내가 썼다는 겁니까?" 그는 버럭 소리를 질렀다. 갑자기 툭 튕겨져 나온 그의 목소리는 발설자인 그의 귀에도 연극적으로 들렸다. 상대방의 귀에는 더욱 그랬을 수 있었다. 그는 그 와중에도 자기 목소리가 연극적으로 들릴 수 있다는 사실이 걱정되었다. 그는 자기가 다소 과민하게 반응하고 있다는 걸 깨닫고 긴장했지만 어떻게 다르게 반응해야 할지 판단이 서지 않았으므로 그냥 어정쩡하게 대응했다. T의 소설이 다른 사람에 의해 씌어졌다는 정보를, 그것이 옳든 그르든, 사전에 인지하고 있었다는 사실이 결정적인 무슨 혐의점이라도 되는 것처럼 마음이 불안했다. 그것이 옳은 정보라면, 알아서는 안 되는 것을 알고 있었기 때문에 그는 의심의 대상이 될 수 있었다. 그것이 옳은 정보가 아니라면, 옳지 않은 것을 옳고 그름의 판단을 유보한 채, 혹은 판단과는 상관없이 옳은 것인 양 남몰래 간직하고 있었기 때문에 의심받을 수 있었다. 무슨 변명이든 하지 않으면 안 될 것 같은 혼란스런 상태에서 그는 어정쩡하게 말했다. "내가 아니에요. 나에게 그 사실을 알려준 사람이 있어요. 그 출판사 출신 프리랜서요. 딥 오리진…… 이름은 몰라요. 그녀가 거기 있어요." 그의 말에는 조리가 없었다. 당황하고 있다는 증거였다. 그 때문에 그는 자기가 자기를 더 의심하도록 만들고 있다는 사실도 깨닫지 못했다. 출판사 직원이 사장님을 바꿔주겠다고 말하는 소리가 들렸지만, 그는 무엇보다, 그리고 누구보다 먼저 그녀를 만나야 할 것 같았기 때문에, 그녀를 만나면, 그녀를 만나기만 하면 모든 것이 명쾌해질 것 같은 마음에 급히 사로잡혔기 때문에 기다리지 않고 전화를 끊어버렸다. 다시 전화벨이 울렸지만 그녀를 만나는 것이 우선이라는 생각에 사로잡힌 그는 무시하고 서둘러 집을 나섰다. 그녀를 만나기만 하면 모든 것이 해결될 것 같은 마음은 그녀를 만나지 않으면 아무것도 해결되지 않을 것 같은 마음으로 뒤집혀 그의 가슴을 덜컹거리게 했다. 만나서 해결하리라는 의욕보다 만나지 못하면 해결하지 못할 거라는 우려가 더 앞섰다. 그는 뛰듯이 걸었다.

딥 오리진에는 그녀가 없었다. 그는 종업원에게 창가 자리에 늘 앉는 여자가 오늘은 오지 않았느냐고 물었다. 종업원은 그런 사람이 기억나지 않는다고 대답했다. 기억해봐요, 매일 오는 사람이에요, 매일 와서 저기 저 자리에 앉아서 일을 하는 사람이에요, 하고 간절한 목소리를 냈지만, 그 말을 하는 도중에 자신도 그녀가 그곳에 앉아 있는 모습을 매일은커녕 단 한 번도 실제로 본 적이 없다는 사실이 떠올라 민망했다. 그녀가 그렇게 말한 것을 듣긴 했었다. 그러나 그녀가 말한 내용을 확인한 건 아니었다. 종업원은 덤덤한 표정을 지으며 실내를 휘둘러보았다. 매장이 얼마나 넓은지 보세요, 하고 말하는 것 같은 동작이었다. 틀리지 않은 말이었다. 딥 오리진은 어떤 커피 전문점보다 넓고 매장 안의 구조가 복잡했다. 일그러진 ㄷ자 구조의 건물인 데다가 군데군데 세워진 기둥들 때문에 자연스럽게 구획이 만들어져 있었다. 한곳에서 모든 방향을 조망하는 것이 가능하지 않았다. 주문을 받고 주문받은 커피를 제조해서 내놓기만 하는 종업원들이 매장 내 사정을 샅샅이 파악하고 있을 거라고 기대할 수 없었다. 다른 종업원도 멀뚱한 표정만 지었다. 그는 더 이상 그 여자에 대해 물을 수 없었다. 무엇보다 그녀가 매일 그 자리에 앉아 있다는 확신이 없었기 때문이다. 그녀가 매일 그 자리에 앉아 있다는 확신이 없다는 것은 그녀가 한 말을 확신할 수 없다는 뜻이고, 그녀가 한 말의 옳고 그름이 아니라 그녀가 그런 말을 했다는 사실 자체를 확신할 수 없다는 뜻이고, 그것은 또 그녀가 한 다른 말도 확신할 수 없다는 뜻이었다. 그는 왜 그녀가 T의 대필을 폭로했다고 믿으려고 했을까. 자기에게 고백했으니 인터넷 게시판에 올리는 것도 어렵지 않았을 거라고 생각했을까. 그는 정말로 그녀의 말을 사실로 믿었던 것일까. 그녀를 만나면 모든 것이 해결될 거라든지 그녀를 만나지 않으면 아무것도 해결되지 않을 거라고 조바심을 냈던 것은 무엇 때문이었을까. 그가 정말로 원한 것은 무엇이고 확신한 것은 무엇이었을까. 원하는 것과 확신하는 것 사이에 차이가 있는 걸까. 그러다 문득 그는 자신이 실제로 그녀를 만난 적이 있었는지 의심스러워졌다. 그렇게 나타나서 그런 식으로 말하는 여자가 현실 속에 존재할 리 없다는 생각이 불현듯 들었다. 그것은 세상의 모든 사람이 자기 책을 읽고 있다는 망상과 같은 종류의 일이었다. 그는 그런 망상으로부터 자유로워졌다고 생각해왔다. 아니었던가. 그는 문득 『한밤의 펭귄』은 T가 아니라 다른 사람이 썼다는 게시 글을 올린 사람이 자기일 수 있다는 생각이 마치 거대한 기둥처럼 흐릿하고 뿌연 혼돈 속에서 불끈 솟아오르는 것을 익숙한 거리 풍경을 바라보듯 바라보았다. 확실한 것도 없고 불확실한 것도 없는 것 같았다. 그의 호주머니에서 전화벨이 울렸다. 그는 요란한 소리를 내며 검은 커피를 뽑아내는 커피머신 위에 붙은 딥 오리진이라는 글씨를 얼이 빠진 눈으로 보았다. 그가 딥 오리진을 보고 있는 것이 아니라 딥 오리진이 얼빠진 그의 눈을 보고 있는 것 같았다.

칼

1

나는 일몰 시간에 맞춰 출근하고 일출 시간이 되면 퇴근한
다. 1월 둘째 주 월요일부터 지금까지 두 달 반 동안 하루도
거르지 않았다. 하루도 거르지 않았다는 게 내세울 일이 아
니라는 건 나도 안다. 그러나 일몰 시간과 일출 시간을 한 번
도 어기지 않은 건 조금 자랑할 만한 일이라고 할 수 있지 않
을까. 달도 그렇지만 해가 뜨는 시간과 지는 시간은 매번 다
르니까. 해가 뜨는 시간은 달이 뜨는 시간과 마찬가지로 매
일 조금씩 빨라지거나 조금씩 늦어지고, 해가 지는 시간도 달
이 지는 시간과 마찬가지로 조금씩 빨라지거나 조금씩 늦어진
다. 어떤 계절에는 일몰부터 일출까지가 아홉 시간밖에 되지
않지만, 어떤 계절에는 열네 시간이나 된다. 그러니까 어떤 계
절에는 아홉 시간 일하고 어떤 계절에는 열네 시간 일해야 한

다. 아홉 시간도 적은 시간은 아니지만, 열네 시간은 너무 많은 시간이다.

일몰과 일출 시간을 확인하기 위해 나는 매일 한국천문연구원 홈페이지에 접속한다. 그곳에는 지역별 월별 해와 달의 출몰 시간이 분 단위로 나와 있다. 남중 시간과 시민박명, 항해박명, 천문박명 시간도 소개되어 있는데, 나는 그런 것들의 차이를 분간하지 못할 뿐 아니라 관심도 없기 때문에 거의 눈을 주지 않는다. 나에게는 해가 지는 시간과 뜨는 시간만 중요하다. 나는 거의 항상 해가 지는 시간과 뜨는 시간만 확인하고 한국천문연구원을 빠져나온다.

내가 확인한 바에 따르면, 2010년 1월 23일에 해는 오후 5시 45분에 지고 다음 날 7시 42분에 떴다. 그런가 하면 2009년 7월 23일에는 저녁 7시 48분에 졌다가 다음 날 5시 29분에 떴다. 2009년 7월 23일에는 해가 지고 뜰 때까지의 시간이 9시간 41분인 반면 2010년 1월 23일에는 13시간 57분이나 된다. 4시간 16분을 작은 차이라고 할 수는 없다. 고용한 자는 모르겠지만 고용된 자의 입장에서 일을 덜하는 건 괜찮지만 더하는 건 괜찮지 않다. 덜하는 건 항상 받아들일 수 있지만 더하는 건 언제나 받아들일 수 없다.

그렇지 않아도 제안을 받던 날, 일몰부터 일출까지라는 건 비합리적인 조건이 아니냐고, 몇 시부터 몇 시까지라고 시작하고 끝나는 시간을 명시하는 게 일반적이고 상식적이지 않느냐고 이의를 제기했었다. 남자는 합리적이고 상식적인 걸 좋아하는 모양이로군, 하며 중얼거렸는데, 표정을 바꾸지 않았는데도 불구하고 무엇 때문인지 비웃는 것처럼 느껴졌다. 그가 합리와 상식을 비웃는 것이 비합리나 몰상식으로 여겨지지 않은 점도 이상하다면 이상한 일이었다. 나는 내가 합리적이고 상식적이어서가 아니라 나도 모르게 합리적이고 상식적인 사람인 체한 것이 부끄러워 아무 말도 하지 않았다. 그렇다면 뭐, 일한 시간만큼 보수를 지급하지. 그러면 합리적이지 않나? 상식적이기도 하고. 그는 줄곧 손에 들고 있던 뭉툭한 손잡이의 단도를 눈높이로 들어 올려 날을 살피며 말했다. 목소리는 심드렁한데 블라인드 사이로 들어온 햇빛이 칼날 위에 부서졌다. 쨍그랑 소리가 나는 것 같았다. 내가 배달한 커틀러스였다.

2

대부분의 고객들은 문을 아주 조금 열고 팔을 내밀어 낚아채듯 상자를 받아간다. 이 남자처럼 사무실로 들어오게 하고 물건을 점검할 때까지 기다리라고 한 사람은 없었다. 아니, 사무실로 물건을 배달시킨 사람도 처음이었다. 물론 나는 상자 안에 들어 있는 물건이 무엇인지 알고 있었다. 막연하지만 나는 나의 고객들이 자기가 주문한 물건의 내용이 남에게 알려지는 걸 싫어한다는 생각을 하고 있었고, 따라서 알은체를 하지 않았다. 되도록 눈도 마주치지 않으려 했다. 그건 내가 칼과 칼을 수집하는 사람들에 대해 썩 우호적이지 않은 선입견을 가지고 있다는 뜻이었다. 칼을 배달하는 직업을 가진 사람에게 바람직한 선입견은 아니었다. 다마스커스의 주인이 처음 보자마자 주의를 주고 일을 하는 동안 몇 번이나 지적한 내용이 이것이었다. 고객들에 대해 선입견을 가지지 말 것. 어떤 선입견도 가지지 말 것. 나쁜 선입견은 물론 좋은 선입견도 가지지 말 것. 칼을 수집하는 사람들에게 칼은 우표를 수집하는 사람들의 우표, 동전을 수집하는 사람들의 동전, 열쇠고리를 수집하는 사람들의 열쇠고리와 조금도 다르지 않다. 그 사람들은 그저 우표나 동전이나 열쇠고리를 수집하는 사람들이 우표나 동전이나 열쇠고리를 수집하듯 칼을 수집하는 것뿐이다. 우표나 동전이나 열쇠고리를 수집하는 것이 그저 취미에 지나지 않은 것처럼 칼을 수집하는 것 역시 취미에 지나지 않다. 칼을 수집하는 사람이 특이하다면 우표나 동전이나 열쇠고리를 수집하는 사람이 특이한 것처럼 특이하다. 우표나 동전이나 열쇠고리를 수집하는 사람들을 조금 특이하다고 할 뿐 이상하다고 생각하지는 않은 것처럼 칼을 수집하는 사람들에 대해서도 조금 특이할 뿐 이상하지는 않다고 생각해야 한다……
하긴 다마스커스의 주인은 세상의 거의 모든 칼을 가지고 있

고 세상의 칼에 대해 거의 모든 것을 알고 있지만 이상하지는
않았다. 특이하긴 했지만 이상하지는 않았다. 그는 바지락칼
국수와 김광석의 노래와 생맥주와 스릴러 영화를 좋아하고 아
내와 두 딸을 사랑하는 평범한 사십대였다. 팥칼국수와 조용
필의 노래와 병맥주와 로맨틱코미디를 좋아하는 사람이 이상
하지 않은 것처럼 바지락칼국수와 김광석의 노래와 생맥주와
스릴러 영화를 좋아하는 사람도 이상하지 않다.

　그런데도 다마스커스에 와서 칼을 찾거나 인터넷 사이트에
접속해 칼을 주문하는 사람들에 대한 내 선입견은 쉽게 바뀌
지 않았다. 그 사람들에게는 칼이 우표나 동전이나 열쇠고리
의 대용물에 불과한지 모르지만 나에게는 그들의 칼이 누군가
의 우표나 동전이나 열쇠고리로 보이지 않았다. 칼을 사 가는
사람들 또한 우표나 동전이나 열쇠고리를 사 가는 사람들과
같은 부류로 보이지 않았다. 우표나 동전이나 열쇠고리를 배
달해 보지 않아서 장담할 수 없긴 하지만, 그 사람들이 얼굴이
겨우 보일 만큼만 문을 열고 손을 내밀어 물건이 든 상자를 낚
아채 갈 것 같지는 않았다. 물론 편견일 수 있었다. 편견이지
만, 편견이기 때문에 더욱 바꾸기가 어려웠다. 우표나 동전이
나 열쇠고리를 받듯 칼을 받는 사람을 만나면 내 선입견이 혹
시 바뀔지 모른다는 생각을 은연중에 했던 것 같은데, 정작 그
런 사람을 만나자 마음이 더 오그라들던 사태를 스스로 이해
하기 어려웠다. 애초의 생각과는 달리 칼을 우표나 동전이나

열쇠고리처럼 받는 사람을 보는 일은 칼을 칼처럼 받는 사람을 보는 것보다 훨씬 이상하고 불편했다.

그는 예전에 해적이나 뱃사람들이 사용했다는, 칼날이 상대적으로 짧고 손잡이 부분에 손등을 감는 둥근 장식 띠가 있는, 커틀러스라고 불리는 칼을 감격스러운 듯 아주 천천히 살피고 여기저기 비춰보고 이런저런 포즈를 취하며 시간을 보냈다. 나는 다른 데를 보는 척하며 힐끔힐끔 훔쳐보았다. 칼을 우표나 동전이나 열쇠고리처럼 다루는 그의 모습은 나를 불편하고 불안하게 했다. 맥박이 빨라지는 건 아주 좋지 않은 징조였다. 알 수 없는 기운에 억눌린 나는 주변을 두리번거리며 되도록 빨리 그의 영역에서 벗어나기만을 바랐다. 책상과 소파, 그리고 책장. 가구는 단순하고 벽은 흰색이었다. 블라인드 사이로 연한 햇빛이 스며들었다. 그림이나 사진이 걸려야 할 자리에 장식처럼 걸린 여러 자루의 칼을 제외하면 평범한 사무실이었다. 그림이나 사진이 걸려야 할 자리에 장식처럼 걸린 여러 자루의 칼이 평범한 사무실을 평범하지 않은 사무실로 만들어놓고 있었다. 그리고 그는 이 평범하지 않은 사무실에 어울렸다. 그는 칼을 들어 올렸다가 내리고 자르거나 베는 시늉을 하고 손바닥으로 칼날을 쓰다듬었다가 벽을 향해 던질 것 같은 포즈를 취하기도 했다. 그가 자르거나 베거나 던지는 시늉을 할 때면 몸이 저절로 움츠러들었다. 나는 그가 그만 칼을 거두어주었으면 하고 바랐지만 그는 그럴 의향이 없는 것 같았고 나는 잔뜩 위축되어 있어서 그에게 요구하지 못했다.

나를 향해 낯이 설다고 한 걸로 보아 그는 다마스커스의 단골인 듯했다. 나는 거기서 일한 지 두 달이 채 되지 않았다고 어물어물 대답하고는, 묻지 않았는데도 곧 그만둘 거라고 덧붙였다. 그는 내 말에는 반응을 보이지 않고, 블라인드 사이로 스며 들어온 햇빛을 반사해내고 있는 칼의 등을 쓰다듬으며 멋지지 않나, 이 굵고 짧은 손잡이, 손등을 감싸는 이 타원형의 유연한 흐름을 봐, 부드럽게 휜 이 곡선의 우아함, 한 번의 스냅으로 베지 못할 것이 없는 날카로움, 해적의 검이라고 할 만하잖나, 난 이놈이 좋아, 내가 수집한 세번째 커틀러스야, 발칸반도에서부터 나를 찾아왔지, 하고 중얼거렸다. 그의 중얼거림이 듣는 사람을 의식하는 중얼거림이라는 걸 듣는 사람은 금방 알아차릴 수 있었다. 그러나 그가 왜 듣는 사람을 의식해서 중얼거리는지는 알기 어려웠다. 그가 다마스커스 김 사장은 실망시키는 법이 없지,라고 덧붙였기 때문에 나는 기다렸다는 듯 그만 돌아가도 되겠느냐고 물었다. 그는 대답하지 않았다. 나는 내 목소리가 너무 작아서 듣지 못했을지 모른다고 생각했다. 듣지 못했을지 모른다고 생각하면서도 나는 슬그머니 몸을 일으켰다. 비겁하다고 고소하는 내부의 목소리를 잠재우는 건 그의 칼을 견디며 조마조마한 심정으로 앉아 있는 것보다는 쉬웠다. 내가 문을 향해 걸어가자, 그가 내 등을 향해 다마스커스를 그만둘 생각이라고 하지 않았나? 하고 질문을 던졌다. 나는 도망가다 들킨 심정이 되어 우뚝 멈춰 섰고, 몸을 돌려 그가 아니라 그가 들고 있는 칼을 바라봤고, 칼이 여전히 그의 손에 들려 있는 걸 확인했고, 그렇다고 대답했다. 그렇다면 새로운 일자리가 필요할 것 같은데, 그렇지 않나? 나를 향해 해적의 검을 똑바로 겨냥하며 그가 물었다.

3

나는 새로운 일자리가 필요했지만 칼을 우표처럼 수집하는 사람에게 고용되어 일하고 싶지는 않았다. 다마스커스를 그만두려고 하는 마당에 다마스커스의 단골과 연결되고 싶을 리 없었다. 나는 그의 눈을 피한 채 아주 많은 돈이 필요하다고 말했다. 그것으로 거절의 뜻이 전해지기를 바랐다. 내가 알고 있는 한 그는 부동산 임대소득업자였다. 건물을 세놓고 관리해주는 정도의 일을 하는 사람이 대단한 고용 조건을 제시할 리 없다고 지레짐작했다. 어떤 일을 맡길지 아무런 정보가 없는데도 그랬다. 그러나 그가, 지금 얼마를 받는지는 모르지만, 그보다 두 배는 보장하지, 하고 말했으므로 나는 주춤했다. 다마스커스의 임시 사원 노릇을 하며 내가 받는 돈은 형편없었다. 나는 한 번도 다마스커스가 내 직장이고 칼을 배달하는 일이 내 직업이라고 생각해본 적이 없었다. 그렇다고 그보다 나은 어떤 훌륭한 일을 꿈꾸었다는 뜻은 아니다. 훌륭한 어떤 일을 꿈꿀 처지가 아니었다. 훌륭한 어떤 일을 꿈꾸기에는 내 처지가 너무 비참했다. 공부를 중단하고 갑자기 세상으로 나온, 특별한 기술도 없고 체력도 형편없는 스물몇 살의 남자를 위해 세상이 일자리를 준비해놓고 기다릴 까닭이 없었다. 그보다 훌륭한 일을 꿈꾸진 않았지만 그보다 많은 급료를 꿈꾸긴 했다. 그보다 많은 급료를 받는 것이 그보다 훌륭한 일을 얻는 것보다 중요할 뿐 아니라 많은 급료가 주어지지 않는다면 어떤 훌륭한 일도 결코 훌륭한 일이라고 할 수 없는데, 그것은 그 일의 대가로 주어지는 급료가 그 일을 훌륭하게도 만들고 훌륭하지 않게도 만들기 때문이라고 나는 생각했다. 그러니까 내가 다마스커스를 그만두려는 진짜 이유는 칼을 우표나 동전이나 열쇠고리처럼 수집하는 사람들을 상대하는 것이 불편하고 칼을 배달하는 내 일이 훌륭하지 않아서가 아니라 내가 받는 급료가 충분하지 않기 때문이다. 물론 나는 칼을 우표나 동전이나 열쇠고리처럼 수집하는 사람들이 불편하고 그런 사람들에게 칼을 배달해야 하는 내 일이 못마땅했다. 그러나 그 불편함이나 못마땅함은 그 일의 대가로 내가 받는 급료가 불편하지 않고 못마땅하지 않다면 문제되지 않을 불편함이고 못마땅함이라는 걸 인정하지 않을 수 없다. 일의 내용보다 중요한 것은 급료의 수준이었다. 다마스커스에서 받는 급료의 두 배는 칼을 우표나 동전이나 열쇠고리처럼 수집하는 사람들에 대한 내 불편함과 칼을 배달하는 내 일의 못마땅함을 완전히 덮어버릴 만큼 유혹적이지는 않았다. 그곳에서 받는 급료가 워낙 보잘것없었기 때문이다. 그렇지만 적어도 다마스커스보다 월급이 두 배쯤 많은 일을 할 수 있는 흔하지 않은 기회를 아무렇지도 않게 넘길 입장이 아니었다. 나는 몸을 돌렸고, 그가 겨눈 칼끝에 끌리듯 의자로 가서 앉았다.

30분 단위로 계산을 하지. 원한다면 1분 단위로 할 수도 있고. 일몰부터 일출까지라는 근무 시간이 합리적이지 않다는 의견을 받아들인 남자가 부드럽게 휜 칼날을 가죽 벨트의 끝부분에 대고 문지르며 제안했다. 날카로운 쇠가 부드러운 가죽의 표면을 스치면서 스윽슥스윽슥 야릇한 소리를 냈다. 예리하게 벼려진 칼이 나를 향해 날아올지 모른다는 두려움보다 풀숲을 스치는 뱀의 몸놀림을 떠올리게 하는 그 소리를 견디는 것이 더 괴로웠다. 나는 칼을 치워달라고 말하고 싶었지만 그러지 못했다. 그는 칼 쥔 손을 머리 높이로 들어 올려 나를 겨냥했다. 마치 칼을 견딜 수 있는지 묻고 있는 것처럼 느껴졌다. 내가 고개를 끄덕여 고용 조건을 받아들인다는 표시를 했을 때 그의 손을 떠난 해적과 뱃사람들의 칼 커틀러스가 서늘한 바람 소리를 내며 날아가 벽에 박혔다. 그는 얼굴을 일그러뜨리며 스윽슥스윽슥 웃었고, 나는 문득 그가 제시한 조건 때문에 그의 칼을 견딘 것이 아니라 그의 칼을 견디지 못해 그가 제시한 조건을 받아들인 것은 아닌가 하는 생각을 했다.

4

그는 내가 할 일이 노인의 말 상대가 되어주는 것이라고 했다. 해가 질 때부터 해가 뜰 때까지. 노인은 그의 아버지였고, 그의 아버지는 72세였고, 아들의 집과 가까운 아파트에 혼자 살고 있었다. 나는 정말로 말 상대만 해주면 되느냐고, 그게 전부냐고, 다른 일은 하지 않아도 되느냐고 확인하듯 물었다. 밤새 노인의 말 상대를 해주는 일이 칼을 배달하는 일보다 훌륭한 일이라고 할 수는 없었다. 더 유별나지 않다고 할 수도 없었다. 그렇지만 말 상대만 해주고 칼을 배달하고 받는 것보다 두 배나 많은 돈을 받는다면 유별나다는 건 신경 쓰지 않아도 될 것 같았다. 말 상대만 해주고 칼을 배달하는 것보다 두 배나 훌륭해진다면 마다할 이유가 없을 것 같았다.

남자의 말과는 달리 노인이 원한 것은 단순한 말 상대가 아니었다. 남자는 알지 못했거나 자기가 아는 것을 아는 대로 말하지 않았다. 노인은 말하는 걸 좋아하지 않았고 남의 말 듣는 걸 좋아하는 것 같지도 않았다. 어떤 날은 입을 열 줄 모르는 사람처럼 한마디도 하지 않았지만 어떤 날은 입을 닫을 줄 모르는 사람처럼 끊임없이 늘어놓았다. 필요한 것은 노인이 말을 하든 하지 않든 그 앞에서 견디는 것이었다. 말을 견디거나 침묵을 견디는 것이 내 일이었다. 말은 해도 괜찮았지만 하지 않아도 상관없었다. 조금 말하든 많이 말하든 노인의 이야기를 다 알아듣는 건 불가능했다. 목소리가 작고 발음이 정확하지 않아 그의 말을 알아들으려면 신경을 곤두세워야 하는데 몇 시간씩 신경을 곤두세우고 있기가 어려웠다. 때로는 졸음이 쏟아져서 노인의 말을 듣지 못했다. 그러나 알아듣든 알아듣지 못하든 문제가 되지 않는다는 사실을 알게 되었으므로 나는 곧 신경을 곤두세우는 일을 그만두었다. 노인이 원하는 것은 대화가 아니라 잠들 때 곁에 있어주는 것이었다. 곁에 있기만 하면 말을 하든 하지 않든 상관하지 않았다. 심지어 말을 듣든 듣지 않든 상관하지 않았다. 말을 하지 않고 있을 수 있다면 하지 않고 있는 것이 좋지만, 말을 하지 않고 있기가 어려우면 말을 해야 하지 않겠느냐고 노인은 말했다. 견디는 것이 내 일이라는 내 깨달음을 눈치채고 하는 말처럼 들렸다. 때때로 그는 말을 하지 않고 있기가 힘들어서인지 길게 말을 했다. 말을 하는 것이 나은지 말을 하지 않는 것이 좋은지 분간이 되지 않았다. 말을 하고 있으면 말을 하지 않는 편이 나을 것 같은데, 말을 하지 않고 있으면 말을 하는 편이 좋을 것 같다는 생각이 들었다.

노인의 방은 온통 하얀색이었다. 천장도 하얗고 벽도 하얬다. 냉장고나 세탁기는 물론 식탁이나 의자도 하얀색이었다. 그는 어두워지기 전에 전등을 모두 켜서 온 집 안을 환하게 밝혔다. 날씨가 흐린 날은 하루 종일 전등을 켜놓고 지냈다.

그는 거의 외출을 하지 않았는데, 혹시 밖에 나가더라도 반드시 어두워지기 전에 집으로 돌아왔다. 그의 집은 유난히 밝았다. 밤에는 더 밝았다. 천장과 벽에 전등이 하도 많아서 어디에도 그림자가 생기지 않았다. 처음 들어간 사람은 눈을 제대로 뜨기가 어려웠다. 첫날, 나도 눈이 부셔서 줄곧 얼굴을 찌푸리고 빛을 가리기 위해 자주 손을 들어올렸다. 그런 내 모습이 딱해 보였는지 노인이 색안경을 사서 쓰라고 권했다. 나는 다음 날 바로 색안경을 샀다. 효과가 있었다. 얼굴을 찌푸리지 않아도 되었고, 빛을 가리기 위해 자주 손을 들어올리지 않아도 되었다.

노인의 집에서 가장 밝은 곳은 침실이었다. 좁은 공간에 전등이 자그마치 열다섯 개나 있었다. 열다섯 개나 되는 전등 아래서도 그의 얼굴은 어두웠다. 전등이 열다섯 개나 되는 침실에서도 그는 어둠을 감지했고, 어둠을 감지하기 위해 두리번거렸다. 때때로 나는 그가 어둠을 피하려고 애쓰는 것이 아니라 어둠을 찾으려고 애쓰는 것 같다는 생각을 했다. 때때로 그의 모습은 어둠을 감지해서가 아니라 어둠을 찾아내지 못해 안절부절못하는 것처럼 보였다.

그가 침대에 올라가 베개를 등에 대고 기대앉으면 나는 그 앞에 놓인 소파에 앉는다. 그는 말을 하거나 말을 하지 않는다. 그가 말을 할 때는 그의 말을 듣고 그가 말을 하지 않을 때는 듣지 않는다. 그가 말을 하라고 요구하면 말을 하고 말을 하라고 요구하지 않으면 하지 않는다. 그러다가 그가 손을 내밀면 그의 손을 잡는다. 늘 그런 것은 아니지만 대체로 잠들기 직전에 손을 앞으로 내민다. 그가 손을 앞으로 내미는 것은 이제 곧 잠들 거라는 신호다. 그렇지만 항상 그런 것은 아니다. 손을 잡아달라는 요청을 하지 않고 잠들 때도 있고 손을 잡아라고 해놓고도 오랫동안 잠들지 않을 때도 있다. 그가 손을 잡아달라고 하지 않을 때는 상관없지만, 일단 손을 잡은 다음에는 그가 잠들 때까지 손을 놓지 않아야 한다. 그가 잠든 걸 확인했다면 손을 빼내어도 되지만 그 경우에는 깨지 않게 조심해야 한다. 그는 쉽게 잠들지 못할 뿐 아니라 일단 잠들었다가도 쉽게 깨어났다. 잠들었을 거라고 짐작하고 살며시 손을 빼내려고 하는데 그의 아귀에 힘이 들어가는 경험을 여러 번 했다. 어떤 날은 아침까지 손을 잡고 있어야 했다. 그가 쉽게 잠들지 못하는 것은 어두워지는 것이 무서워 되도록 눈을 감으려고 하지 않기 때문이고, 잠들었다가도 자주 쉽게 깨어나는 것은 눈을 감은 상태에서 어둠이 의식되는 어떤 순간 무서움이 달려들기 때문이다. 나의 고객은 어둠이 두려워 빛을 버틴다.

그가 30도쯤 위로 눈을 들면 보이는 자리에 텔레비전이 놓여 있다. 텔레비전은, 내가 기억하는 한 꺼진 적이 없다. 그는 텔레비전을 보거나 보지 않는다. 그의 시선은 항상 불안하게 흔들린다. 텔레비전에 눈길이 머물러 있는 경우에도 그가 텔레비전을 보고 있다고 말하기 어렵다. 보지 않는다고 말할 수도 없지만 본다고 말할 수도 없다. 나는 항상 켜져 있는 텔레비전 수상기가 혹시 폭발이라도 할까 봐 걱정스러웠다. 한번은 그가 잠든 틈을 이용해 텔레비전의 전원을 껐는데 어떻게 알았는지 곧바로 눈을 뜬 그는 다급하게 손을 휘저으며 텔레비전을 켜라는 신호를 보냈다. 충격이 얼마나 심했는지 말을 밖으로 내보내지도 못했다. 그 이후로는 그가 잠든 것을 확인한 다음에도 텔레비전을 끄지 않는다. 폭발하면 어쩌나 걱정이 되지만 어쩔 수 없다. 어쨌든 아직까지는 폭발하지 않았다.

가끔 신문을 읽어달라고 할 때가 있다. 그러나 내가 신문을 읽어줄 때도 그의 눈빛이 혹시 있을지 모르는 방 안의 어둠을 찾아 불안하게 흔들리기 때문에 나는 그가 내 목소리를 듣는다고 확신할 수가 없다. 만일 내가 그날의 신문 기사 대신 대중가요 가사나 최신 핸드폰 매뉴얼 같은 걸 읽어준다고 해도 눈치채지 못할 거라는 생각이 든다.

시간이 지나면 그의 몸은 조금씩 무너져 내린다. 등을 받치고 있던 베개가 어깨를 받치고 목을 받치고 마침내 머리를 받친다. 그의 머리가 베개 위에 얹어지는 순간이 말하자면 잠 속으로 들어가는 순간이다. 베개가 삐뚜름하게 놓여 있으면 손을 집어넣어 바로잡아주어야 하는데 살짝 닿기만 해도 눈을 번쩍 뜨기 때문에 여간 조심스럽지가 않다. 자다 말고 휘둥그레진 눈으로 이곳저곳을 두리번거리면서 손을 잡아달라는 의사 표시를 하는 노인의 모습은 조금 희극적이지만 측은하다는 느낌을 더 많이 준다. 한번 깨면 다시 잠들 때까지 시간이 꽤 많이 걸리기 때문에 되도록 깨어나지 않도록 조심해야 한다. 베개도 만지지 말아야 하고 텔레비전도 끄지 말아야 하고 작은 움직임도 삼가야 한다. 그가 잠든 다음에 잠을 자는 건 상관없지만 소리는 내지 말아야 한다. 잡은 손을 놓는 건 괜찮지만 요령껏 깨지 않게 해야 한다. 그가 잠든 걸 확인한 후 나는 조심조심 몸을 눕혀 소파 위에 웅크리거나 앉은 자세 그대로, 심지어 그에게 손을 잡힌 채로 잔다. 잠을 자도 자는 것 같지 않고, 잠을 자지 않아도 자지 않는 것 같지 않다. 밤새 부스럭거리는 소리도 내지 않고 한 자세를 유지하며 버티는 게 얼마나 어려운지 경험이 없는 사람은 모를 것이다. 밤은 왜 그렇게 긴지. 해는 또 왜 그렇게 늦게 뜨는지. 어느 순간부터 나는 오로지 해가 뜨는 시간을 기다리며 시계만 노려본다. 시계는 미안해하지도 않고 겸연쩍어하지도 않는다. 시계는 아주 천천히 제 길을 간다. 나에게 밤은 정답지도 사납지도 않다. 다만 지루할 뿐이다. 노인의 손을 잡은 채, 혹은 노인에게 손을 잡힌 채 숨조차 제대로 쉬지 않고 밤과 대결하고 있는 그런 시간에 나는 종종 내 자신을 돌아보게 되고 제3자의 눈으로 내 모습을 살펴보게 되고, 그러다가 선글라스를 낀 채 노인에게 손을 잡혀 꼼짝 못하고 있는 내 꼴이 너무 한심해서 가슴을 치고 싶어진다. 특히 Y의 시선이 떠오르면 죽고 싶어진다. 차라리 죽어라, 하고 외치는 것 같아 죽고 싶어진다.

5

차라리 죽어라, 하고 소리친 사람은 실은 Y가 아니라 아버지였다. 이상하게도 아버지가 했던 말을 Y를 통해 듣는데도 이상하지 않았다. Y가 아버지를 따라하는 말 같기도 하고, 아버지가 하기 전에 Y가 했던 말 같기도 하다. 아버지는 나와 Y의 관계를 알아버렸다. 어머니가 먼저 알고 아버지가 나중에 알았다. 나는 Y와 7개월간 사귀었다. 그녀는 사귀었다는 사실을 인정하지 않았지만, 나는 사귄 것이 아니라는 그녀의 말을 이해하지 못한다. 예고 없이 서울에 올라온 어머니가 내 방문을 두드렸을 때 나는 Y와 함께 있었다. 어머니는 침대와 방바닥에 나뒹굴고 있는 나와 여자의 옷을 보고 입을 다물지 못했다. 당황한 나는 어머니의 예고 없는 방문을 탓했지만 그건 어머니의 잘못이 아니었다. 친척 결혼식에 참석하기 위해 서울에 올라간다는 말을 하려고 어머니는 여러 차례 전화를 걸었다고 했다. 내 휴대전화가 고장 나서 수리 센터에 맡겨둔 이틀 동안에 일어난 일이었다. 어머니는 결혼식장으로 날 불러서 잠깐 얼굴을 보려고 했는데 연락이 되지 않았고, 그래서 무슨 일이 있는지 걱정스러워 집으로 찾아왔다고 했다. Y는 인사도 하지 않고 서둘러 떠났고(인사할 경황도 인사받을 경황도 없긴 했다), 나는 공부하라고 아들을 서울로 보낸 시골 부모가 아들이 공부 대신 연애질이나 하고 있는 현장을 목격했을 때 할 법한 온갖 잔소리를 다 들었다.

그러나 아버지가 죽어버리라고 악담을 퍼부은 것은 내가 연애질을 했기 때문이 아니었다. 어머니는 여자와 한방에 있는 아들의 모습을 보고 실망했는지 모르지만 아버지는 그것 때문에 실망하지 않았다. 그 장면을 직접 목격하지 않았기 때문에 실망할 수도 없었지만, 설령 그 장면을 목격했다고 하더라도 실망할 분이 아니라는 걸 나는 알고 있었다. 아버지는 미혼이고 아직 공부하는 중인 스물다섯 살짜리 아들이 여자와 한방에 있었기 때문이 아니라 여자 때문에 인생을, 인생의 가장 소중한 요소라고 간주하는 시간과 돈을 탕진하고 있었기 때문에 실망하고 분노했다. 아버지에게 시간과 돈을 낭비하며 얻을 만큼 가치 있는 것 가운데 최고의 것은 시간과 돈이었다. 시간과 돈 말고 시간과 돈을 들여 얻을 만한 것이 전혀 없지는 않았지만 여자는 아니었다. 아무리 대단한 여자도 시간과 돈만큼 대단할 순 없었다. 아버지는 다른 가치를 인정하지 않았다. 세상의 모든 시간과 돈을 다 바쳐서라도 얻고 싶은 대단한 여자와 가치 있는 사랑이 있다는 것을 그는 알지 못했다. 남자의 일생 가운데 여자와 여자에 대한 사랑이 시간의 무게와 돈의 가치를 무화해버리는 어떤 시기가 누구에게나 찾아온다는 것을 그는 알지 못했고 알려고 하지 않았다. 어떤 시간도 그녀를 얻는 데 도움이 되지 않으면 의미가 없고, 어떤 돈도 그녀를 기쁘게 하는 데 사용되지 않으면 가치가 없는 그런 열정의 시기가 있다는 걸 그는 알지 못했고 알려고 하지 않았다.

나는 아버지가 알지 못했고 알려고 하지 않은 그런 시기를 지나고 있었다. Y를 만나기 전에는 나도 누군가에게 내 시간과 돈을 아까워하지 않고 바치고, 그러고도 늘 더 바치지 못해 아쉬워할 거라고는 생각하지 않았다. 그리하여 생각하지 못하는 사이에 파국을 맞게 되리라는 것도. 아니, 파국을 맞이한다고 하더라도 어쩔 수 없다는 것이 그때의 심정이었다. 다른 사람 눈에는 훤하게 들여다보이는 예고된 파국을 오직 그만 보지 못하거나, 그 역시 희미하게 바라보면서도 도무지 피하려는 의지를 가지지 않는, 가질 수 없는, 가져서는 안 되는 (왜냐하면 그것은 사랑에 대한 참혹한 린치이므로) 것이 사랑의 열정에 사로잡힌 자의 어쩔 수 없는 상태다.

시간을 바쳤기 때문에 내 공부는 형편없어졌고, 돈을 바쳤기 때문에 내 지갑은 너덜너덜해졌다. 내가 선물한 스카프를 매고 다니지 않은 이유가 루이비통이나 페라가모 같은 이름의 명품이 아니기 때문이라는 걸 안 다음에는 루이비통이나 페라가모 같은 물건을 사지 않을 수 없었다. 그녀가 이탈리아 음식을 좋아하고 와인을 즐긴다는 것을 안 다음에는 분식점이나 호프집 대신 이탈리안 레스토랑이나 와인바에서 만나지 않을 수 없었다. 그녀가 나와 다른 세계에 살고 있다는 걸 나는 알았고, 그러나 그 세계의 다름은 그다지 심각하게 여겨지지 않앉고, 그녀가 나의 세계로 오려고 하지 않기 때문에 내가 그녀의 세계로 가야 한다고, 그러면 된다고 생각했다. 그녀가 나의 세계로 오는 게 어려운 만큼 내가 그녀의 세계로 가는 것도 어려웠다. 내가 그녀의 세계로 가는 것이 그녀가 나의 세계로 오는 것이 어려운 것처럼 어려운 건 아니었다. 그것은 다른 종류의 어려움이었다. 그녀의 어려움이 의지의 문제라면 나의 어려움은 능력의 문제였다. 그녀에게는 나의 세계로 올 의지가 없었고 나에게는 그녀의 세계로 갈 능력이 없었다. 능력이 없는데도 가려 하고 가야 하기 때문에 어려웠다. 그녀를 만나기 전에는 부모님에게서 받은 돈이 부족한 적이 없었다. 그녀를 만난 다음에는 집에서 부쳐준 돈이 충분한 적이 없었다. 나는 자주 송금 요청을 했고, 부모님은 갑자기 씀씀이가 커진 아들을 의아해했고, 규모 있게 돈을 쓰라고 충고했고, 감당할 수 없어 했다. 더 이상 어떤 핑계나 변명을 만들 수 없을 뿐 아니라 염치가 없어서 집에 손을 벌리지 못하게 되었으므로 신용카드를 만들어 썼고, 카드는 늘 한도를 초과했고, 잔액이 모자라 연체를 하는 일이 잦아졌고, 나중에는 불법 사채업자에게 전화를 걸어 고리의 돈을 꿔 카드 빚을 갚고 시간을 쪼개 아르바이트를 하는 지경에 이르렀다. 순전히 Y에게 사 준 루이비통 가방과 구찌 시계, 카르파치오와 파스타, 이름도 외우기 힘든 포도주의 값을 지불하기 위해 나는 호프집에서 서빙을 하고 주차장에서 차를 운전했다.

6

그렇게까지 해야 했느냐고 물으면, 그렇게 해야 했다고 대답할 수밖에 없다. 물론 그렇게 할 필요가 없었다는 걸 깨닫는 순간이 온다는 걸 안다. 그 순간이 언제나 너무 늦게 찾아온다는 것도. 그렇게 할 필요가 없었다는 걸 깨닫는 순간은 대개 어떤 이유로든 그렇게 할 수 없게 된 순간이다. 그렇게 할 수 없게 된 순간에야 그렇게 할 필요가 없었다는 걸 깨닫는다. 그러니까 불필요한 깨달음이다.

나는 그녀의 사랑을 간절히 원했고, 그녀의 반응은 늘 미진했다. 그녀의 어떤 반응도 만족스럽지 않았다. 나의 기대가 너무 큰 것은 사실이지만 그녀의 반응이 시원찮은 것 또한 사실이었다. 나의 진지하고 간절한 구애를 그녀는 가벼운 장난기로 받아넘겼다. 내가 그녀를 특별하게 대하는 것처럼 그녀 역시 나를 특별하게 대해주기를 원했으나 그녀는 그녀가 알고 지내는 많은 사람 가운데 한 명처럼 나를 대했다. 그렇게 대한다는 걸 눈치채도록 행동했다. 가령 나와 둘이 있는 자리에서 다른 남자 친구 이야기를 스스럼없이 하는가 하면 약속 장소에 남자들 몇 명을 데리고 나오기도 했다. 키스를 허락하고 몸을 나눈 다음에도 달라지지 않았다. 나는 그녀를 이해할 수 없었지만 그는 그런 나를 이해할 수 없어 했다. 그런 점에서도 그가 살고 있는 세계는 내가 살고 있는 세계와 달랐다. 나는 그녀에게 요구하고 사정하고 때로 윽박질렀지만 만족할 만한 반응을 이끌어낼 수 없었다. 그녀를 독점적으로 소유하려는 열정으로 들끓던 나는 항상 뜨거워져 있었고, 거의 매순간 상처를 입었다. 상처는 대개 나의 뜨거움에서 비롯했다. 나는 늘 뜨거웠고, 뜨거움에 데었고 허기졌고 안타까웠고 혼란스러웠고 불안했다. 아무리 애써도 닿지 않는 것 같았다. 아무리 애써도 닿지 않는 것 같았기 때문에 더 닿으려고 애를 써야 했다. 어리석게도 나는 값비싼 선물과 고급 레스토랑의 음식이 그녀의 사랑을 끌어내줄 수 있을 거라고 생각했다. 어리석게도 나는 그녀가 나에게 마음을 주는 데 인색한 것은 돈을 덜 쓰기 때문이고, 돈을 더 쓸 능력이 없기 때문이라고 생각했다. 그렇다기보다 그렇게 간주하는 편이 다른 이유를 상상하는 것보다 견디기 쉬웠기 때문에 그렇게 생각하려고 했다.

그녀는 거의 항상 인색했지만 내 선물 공세에 어느 정도 호의적인 감정을 표현해 보임으로써 그런 생각을 유도했다. 나는 더 잘 보여야 했고, 더 선물을 해야 했고, 더 돈을 써야 했고, 더 빚을 져야 했다. 그녀가 유도한 것이 착각이었다는 것을, 모든 착각이 그런 것처럼 나는 나무 늦게 깨달았다. 그녀가 원한 것은 사랑이 아니고 다만 루이비통과 페라가모와 샤토 라그랑주였다는 걸 나는 너무 늦게 깨달았다. 그 깨달음조차 스스로 얻은 것은 아니었다. 빚 독촉에 시달리다 못한 내가 자취방 보증금을 빼내어 원금을 갚고 얼마 안 되는 짐을 친구 집에 맡겨둔 채 찜질방을 전전하고 있던 어느 날 대강의 상황을 파악한 어머니가 서울로 올라왔고, 나는 어머니가 짐작한 대로의 사정 이야기를 했다. 어리석게도, 그 와중에도 어머니에게 위로를 받고 싶어 하는 마음이 아주 없지는 않았던 것 같다. 어머니는 이번에는 야단도 치지 않았다. 그 대신 딱한 아들을 어떻게든 편들어볼 요량으로 Y를 만났고, Y는 어머니에게 말했다. 나한테 뭐라고 하지 마세요. 나는 나를 따라다니라고 요구한 적 없어요. 사랑한다고 말한 적도 없어요. 뭘 사달라고 요구한 적도 없어요. 공부하지 말라고 한 적도 없고, 호프집에 가서 일하라고 한 적도 없고, 보증금을 빼라고 한 적도 없어요. 아니, 그런 줄도 몰랐어요. 그렇게까지 구질구질한 사람인지 몰랐어요. 사실은 나도 귀찮았어요. 나한테 뭐라고 하지 마세요. 따질 게 있으면 당신 아들에게 따지고, 충고할 게 있으면 당신 아들에게 가서 충고하라고 했다는 그녀의 말이 믿기지 않아서 확인을 하려고 전화를 걸었다. 그녀는 전화를 받지 않았다. 몇 번이나 전화를 걸었지만 통화가 되지 않았다. 한참 후에 문자가 한 통 왔다. 아, 쪽팔려. 내가 뭘 요구했어? 내가 뭘 사달라고 했어? 아, 자존심 상해. 혼자 지랄하더니 이게 뭐야, 구질구질하게. 내가 제일 싫어하는 종자들이 좆도 없으면서 뭐 있는 척하는 것들이야. 그러고는 그만이었다. 그 이후 그녀의 전화번호는 결번이었다. 나는 그녀의 집 앞으로 달려갔고, 그녀는 벌레 보듯 나를 피했다. 진심을 알고 싶다고 하자 어처구니없다는 표정을 지어 보이며, 너 저능아니? 머리가 돌이야, 깡통이야? 아, 지겨워, 하고 웃었다. 얼굴이 화끈 달아올랐지만 아무 말도 하지 못했다. 아무 말도 나오지 않았기 때문이다.

아버지는 소리 질렀다. 한심한 놈 같으니라고. 여자한테 홀려서 인생을 망쳐? 내 앞에 꼴도 보이지 마라. 아버지는 용서하지 않았다. 아버지는 나를 수치스러워했다. 아버지는 빚을 갚아줄 수 없다고 했고, 방을 얻을 돈도 보내줄 수 없다고 했다. 하나를 보면 열을 안다고 했다. 그 돈으로 또 여자 뒤꽁무니나 쫓아다닐 거 아니냐고 했다. 더 이상 대학 등록금도 대줄 수 없다고 했다. 대학 등록금으로 쓰일 거라는 믿음이 생기지 않기 때문이라고 했다. 나는 내가 무엇에 홀려서 정신이 없었다고, 지금은 제정신으로 돌아왔고 충분히 반성하고 있으니 믿어달라고 간청했다. 아버지는 믿지 않았다. 제정신으로 돌아왔다는 것도 충분히 반성하고 있다는 것도 믿지 않았다. 어쩌면 무엇에 홀렸다는 것도 믿지 않았는지 모른다. 아버지는 그런 것에 홀릴 수 있다는 걸 믿지 않는 사람이었다. 이런 쓰레기 같은 놈. 너 같은 놈이 살아서 뭘 하냐? 차라리 똥통에 빠져 죽어버려라. 요란한 파열음과 함께 갑자기 통화가 끊어졌기 때문에 나는 아버지가 화를 참지 못하고 전화기를 집어 던졌다는 걸 알 수 있었다.

추석 전날 용기를 내서 고향 마을로 내려갔지만 집에는 들어갈 수 없었다. 아버지가 집에 들어오는 걸 허용하지 않았기 때문이다. 마을 입구에서 어머니가 눈물과 함께 건네준 꼬깃꼬깃한 지폐 몇 장을 받고 돌아서야 했다. 시간이 좀더 흘러야 할 모양이다. 어떻게든 살아내라. 어머니는 이 모든 사태의 책임이 자기에게 있기라도 한 것처럼 고개를 들지 못했다. 어떻게든 살아내려고 하고 있다. 시간도 흐르고 있다. 그러나 아버지는 여전히 완강하고 세상은 거칠고 나는 점점 더 보잘것없어지고 있다.

7

누가 나를 쫓아왔어. 쫓는 사람이 누군지는 분명하지 않았어. 누가 쫓는지는 분명하지 않지만 쫓기고 있는 건 분명했어. 나는 죽을힘을 다해 달렸어. 죽을힘을 다해 달리지 않으면 죽을 것 같았거든. 죽을힘을 다해 달리는데도 쫓는 사람을 따돌릴 수 없었어. 오히려 간격이 자꾸만 좁혀지는 것 같은 거야. 숨이 턱에 차올랐지…… 노인은 숨을 헐떡이며 말했다. 나는, 자면서도 숨을 거칠게 몰아쉬었다고, 그래서 험한 꿈을 꾸는 줄 짐작했다고 말하고, 물을 한잔 마시겠느냐고 물었다. 그는 고개를 끄덕였다. 나는 물컵을 건넸다. 그는 상체를 일으켜 물을 마시고 나서 도로 침대에 누웠다. 이마에 땀방울이 송글송글 맺혀 있었다. 나는 그가 다시 입을 열 때까지 기다렸다. 긴 숨을 몰아쉰 다음 그가 말을 이었다. 멀지 않은 곳에 집이 보였어. 내 집 말이야. 대문에 불을 환하게 밝히고 있었어. 조금만 더 달리면 문을 열고 들어갈 수 있을 것 같았지. 대문을 열고 들어가 문을 닫으면 안전할 거라는 걸 꿈속의 나는 알고 있었어. 내 집 안으로만 들어가면 되는 거였어. 그러니까 더 힘을 내서 달렸던 거고…… 그런데…… 노인은 마치 실내에 나 말고 다른 사람이 있기라도 한 듯 주변을 두리번거렸다. 나도 덩달아 두리번거렸다. 불이 환하게 켜진 백색의 방에서 색안경을 끼고 두리번거리는 내 모습이 우스꽝스럽다고 나는 생각했다. 혹시 빛이 만든 그림자를 찾는다면 그는 실패할 것이다. 그리고 그 실패가 그를 안도하게 할 것이다. 그는 실패하고 안도하기 위해 그림자를 찾는다. 그가 말을 이었다. 그런데 갑자기 내 집이 사라졌어. 조금 전까지 눈앞에 불을 밝히고 있던 내 환한 집이 갑자기 사라져버린 거야. 어떻게 그럴 수 있지? 눈앞이 깜깜해졌어. 나를 쫓아오는 사람이 몇 발짝 뒤에 있는데, 손을 내밀어 나를 잡으려 하는데, 그자에게 잡히지 않으려면 대문 안으로 들어가야 하는데, 대문 안으로 들어가 몸을 숨겨야 하는데, 그래야 안전한데, 그러면 사는데, 조금 전까지 있던 내 환한 집이 어디로 사라져버린 거지? 어떻게 해야 할지 몰라 발을 구르고 있는데, 그놈이 내 눈앞에 콘센트에서 뽑아낸 전기 코드를 들어 올린 거야. 악마처럼 흉측하게 웃으면서. 정말 악마가 웃는다면 저렇게 웃을 거라는 생각이 들게 하는 웃음이었어. 아, 사방이 어두운데 어떻게 그자의 모습은 그렇게 선명하게 보일 수 있었을까. 모를 일이야. 활처럼 휘어진 이상한 모양의 장치가 그놈 손에 들려 있었어. 그놈이 세상을 깜깜하게 만들어버린 거야. 그놈이 내 환한 집을 사라지게 한 거야…… 숨 가쁘게 말을 이어가던 노인이 잠깐 쉬는 틈을 이용해서 그놈이라면? 하고 내가 물었다. 내 질문을 무시한 채 노인이 하던 말을 이어갔다. 그는 흥분해 있었다. 그가 더 흥분할까 봐 마음 졸였던 기억이 떠올랐다. 그놈이 나를 찾아올 때는 항상 칼을 가지고 와. 칼 없이는 절대 오지 않아. 옷 속에 칼을 숨기고 와서는 가증스럽게 아양을 떨어. 정말로 그놈이 나를 존중하고 염려하고 위하는 줄 알았지. 정말로 내 충고가 먹히고 내 지시가 스며들고 내 권위가 효과를 발하는 줄 알았지. 속고 살았던 거야. 그놈이 나를 만나러 올 때 옷 속에 칼을 숨겨가지고 온다는 사실을 알게 될 때까지 말이야. 그놈의 외투 한쪽에 뭔가 튀어나온 게 수상해서 놈이 화장실에 간 사이에 옷걸이에 걸린 옷을 살펴봤는데, 세상에, 끝이 갈고리처럼 요상하게 휜 칼이 안주머니에 들어 있지 뭐야. 육감이 그냥 찾아오는 법은 없거든. 다음에 다시 확인할 기회가 있었는데 역시 칼이 숨겨져 있었어. 이번에는 끝이 덜 날카로운 대신 조금 더 크더군. 처음엔 설마 하는 마음도 있었지만 의심의 여지가 없는 일이었지…… 칼을 숨겨 지니고 나를 찾아온다는 사실을 알게 된 다음에야 어떻게 그놈을 받아들일 수 있겠어? 누군가를 해칠 마음이 없고서야 칼을 숨겨가지고 남의 집에 침입해 들어가는 사람이 있겠어? 누군가 죽여주기를 바라는 사람이 아니고야 누가 그런 사람의 방문을 허락하겠어? 그런데 나는 누군가 죽여주기를 바라는 사람이 아니거든. 그날부터 이 집에 발을 들이지 못하게 했지. 나는 나를 지키고 내 집을 지켜야 하거든…… 나는 더 이상 '그놈'이 누구인지 묻지 않았다. 그의 말을 듣는 동안 그 질문이 스스로 소멸해버린 까닭이었다. 그놈이 언젠가 나를 죽일 거야, 하고 노인이 눈을 부릅뜨고 말했다. 마치 눈앞에 '그놈'이 앉아 있기라도 한 듯 두려움과 증오가 반씩 섞인 목소리였다. 그놈이 자기를 죽일 거라는 말이 자기가 그놈을 죽일 거라는 말과 거의 구별되지 않게 들리는 것이 신기했다. 두려움보다 증오가 강하게 느껴지는 것은 선명하지 않은 화질 때문일지 모른다는 생각을 하다가 곧 더 그럴듯한 다른 이유를 떠올렸는데, 내가 노인이 '그놈'에 대해 말하는 모습을 '그놈'과 함께 앉아 보고 있다는 것이 그것이었다.

8

　아침에 남자에게 전화를 걸어 간밤에 있었던 일을 이야기하는 것이 내게 주어진 임무 가운데 하나였다. 무슨 일이 생길지 걱정이 되어서 말이야, 연세가 많으시고, 건강도 예전 같지 않으시고, 정신도 오락가락하는 것 같아서 말이야, 하고 남자는 말했었다. 나는 노인의 집에서 나와 전철역을 향해 걸으면서 남자에게 전화를 걸었다. 하지만 거의 대부분 밤사이에 특기할 만한 일이 일어나지 않았으므로 보고할 것이 없었다. 아들은 대개 무슨 이야기를 나누었느냐고 물었다. 나는 대개 노인과 무슨 이야기를 나누었는지 기억하지 못했기 때문에 아무 대화도 나누지 않았다고 말해버리곤 했다. 나는 거짓말을 했다고 생각하지 않았을 뿐 아니라 보고를 잘못했다는 생각도 하지 않았다. 처음 몇 번은 노인이 몇 시에 잠들고 몇 번 깨어났는지를 기억했다가 보고했지만 나중에는 그것을 특이사항이라고 할 수 없고, 또 아들이 그런 걸 궁금해할 것 같지도 않아 그만두었다. 언젠가 기침을 심하게 하느라고 밤새 잠을 자지 못한 걸 보고한 적이 있는데, 그러냐고 할 뿐, 귀담아듣는 것 같지 않았으므로 더 그렇게 되었다. 그날 일몰 시간에 기침약을 사 가지고 갔는데, 노인은 이미 병원에서 처방해준 약을 먹고 있었다. 그날 이후 아침의 보고 의무가 요식행위에 지나지 않은 것 같다고 생각하게 되었으므로 나는 요식행위처럼 전화를 걸어 퇴근 사실만을 알리곤 했다.

나는 내게 주어진 임무를 태만하게 하거나 소홀히 한다고 생각하지 않았다. 여러 종류의 칼들이 액자 속의 그림처럼 벽에 걸린 남자의 사무실에 불리어 들어가 그가 보여준 영상을 모니터를 통해 확인할 때까지는 그랬다.

남자는 아무 말도 하지 않고 텔레비전을 틀었다. 화면에 나타난 영상이 노인의 침실을 촬영한 것임을 알아차리기까지 약간의 시간이 필요했다. 이상하게 생각하지는 마. 무슨 일이 있을지 걱정이 되어서 말이야. 연세가 많으시고, 건강이 예전 같지 않으시고, 요즘 들어 정신도 오락가락하는 것 같아서 말이야. 남자는 간밤에 있었던 일을 보고하라고 지시할 때 했던 것과 같은 말을 다시 했다. 노인의 상태가 염려되어 카메라를 설치했다는 설명이었다. 노인이 자기 침실에 카메라가 설치되어 있는 걸 아는지 궁금했지만 물어보지 않았다. 노인이 아들에 대해 스스럼없이 험담을 늘어놓은 것을 보면 두 사람 사이에 흐르는 감정이 우호적이라고 할 수는 없고, 따라서 노인에게 알렸을 가능성보다 알리지 않았을 가능성이 더 높아 보였다. 노인에게 알렸든 알리지 않았든, 나에게 알리지 않은 것은 사실이고, 그것은 경우가 아니고, 따라서 나는 불만을 표하고 이의를 제기해야 마땅했다. 그는 노인의 상태를 살핀다고 했지만 노인의 상태와 함께 나의 상태 역시 살펴진다는 사실을 그는 유의하지 않았다. 내가 모르는 사이에 그가 설치해놓은 카메라가 나의 일거수일투족을 샅샅이 채집했다고 생각하자 얼굴이 화끈거렸다. 그는 나에게 동의를 구하지 않았다. 그것은 명백히 인격에 대한 모독이라고 나는 생각했다. 나는 울컥 치솟는 감정을 어떻게 처리해야 할지 몰라 얼굴을 붉혔다. 그런 이야기를 나에게 왜 미리 하지 않았느냐고 물을 때 왠지 내 목소리는 떨려서 나왔다. 그는 의아하다는 표정을 지으며 그걸 이야기했어야 하느냐고 되물었다. 이번에는 내가 의아한 표정을 지어야 할 차례였다. 그걸 말이라고 하느냐고 따지려 그를 쳐다보았는데, 알 수 없는 힘이 나의 입을 틀어막고 나의 머리를 눌렀다. 나는 나의 입을 틀어막고 나의 머리를 누른 것이 그의 손에 들린 커틀러스라는 걸 인정하고 싶지 않았기 때문에 (어떻게 그럴 수 있단 말인가!) 그의 손에 들린 커틀러스를 노려보려고 했다. 그러나 나의 입을 틀어막고 나의 머리를 누른 것이 그의 손에 들린 커틀러스라는 걸 인정하지 않을 수 없다는 듯 (어떻게 그렇지 않을 수 있단 말인가!) 눈이 저절로 다른 곳을 향했다.

대화를 나누는 장면을 모아서 편집했기 때문이겠지만 남자가 튼 테이프에서 노인과 나는 의외로 많은 대화를 나누고 있었다. 노인은 전국을 돌아다니며 사업을 확장하던 젊은 시절 이야기를 자랑 삼아 늘어놓는가 하면 자신과 고향이 같은 한 야당 정치인에 대한 호감을 비교적 진솔하게 털어놓기도 하고 3년 전에 다른 세상으로 떠나간 아내에 대한 그리움을 절절하게 표현하기도 했다. 아내가 떠난 후 몇 달간 꼼짝도 하지 않고 집에만 틀어박혀 지냈다는 말을 하면서는 눈시울을 붉혔다. 아내를 잃고 몇 달 동안 밤이 되어도 불을 켜지 않은 채 방에만 웅크리고 있었다고 했다. 만사가 귀찮고 세상 속으로 들어가 사람들과 섞이는 게 부질없는 것같이 여겨졌다고 했다. 이러다 아내 따라가면 그만이지, 싶었다고 했다. 그런데 참 얄궂게도 어느 날 갑자기 마음속 깊은 곳에서 근거를 알 수 없는 무서움증이 솟구쳐 오르더라고 그는 말했다. 마치 거대한 어둠이 큰 입을 벌리고 삼키려고 하는 것 같아 숨을 쉴 수가 없었다고, 온 집 안의 불을 다 켜도 어딘가 어두웠다고, 어둠이 무서워서 방구석에 쪼그리고 앉아 오들오들 떨며 밤을 지새웠다고, 그때부터 어둠을 마주볼 용기가 없어졌다고, 조금만 어두워도 가슴이 덜컹거리고 온몸에 땀이 솟고 숨이 막힐 것 같아진다고 하며 내 손을 잡았다. 삶에 대한 의지를 내려놓은 뒤에 찾아온 두려움을 그는 부끄러워하는 것처럼 보였는데, 그것은 삶에 대한 의지가 없으면 두려움이 생길 리 없다는 생각 때문이었고, 나는 그 생각에 동의했지만, 그렇긴 해도 의아해한다면 모를까 부끄러워할 필요까지는 없다고 판단했다. 그동안 노인과 내가 주고받은 말들이, 내가 피상적이라고 생각한 것처럼 피상적이지는 않았다는 사실이 마음에 걸렸다. 노인의 아들은 바로 그 점을 지적했다.

오늘 아침에 나는 간밤에 무슨 일이 없었느냐고 물었고, 자네는 아무 일 없었다고 대답했어. 나는 노인이 무슨 이야기를 했느냐고 물었고, 자네는 보고할 게 없다고 대답했지. 어제도 그랬고, 그저께도 그랬지. 그런데 보라고. 그저께는 노인이 포도주를 세 잔이나 마셨고, 어저께는 나를 죽여버리겠다고 끔찍한 소리를 하지 않았나. 나는 손을 내저었다. 그저께 밤에 노인이 포도주를 마신 것은 맞지만 그것은 먼저 세상을 떠난 아내의 생일을 기념하기 위해서였고, 딱 한 잔이었고, 아무 일도 일어나지 않았다. 어젯밤에 노인이 드러낸 것은 언젠가 아들을 죽여버리겠다는 위협이 아니라 언젠가 아들이 자기를 죽일 거라는 불안감의 토로였다. 나는 그의 왜곡을 수정해주고자 했으나 남자는 그게 그것 아니냐고 반문함으로써 내 의지를 한순간에 물리쳐버렸다. 증오가 없으면 두려움도 없는 법이거든, 하고 말할 때는 목소리가 날선 검처럼 차가웠는데, 나는 그가 내가 노인의 두려움에서 증오를 읽어낸 사실을 알고 있는 것 같아 두려웠다. 나는 주어와 목적어를 맞바꿔서 만든 두 개의 미래형 문장의 차이가 소멸되고, 증오와 두려움, 위협과 불안이 뒤섞이는 기묘한 경험을 했고, 나 역시 두려움이거나 증오, 혹은 두려움과 증오를 동시에 느끼고 있는 것 같다는 생각이 들어 안절부절못한 상태에 빠졌고, 어쩔 수 없이 혼란스러워졌다.

나를 죽일 거야. 들었지. 나를 죽일 거라고. 남자는 발칸 반도에서 건너온 커틀러스를 건너편 벽을 향해 던졌다. 어떤 해적이 언제 썼는지 알 수 없는 짧은 손잡이의 단도가 2010년 서울의 한 부동산 임대소득업자 사무실 벽에 표창처럼 박혀서 부르르 떨었다. 나는 그의 말을 부정하지 못했다. 그는 부정해주기를 바랐는지 모르지만 잔뜩 위축되고 혼란스러운 상태에 빠진 나는 그러지 못했다. 그 순간 울먹이는 소리가 들려왔기 때문에 나는 벽에 박힌 칼이 울음소리를 낸다는 생각을 했다. 물론 그것은 착각이었다. 울음소리를 낸 건 칼이 아니라 칼을 던진 남자였다. 나를 죽일 거야, 하고 말하는 남자의 목소리에 울음이 섞여 들었다. 예기치 않은 상황 전개가 나를 더욱 혼란스럽게 했다. 공연히 하는 소리가 아니야. 내가 왜 공연한 소리를 하겠어. 여전히 울먹이면서, 그러나 자기가 무슨 말을 하는지 또렷이 알고 있다는 사실을 과시하듯 크고 분명한 목소리로, 노인이 자기를 죽이려고 한 게 한두 번이 아니라고 말했다. 그가 열세 살 때 두 살 위의 형이 밤새 고열에 시달리다 죽었는데, 그는 그것이 아버지의 소행이라고 기억하고 있었다. 술에 취해 늦게 들어온 아버지는 형이 밤새 신음 소리를 내며 고통스러워하는데도 태평하게 잠만 잤다고 했다. 그가 울면서 형이 죽어간다고 호소하는데도 귀찮게 하지 말라고 손을 내저으며 일어나지 않았다고 했다. 죽어가는 형을 아버지가 도와주지 않은 것이 아니라 아버지가 형을 죽게 했다는 사실을 나중에 알게 되었다고 그는 말했다. 그때 그의 어머니는 어디 있었을까, 하는 의문이 떠올랐지만 묻지 않았다. 어딘가 다른 데, 이를테면 친척 집에 갔던 모양이지, 하고 속으로 생각했다. 조금 큰 다음에 아버지가 운전하는 차를 타고 가다가 마주 오는 트럭과 부딪친 적이 있는데 조수석만 크게 부서졌다고 그는 말했다. 그의 아버지는 가벼운 찰과상만 입었을 뿐인데 그는 허리와 어깨를 다쳐 석 달이나 입원해 있었다고, 아버지가 그를 죽이려고 일부러 사고를 낸 것이 틀림없다고 그는 말했다. 그는 훈련소에서 한 번, 자대에 배치된 다음 두 번 죽을 고비를 넘겼는데, 그의 아버지가 영향력을 행사할 수 있는 사람에게 청탁을 넣어 군대에 가지 않게 할 수 있는데도 그렇게 하지 않은 것은 그를 미워할 뿐 아니라 죽일 마음을 품고 있었기 때문이라고 그는 말했다. 유격장의 통나무가 갑자기 그 옆으로 굴러떨어지고 총기 오발사고가 났을 당시에는 우연이라고 생각했지만 결코 우연히 일어난 일이 아니라는 걸 어느 순간 알게 되더라고 그는 말했다. 그의 아버지는 성인이 된 그에게 골프를 친다고 나무라고 담배를 끊지 못한다고 비난하고 도박을 한다고 모욕했으며, 강남 한복판에 있는 아버지 소유의 건물 지하에 술집을 내겠다고 하자 욕설과 함께 탁자 위에 놓여 있던 두꺼운 유리 재떨이를 던졌다. 아버지가 던진 재떨이는 그가 몸을 피했기 때문에 장식장의 유리를 부수는 것으로 끝났지만, 그가 피하지 않았다면 장식장의 유리 대신 그의 머리를 부숴놓았을 거라고 그는 말했다. 그의 아버지는 한 번도 그의 능력을 인정하지 않았고, 일다운 일을 맡기지 않았다. 능력을 보일 기회를 갖지 못한 채 능력 없다는 소리를 듣는 그는 억울해했다. 그의 아버지는 소유하고 있는 건물들 가운데 가장 수익성이 없는 변두리 건물의 관리만을 맡기고 더 이상 자기 재산을 넘보지 말라고 통보했다. 그의 아버지는 그가 아무도 넘보지 않는 변두리 건물의 관리인으로 만족하지 않을까 봐 전전긍긍하며, 넘보지 말라고 한 것을 넘볼까 봐 마음 졸이며, 자신의 전전긍긍과 마음 졸임 때문에 그를 죽이려 한다고 그는 말했다. 오죽하면 노인의 방에 카메라를 설치했겠느냐고 덧붙임으로써 그는 기왕의 변명과는 달리 노인의 안위에 대한 염려가 아니라 노인을 감시할 목적으로 카메라를 설치했다는 사실을 고백했다. 그는 한없이 초라하고 측은해 보였다. 한참 후에 그는 벽에 꽂힌 칼을 빼들었고, 울음을 그쳤다.

9

내 고객들은 모두 심약한 사람들이야. 누구보다 약하고 억눌린 게 많고 세상에 적응을 못하는 사람들이지. 자신의 강함을 과시하기 위해서가 아니라 자신의 약함을 감추기 위해 칼을 필요로 하는 사람들이야. 칼을 모을 만큼 강한 것이 아니라 칼을 수집해야 할 정도로 약한 거지. 칼을 가지고 무얼 하려는 것이 아니라 칼이 없으면 아무것도 할 수 없으니까 칼을 소지하는 거야…… 다마스커스의 사장이 한 말이다. 칼이 없어도 불안하지 않은 사람은 칼을 가지지 않고도 잘 살지만, 칼이 없으면 불안한 사람들은 칼이라도 지녀야 겨우 살 수 있다고, 실제로 그 사람들은 칼을 가지고도 애초에 칼을 필요로 하지 않는 사람들보다 잘 살지 못한다고 그는 말했다. 칼을 수집하는 사람들에 대해 선입견을 갖지 말라는 말을 하면서 한 말이었다. 그의 말을 이해하려고 했지만 그때는 이해가 잘 되지 않았다. 이해하는 척했지만 정말로 이해한 것은 아니었다. 지금이라고 그의 말을 온전히 이해했다고 할 수는 없다.

그러나 커틀러스의 주인이 억눌리고 뒤틀린 자신의 내면을 울음과 함께 드러내 보인 순간 혼란스런 감정의 한가운데로 문득 다마스커스 사장의 말이 떠올랐고, 흐릿하고 희미하지만 그 말을 이해할 수 있을 것 같은 생각이 들었다. 그래서인지 노인을 찾아갈 때마다 칼을 몸속에 숨기고 간 것이 사실이냐고 물으면서도 나는 내 질문이 그를 괴롭힐지 모른다는 생각을 하지 않았다. 그를 이해하고 싶어 하는 나의 마음을 그가 이해할 거라는 막연한 믿음이 앞선 탓이었다. 그는 얼마간 곤혹스러운 표정을 지었다. 그런 질문까지 받게 될 줄은 몰랐다는 얼굴이었다. 나는 그런 질문까지 할 마음은 없었다는 얼굴을 지어 보였다. 나는 그가 아니오,라고 하며 머리를 저을 거라고 예상했다. 그것이 사실이든 아니든 부정할 것이다, 사실이 아니라면 사실이 아니기 때문에 부정하고, 사실이라고 해도, 사실이기 때문에 더욱 부정할 거라고 예상했다. 사실이든 아니든 그가 부정하는 걸 듣는 편이 나았다. 그가 자기 아버지를 만나러 갈 때마다 칼을 품속에 숨겨가지고 갔다는 말을 듣고 싶지 않았다. 그 고백이 불러일으킬 부담감과 불편함을 견디고 싶지 않았다. 사실이든 아니든 그가 부정할 거라고 예상한 것은 사실이든 아니든 그가 부정해주기를 내가 바라고 있기 때문이라는 걸 나는 모르지 않았다. 나의 바람을 아는지 모르는지 그가 천천히 고개를 끄덕였다.

그렇지만 그건…… 그는 진술을 강요당하기라도 한 것처럼 당혹스러운 표정으로, 그러나 복받치는 감정을 주체하기 어려운 듯 가끔 날카롭게 갈라진 목소리를 섞어가며 말했다. 아버지에게, 그냥은 갈 수가 없었기 때문이야. 그냥 갈 수만 있다면 그냥 갔을 거야. 왜 아니겠어. 아버지는 나를 함부로 대해. 아주 어릴 때부터 함부로 대했고, 어른이 된 다음에도 함부로 대했고, 지금도 함부로 대해. 함부로 대하지 않은 적이 한번도 없어. 언제나 무시하고 모욕하고 경멸하고 비난해. 아버지에게 나는 쓰레기거나 깡통이거나 돌이거나 똥이야…… 나는 그의 입을 막고 싶은 걸 겨우 참았다. 나는 그에게 말을 하도록 한 것을 후회했지만, 그러나 이미 시작한 것을 멈추게 할 수 없다는 걸 깨달았다. 그는 말해야 하고, 나는 그가 말하는 걸 들어야 했다. 그는 칼을 옷 속에 지니고 있으면 아버지의 무시와 모욕과 경멸과 비난을 견딜 수 있어진다고 말했다. 칼을 품고 마주 앉으면, 옷 속의 칼이 방탄조끼나 방패처럼 여겨진다고. 그래서 웬만한 공격을 받아도 끄떡없을 것 같은 자신감이 생긴다고, 아버지가 하는 모든 험한 말들을 옷 속의 칼이 막아주는 게 느껴진다고, 그러면 쓰레기나 깡통이나 돌이나 똥이 아무렇지 않게 여겨진다고 말했다. 나는 그의 말을 완전히 이해하지는 못하지만 웬만큼은 이해할 수 있을 것 같은 생각이 들었다. 그러자 문득 칼 본래의 성격이 불러낼 수 있는 공격성에 생각이 미쳤고, 증오와 두려움 사이의 혼란을 매개로 초래될 수도 있는 걷잡을 길 없는 막무가내의 상황이 떠오르면서 마음이 불안해졌다. 좀 조심스러운 질문인데 혹시…… 그가 숨을 고르는 틈을 이용해 나는 혹시 위험하다는 생각은 들지 않았느냐고 물은 다음, 그가 오해할지도 모른다는 생각이 들어 사람의 감정이 항상 순한 양처럼 잘 통제되는 건 아니지 않느냐고 얼른 덧붙였다. 칼이 원래 방탄조끼나 방패 역할을 하는 물건이 아니지 않느냐, 이를테면 참기 어려운 모욕을 받을 때 품속에 있는 흉기가 제 본래 성격을 드러내려는 욕망으로 꿈틀거리진 않더냐고 부연할 필요는 없었다. 그는 내가 부연하지 않은 말을 알아들었고, 쓰레기나 깡통이나 돌이나 똥이 아니라는 확신 같은 걸 주기 때문이 아니라 쓰레기든 깡통이든 돌이든 똥이든 상관없다는 생각을 주기 때문에 아무렇지 않아진다고, 칼은 나로 하여금 견딜 수 없는 것들을 견디게 할 뿐 남을 위협하지는 않는다고, 그것이 뭐라고 불리든 견딜 수 없는 것을 견디게 하는 것이 칼이라고, 누구나 칼 한 자루씩 품고 산다고, 자기도 마찬가지라고, 사람들이 그걸 모르거나 모른 척하고 싶어서 오해한다고 대답했다. 칼이 없으면 벌써 오래전에 아버지에게 갈 수 없었을 것이라고 그는 이어서 말했다. 그런데도 칼의 도움 없이 가야 했다면 자기는 불안과 절망 때문에 아마 죽었을 거라고, 아직 죽지 않은 것은 칼 덕분이라고, 칼은 불안과 절망과 죽음을 이기고 그의 내면을 지키기 위해 필요한 것이지 누군가를 해치고 위협하고 죽이기 위해 필요한 것이 아니라고 그는 말했다. 그러니까 칼은 아버지에게 가는 길을 막는 장애물이 아니라 아버지에게 가는 길이라고, 그런데 아버지는 그걸 거꾸로 알고 있다고, 아버지에게 다가가기 위해 불가피하게 지닌 칼을 아버지를 해치기 위해 일부러 마련한 것으로 오해한다고 그는 말했다. 같은 말의 반복에 불과한 그의 장광설이 길게 이어졌다. 중단시키지 않으면 끝없이 반복할 것 같았다. 그러나 나는 그를 중단시킬 마음이 생기지 않았으므로 중단시키지 않았고, 그는 중단하지 않았다. 어렴풋하게나마 그를 이해할 수 있을 것 같다는 생각이 왜 들었는지, 그를 이해하고 싶은 마음이 왜 들었는지 알 것 같아졌다. 나도 쓰레기고 깡통이고 돌이고 똥이었다.

10

　나는 일몰 시간에 맞춰 출근하고 일출 시간이 되면 퇴근한다. 일몰과 일출 시간을 확인하기 위해 매일 한국천문연구원 홈페이지에 접속한다. 그곳에는 지역별·월별 해와 달의 출몰 시간이 분 단위로 나와 있다. 나는 거의 항상 해가 지는 시간과 뜨는 시간만 확인하고 한국천문연구원을 빠져나온다. 나는 색안경을 쓰고 근무한다. 나의 고객은 어둠을 두려워해 빛을 버틴다. 나는 빛이 무서워 어둠을 부른다. 나의 고객은 말을 하거나 말을 하지 않는다. 그가 말을 할 때는 그의 말을 듣고 그가 말을 하지 않을 때는 듣지 않는다. 그가 말을 하라고 요구하면 말을 하고 말을 하라고 요구하지 않으면 하지 않는다. 나는 매일 아침 노인의 아들에게 전화를 걸어 밤에 있었던 일을 이야기한다. 그것이 내 임무 가운데 하나다. 그러나 거의 대부분 밤사이에 특별한 일이 일어나지 않으므로 나는 거의 대부분 보고를 하지 않는다.

　나는 항상 칼을 몸에 지니고 다닌다. 일을 할 때도 칼을 지니고 일을 하지 않을 때도 칼을 지닌다. 칼을 가지고 무얼 하려는 것이 아니라 칼이 없으면 아무것도 할 수 없기 때문이다. 그것이 뭐라고 불리든 견딜 수 없는 것을 견디게 하는 것이 칼이다. 그것을 뭐라고 부르든 누구나 칼 한 자루씩 품고 산다고 나는 생각한다. 칼을 수집하는 사람들에게 칼은 우표를 수집하는 사람들의 우표, 동전을 수집하는 사람들의 동전, 열쇠고리를 수집하는 사람들의 열쇠고리와 같지 않다. 칼을 수집하는 사람들은 우표나 동전이나 열쇠고리를 수집하는 사람들이 우표나 동전이나 열쇠고리를 수집하듯 칼을 수집하는 것이 아니다. 우표나 동전이나 열쇠고리를 수집하는 것은 그저 취미에 지나지 않지만 칼을 수집하는 것은 그저 취미에 불과한 것이 아니다. 어머니는 가끔 나를 염려한다. 나는 나를 염려하지 않는다.

어디에도 없는

집행관이 나그네여관에 들이닥친 것은 오전 11시 무렵이었다. 그때 유는 아직 잠을 자고 있었다. 그는 밤새 술을 마셨고 해가 뜰 무렵에야 쓰러져 잠이 들었다. 그러니까 그는 잠에서 깨지 않았을 뿐 아니라 술에서도 깨지 않은 상태였다. 집행관이 흡사 책을 읽는 것 같은 톤으로 무슨 말인가를 하고 그의 손목에 수갑을 채우는 순간에도 그는 자기에게 어떤 일이 벌어지고 있는지 파악하지 못했다. 처음엔 꿈인 줄 알았다. 참 실감나는 꿈이구나,라고 생각했다. 그 순간에 자기 손목에 수갑이 채워지는 꿈을 꾸고 있었던 것은 아니지만, 그전에 체포되거나 재판을 받거나 교도소에 갇히는 꿈을 심심찮게 꾼 적이 있는 그는, 현실에서 벌어지는 이 일을, 물론 덜 깬 잠과 술의 지배 아래에 있어서 그랬지만, 현실에서 실제로 벌어지는 일로 인식하지 못했다. 지난밤의 기분 좋은 술자리를 떠올리며 빙그레 입가에 미소를 짓기까지 했다. 실제로 그의 손목에 수갑이 채워졌다는 사실을 깨닫기까지는 얼마간의 시간이 걸렸다. 이봐요, 정신차려요, 하고 그의 몸을 흔든 사람은 나그네여관 주인이었다. 알았어, 나간다고, 이제 더 있으라고 해도 이런 후진 여관에는 안 있는다니까, 하고 호기롭게 소리 지르며 팔을 내젓다가 손목에서 느껴지는 아픔 때문에 비명을 질렀다. 수갑이 채워진 것은 현실의 그의 손목이었다. 위험을 자각한 몸이 반사적으로 튕겨져 올랐다. 그러나 그의 목덜미를 찍어 누르며 제압에 나선 집행관에 의해 곧바로 주저앉혀졌다. 반항하지 마세요. 집행관의 목소리는 서늘했다.

*

유는 반지하 월세방에서 나와 역 근처 여관으로 거처를 옮겼다. 나그네여관은 지어진 지 오래된 데다 몇 년 동안 손보지 않아 건물 외관이 낡고 우중충했다. 여관으로 들어가는 골목은 지저분했다. 자기 처지에 딱 어울리는 곳이라고, 글씨가 잘 보이지 않을 정도로 먼지를 뒤집어쓴 여관 간판을 올려다보며 유는 생각했다. 하룻밤에 만 원꼴의 숙박료를 일주일에 한 번씩 선불로 내기로 했다. 나쁘지 않은 조건이었다. 만 원 내고 하룻밤 묵을 수 있는 여관은 그 도시에서는 그곳 말고는 없었다.

그의 월세방은 임차 기간이 다섯 달이나 남아 있었고, 반지하지만 남향이고 지면 위로 제법 넓은 창이 나 있어서 하루 중 한두 시간은 햇빛을 쬘 수 있었다. 곰팡이도 피지 않고 퀴퀴한 냄새도 별로 심하지 않았다. 냄새가 전혀 나지 않는 것은 아니지만 견딜 만했다. 그가 방에 불만이 있지는 않았다는 뜻이다. 만족한 것은 아니지만 불만 또한 없었다. 거의 매일 아침 일찍 나갔다가 밤늦게 돌아오는 그에게는 그런 방의 조건들이 대단한 것이 아니기는 했다. 그러니까 그는 굳이 그 월세방에서 나와야 했던 것은 아니었다. 유는 곧 다른 대륙에 있는 대도시로 이주할 예정이었다. 그것이 이유이긴 했다. 그러나 아직 비자를 받기 전이었고, 항공권도 예약만 해뒀을 뿐 발권을 완료한 것은 아니었다. 성급하다고 할 수 있었다. 그의 외삼촌이 그런 말을 했다. 젊을 때 이민을 가서 이 일 저 일 전전한 끝에 제법 번듯한 초밥집 사장이 된 외삼촌 부부는 인근 도시에 가게를 하나 더 열면서 일손의 필요를 느끼고 조카에게 연락을 했다. "거기서 일이 잘 안 풀리면 이리 올래? 열심히만 하면 먹고살 만하다." 그는 외삼촌이 자기 사정을 속속들이 알고 그런 제안을 한 것이 아닌가, 뜨끔했다. 그는 외삼촌의 제안을 받아들이지 않을 수 없었는데, 그것은 여기서 일이 잘 풀리지 않았기 때문이었다. 여기서 일이 잘 풀린다면 거기로 오라는 친척의 제안을 거들떠보지 않았을 것이다. 여기서 열심히 해서 먹고살 만하다면 굳이 거기로 가서 먹고살기 위해 열심히 일할 이유가 없기 때문이다. 여기서 살 수 있으면, 살 수 있는 한 여기서 산다. 유의 생각은 그랬다. 여기서 잘 안 풀린 사람만이 열심히만 하면 먹고살 만하다는 거기로 가서 먹고살기 위해 열심히 해볼 마음을 먹게 된다. 유의 경우가 그랬다. 여기서 열심히 하지 않은 것은 아니었다. 그러나 좀처럼 먹고살 만해지지 않았다. 시간이 지날수록, 그러니까 열심히 하면 할수록 상황이 더 나빠지기만 했다. 그는 의류센터의 종업원과 판촉물 회사의 영업사원과 물류센터의 배달원으로 일했다. 이동통신사와 건강식품 제조회사에도 다녔다. 여기저기 옮겨 다닌 것은 여기저기 옮겨 다니는 것을 좋아하거나 진득하게 한군데 붙어 있는 성격이 아니어서가 아니라 그럴 수밖에 없었기 때문이다. 그 모든 일터에서 그는 임시직원이었다. 그가 일했던 회사들은 망하거나, 사장이 사기 치고 달아나거나, 아주 작은 실수를 구실로 그를 해고했다. 그럴 때면 그는 자기가 전과자여서 부당한 차별과 터무니없는 불이익을 받는 게 아닐까 의심하다가 더럽게 운이 없는 놈이라고 자학하며 폭음을 했다. 최근에는 트럭을 사서 이 도시 저 도시 옮겨 다니며 채소나 과일을 팔았지만 돈이 모이지 않았다. 그가 물건을 사면 기상 이변이 생겨 그 물건의 값이 떨어졌다. 가진 돈이 없는 그는 버티지 못하고 바로 손을 들었다. 빚을 갚는 건 고사하고 돈을 더 빌릴 곳도 없었다. 빚이 너무 많아져서 감당할 수 없게 될 때가 아니라 더 이상 빚을 낼 수가 없어질 때가 파산하는 순간이다. 빚이 아주 많아도 아직 빚을 낼 수 있으면, 그럴 수 있는 한, 파산은 피한다. 빚을 내서 빚을 갚는 것은 빚에 빚을 더하는 일이지만, 더할 수라도 있으면, 더할 수 있는 한 더하려고 한다. 더 이상 더할 수 없어질 때까지 더 하려 한다. 더 해서 어떻게든 파국을 미루려 한다. 손을 드는 순간은 더 이상 더할 수 없어지는 순간이다. 유가 다른 대륙의 대도시에 사는 외삼촌으로부터 이리로 건너오겠느냐는 제안을 받은 것은 그 절체절명의 순간이었다. 그 제안이 흡족하거나 마음에 쏙 들어서가 아니라 다른 선택의 여지가 없었기 때문에 그는 외삼촌에게 가기로 했다. 죽을 수밖에 없었는데, 죽을 수는 없었기 때문에 그는 거기로 가기로 했다. 외삼촌이 오라고 하지 않았다면 어떻게든 살았을 테지만, 외삼촌이 오라고 하지 않았다면 아마 죽었을 거라고, 외삼촌에게 가기로 작정한 다음에 그는 생각했다.

이웃 동네 놀러가듯 갈 수 없다는 건 알았지만 외국에 나가 사는 일이 그렇게 복잡하고 시일이 많이 걸리는 일인지 몰랐기 때문에 유는 도중에 포기할 마음까지 먹은 적이 있었다. 신원보증이 필요했고, 무엇보다 돈이 필요했다. 포기한 다음에 선택할 다른 가능성이 없긴 했지만, 외삼촌이 비자를 신청할 자격을 얻기 위해 필요한 상당한 금액의 돈을 보내주지 않았다면 어쩔 수 없이 포기해야 했을 것이다. 비자를 신청할 자격을 얻고 난 다음에는 되도록 빨리 비자를 받고자 했다. 하루라도 빨리 이곳을 정리하고 떠나고 싶은 마음뿐이었다. 다른 곳에서 다른 삶을 시작할 수 있기만을 간절히 원했다. 다행이라고 해야 할지, 그는 이곳에서 정리해야 할 것이 거의 없었다. 그는 독신이었고, 가진 것이 없었다. 월세방부터 정리한 것이 아니라 월세방 말고는 정리할 것이 없어서 월세방을 정리했다. 밀린 월세를 빼고 나니 돌려받을 보증금이 4백만 원도 되지 않았다. 그 돈이라도 손에 쥐고 외국으로의 이주에 대비해야 할 것 같았다. 그 돈이라도 가지고 있으려면 되도록 빨리 그 집에서 나와야 할 것 같았다. 그것은 오판이었지만 그는 그것이 오판이라는 걸 의식하지 못했다. 그 사실을 일깨워준 사람은 외삼촌이었다.

유의 외삼촌이 일의 진척 상황을 물었을 때 여관방으로 거처를 옮기고 비자 신청을 했다는 말을 듣고는 미리 그럴 필요까지는 없는데, 성급한 것 같다고 나무랐다. 비자가 나올 때까지 기다리지 그랬어, 하고 덧붙인 것은 신중했어야 한다는 뜻이었다. 변수가 많고 예측이 불가능한 비자 업무의 특성을 이해하고 있는 외삼촌과는 달리 유는 그런 것에 대한 이해가 전혀 없었다. 그는, 3주면 된다던데요, 하고 밝고 가벼운 목소리로 대꾸했다. 외삼촌의 도움으로 그로서는 만지기도 힘든 큰돈이 예치된 계좌를 일정 기간 동안 유지함으로써 비자 신청 자격을 갖게 되었을 때, 그는 마치 신분 상승이 이루어진 것 같은 우쭐한 기분에 빠져들었다. 비자를 신청할 수 있는 자격을 갖추는 일이 워낙 어렵게 느껴졌으므로 그 어려운 조건을 충족하고 나자 비자를 받는 것은 아무 일도 아닌 것처럼 여겨졌다. 이제 요식행위만 남았다는 식의 안일한 생각을 한 것이 사실이었다. 가벼운 것은 그의 본성이었지만, 이로 인해 더 가벼워진 면이 있었다. 담당자로부터 21일이면 된다는 말을 듣고 유는 곧바로 항공권을 예약하고 월세방을 정리했다. 그만큼 간절해서 그랬을 것이다. 비자만 손에 쥐면 이 땅을 뜰 것이다. 다른 대륙의 대도시로 가서 초밥집 관리인이 되어 살 것이다. 그는 그 생각만 했다. "담당자 말대로 된다면 좋지만, 그게 워낙 종잡을 수가 없는 일이라…… 그래도 뭐, 담당자가 그렇게 말했다니까. 암튼 잘 처리하고 와라." 외삼촌은 그렇게 말하고 전화를 끊었다.

*

기다리는 것 말고 아무것도 하지 않는 사람에게 3주는 짧은 시간이 아니었다. 아무것도 하지 않고 기다리는 사람은 오로지 기다리는 일만을 하기 때문이다. 유는 정말 혼신을 다해서 비자가 나오기를 기다렸다. 실제로 그 일 말고는 할 일이 없었기 때문이지만, 그 일 말고는 할 일이 아무것도 없는 사람처럼 날짜를 세며 비자를 기다렸다. 그는 혼신을 다해 기다리는 일을 하고 있었지만, 여관 주인의 눈에 그의 모습은 아무 일도 하지 않고 방에서 뒹굴기만 하는 것으로 비쳤다. 사지 육신이 멀쩡한 남자가 아무 일도 하지 않고 여관방에서 뒹굴기만 하다니! 여관 주인은 이 한심한 남자가, 일주일치를 미리 내긴 했지만, 냈음에도 불구하고, 앞으로 숙박비를 내지 못하게 될 가능성이 매우 높다고 판단했고, 그런 일이 생기면 단 하룻밤도 봐주지 않고 인정사정없이 쫓아내겠다고 속으로 다짐하고 있었다. 한심한 놈의 사정을 봐줄 필요가 없다는 것이 그의 생각이었다. 그렇지만 약속한 대로 숙박비를 제때 내기만 한다면 하는 일 없이 방 안에서 뒹굴든 말든 관여할 이유가 없다는 게 또 여관 주인의 입장이었다. 유는 아무 일도 하지 않는 것이 아니라 혼신을 다해 기다리는 일을 하고 있었지만 그것을 남에게, 특히 여관 주인에게 이해시키기가 쉽지 않을 거라는 짐작을 하고 있었고, 또 굳이 그럴 필요가 있다고 생각하지도 않았으므로 여관 주인의 오해를 바로잡아주려는 수고를 하지 않았다. 그는 마음으로는 이미 이곳을 떠나 있었으므로, 이곳의 오해에 너그러워졌다. 그는 하루에 한 번씩, 주로 저녁 무렵에 여관 근처 지저분한 골목들을 배회하다가 간단히 요기를 하고 돌아왔는데, 그럴 때마다 잊지 않고 자기에게 온 우편물이 있는지를 물었다. 비가 오거나 바람이 몹시 불어 외출을 하지 않는 날은 일부러 1층으로 내려와서 우편물이 있는지 확인했다. 어떤 날은 하루에 두 번씩 확인했다. 어떤 날은 집배원이 오는 시간에 맞춰 여관 앞에 나와 서성였다. 여관 주인이 도대체 뭘 기다리는데 그렇게 호들갑이냐고 짜증을 낼 정도였다. 말하자면 그런 것이 그가 혼신을 다해 기다리는 일을 하고 있다는 증거였지만, 애초에 한심하게 바라보기로 작정한 여관 주인의 눈에는 그런 그의 모습이 우스꽝스럽게만 보였다. 어쩔 수 없이 유는 여관 주인에게 비행기 타고 열 시간은 가야 하는 다른 대륙의 대도시에 정착하기 위해 비자를 기다리는 중이라고 사실대로 말했다. 여관 주인은 그의 말을 믿지 않는다기보다 무슨 말인지 이해하지 못하겠다는 표정을 지었다. 유는 여관 주인이 자기가 가려고 하는 도시나 그곳에 가기 위해 필요한 비자가 얼마나 대단한지 제대로 이해하지 못하는 것 같다고 판단했다. 그렇지 않다면 저런 표정을 지을 리가 없다고 생각했다. 그는 그 대단한 도시로부터 초청을 받았으며 그 대단한 도시에 정착할 수 있는 자격을 획득하게 되었다는 자부심으로 우쭐해 있었기 때문에 여관 주인의 그런 몰이해를 건성으로 넘겼다.

그렇지만 예정된 3주가 될 때까지 그가 기다리는 우편물이 오지 않았기 때문에 마음이 급해진 그는 비자센터로 전화를 걸었다. 전화는 좀처럼 연결되지 않았다. 불통이거나 통화 중이거나 했다. 끈질기게 시도한 끝에 겨우 연결된 자동응답기 속의 태평한 목소리는 비자 신청 절차와 비자센터의 위치만 또박또박 안내했다. 상담원과 통화를 시도하려 하자 해당 나라의 화폐 단위로 얼마간의 통화료를, 반드시 신용카드로 결제해야 한다는 안내 음성이 나왔다. 상담원과 통화를 하려면 신용카드가 있어야 하는데 유는 신용카드를 가지고 있지 않았다. 두 곳에서 발급받은 두 장의 카드는 꽤 오래전부터 정지 상태였다. 그는 돌려받은 월세 보증금으로 연체금을 갚고 카드사 직원 앞에서 바로 카드를 구겨서 버렸다. 마음이 언짢기도 했지만 곧 이곳을 떠날 그에게는 어차피 불필요한 물건이었다. 그는 그 사실을 자기를 신용불량자로 만든 신용카드사 직원 앞에서 과시하고 싶었다. 그 역시 성급하고 경솔한 처신이었음이 드러난 셈이었다. 그는 자기의 성급함과 경솔함을 인정하지 않으려고, 이런 날강도 같은 놈들이 있나, 무슨 놈의 대사관이 통화하는 데 돈을 내라고 해, 투덜거리며 버스를 두 번 갈아타고 비자센터까지 갔다.

하라는 대로 3주를 기다렸는데 비자가 나오지 않아서 직접 찾아왔다고 말할 때 그의 목소리는 뜻밖에 공손했다. 항의하는 것이 아니라 부탁하는 것 같았다. 직원은 항의받은 것이 아니라 부탁받은 사람의 자세로 대꾸했다. "근무일 기준 21일이에요. 그리고 평균적으로 그렇다는 거지 절대적으로 그렇다는 건 아니에요." 비자센터 직원의 목소리는 감정이 느껴지지 않는 자동응답기의 목소리와 매우 흡사했다. 자동응답기에 목소리를 녹음한 사람이 그녀일지 모른다는 생각이 들 정도였다. 근무일 기준이라는 말의 뜻을 묻는 그에게 직원은 침착하게 휴일 빼고 실제 자기들이 근무하는 날을 말하는 거라고 설명했다. "이번에는 토요일과 일요일 말고도 휴일이 두 번이나 있었네요." 그녀는 탁자 위의 달력을 그가 볼 수 있게 돌리고 두 개의 숫자에 동그라미를 쳤다. 유는 그녀가 동그라미를 친 두 날 가운데 한 날이 왜 근무일이 아닌지 알 수 없었다. 직원은 달력의 숫자를 짚으며, 의아하다는 표정을 짓고 서 있는 그에게 말했다. "이날은 우리나라 국경일인 거 아시죠? 그리고 이날은 E국의 휴일이에요." 귀찮다는 투는 아니었다. 차라리 귀찮다는 투라면 나을 것 같다는 생각을 했다. 귀찮다는 투로 말했다면 언짢아할 수 있었을 텐데 그렇게 하지 않았기 때문에 언짢아할 수도 없어서, 언짢아할 기회도 주지 않은 직원이 그는 언짢았다. 그 언짢음은 표현할 수 없는 언짢음이었다. 그는 어쩔 수 없이 공손하게, 그럼 거의 한 달이네요, 하고 받았다. 진작 한 달이라고 알아듣기 쉽게 말할 일이지, 하는 말은 입 밖으로 내보내지 않았다. 직원은 고개를 끄덕이지도 미소를 짓지도 않았다. "다시 말씀드리지만, 평균이 그렇다는 거예요. 케이스마다 달라요. 어떨 때 빨리 나오고 어떨 때 늦게 나오는지 가늠할 수 없어요. 어떨 때는 두 주 만에도 나오고 어떨 때는 두 달이 되어도 안 나오고 그래요. 순전히 랜덤이에요." 직원은 한결같은 어조로, 그야말로 기계처럼 건조하게 말했다. "두 달이 되어도 안 나오면 어떻게 해요?" 그는 아찔한 생각이 들어 물었지만 직원은 그 질문에 대한 대답을 이미 했기 때문에 더 할 필요가 없다는 듯, 아니면 대답할 가치가 없는 질문에는 대답을 하지 않겠다는 듯 아무 대꾸도 하지 않았다. 시선을 들어 올려 뒷사람을 쳐다보는 것이 그에게 할당된 시간이 지났다고 선언하는 것 같았다. 상황을 파악한 뒷사람이 유를 밀치고 앞으로 나섰다. 아까부터 앞으로 나오고 싶어서 고개를 빼고 기웃거리며 기회를 노리던 여자였다. 기계에서 빠져나온 것 같은 직원의 목소리가 이제 그 여자를 향했다. 여자는 비자 신청을 하기 위해 필요한 비용에 대해 물었다. 직원은 얼마 동안 얼마만큼의 돈을 통장 잔고로 유지해야 하는지 설명했다. 전에 그가 이미 들은 내용이었다.

　유는 비자센터를 나서며 두 주 만에 나오기도 하지만 두 달이 되어도 안 나올 수 있다는 직원의 설명을 되뇌었다. 두 주만에 나오는 것은 상관없지만 두 달이 되어도 나오지 않는다면 여간 곤란한 일이 아니었다. 며칠 전에 사흘 안으로 대금을 입금하지 않으면 항공권 예약이 취소된다는 통보를 받은 터였다. 그는 이 땅에서의 삶을 조금도 연장하고 싶지 않았다. 그는 마음이 이미 저곳에 가 있었으므로 이곳에서의 삶은 마음 없는 허깨비의 삶이었고, 임시적인 것에 불과했다. 그는 임시적으로 사는 걸 바라지 않았다. 직원에게서 들은 말을 두 달이 되어도 안 나올 수 있지만 두 주 만에 나오기도 한다는 것으로 바꿔 스스로를 위로해보려고 했지만, 이미 두 주가 지나버린 시점이었으므로 스스로를 속이지 않고는 위로가 불가능했다. 스스로를 속이지 않으면서 그가 의지할 수 있는, 의지해야 하는 시간은 두 주가 아니라 두 달이었다. 그는 두 주와 두 달을 언급한 직원의 말을 최소한과 최대한으로 해석했다. 빠르면 두 주. 늦어도 두 달. 물론 직원은 그렇게 말하지 않았다. 직원의 의도는 비자 발급의 무작위적 성격을 강조하는 데 있었다. 두 주와 두 달은, 직원의 입에서 발설되었을 때, 예를 들기 위해 편의적으로 동원된 숫자에 불과하고, 그러므로 의미 있는 숫자라고 할 수 없었다. 그러나 그는 자기에게 유리한 해석을 이끌어내기 위해 직원이 무의식적으로 끌어왔을 그 의미 없는 숫자를 의미 있는 숫자로 바꿨다. 그리하여 두 개의 숫자는 시작점과 도착점을 표시하는 깃발이 되었다. 빠르면 두 주. 늦어도 두 달. 두 주 이전에는 닫혀 있다가(어떤 경우에도 두 주 이전일 수는 없다), 두 주부터 두 달까지만 열려 있고, 두 달째 되는 날 다시 닫힌다(어떤 경우에도 두 달을 넘어갈 수는 없다). 이 공식에 의하면 두 주가 되기 전에 이루어지는 것도 불가능하고 두 달을 넘겨서까지 이루어지지 않는 것도 불가능하다. 아무리 늦어도, 어쨌든 두 달 안에 모든 것이 해결된다. 그럴 수밖에 없다. 그래야 한다. 그런 식으로 과도하게 해석을 가함으로써 그는 직원의 말을 좀더 철저히 믿는다는 포즈를 취했다.

*

　그는 여행사에 전화를 걸어 사정을 이야기하고, 탑승일을 한 달여 뒤로 미루고 대금을 입금했다. 항공권을 구입하고 나자 수중에는 돈이 얼마 남지 않았다. 앞으로 얼마나 버틸 수 있을지 걱정이 되었다. 여관 주인이 그를 신뢰하지 않는 것처럼 그도 여관 주인을 신뢰하지 않았다. 자기가 돈이 떨어졌다는 걸 알면 하룻밤도 재워주지 않을 위인이라고 그는 판단했다. 이래저래 비자를 빨리 받고 이 땅을 떠야 했다. 외삼촌이 비자 신청을 위해 필요한 거액의 돈을 통장에 넣어주었지만, 그 통장은 그가 손댈 수 없었다. 그는 그 통장의 비밀번호도 알지 못했다. 외삼촌은 친절하지만 철저한 사람이었고, 그를 필요로 해서 부르긴 하지만 그를 완전히 믿지는 않는다는 걸 그런 식으로 드러냈다. 외삼촌은 가끔 전화를 걸어서 일의 진척 상황을 체크했다. 유는 아직, 기다리고 있다는 말만 되풀이해야 했다. 처음에 그의 성급함을 나무랐던 외삼촌은 시간이 지나면서 의아하다는 반응을 보였다. 이렇게까지 늦어지다니, 뭔가 잘못된 거 아니냐, 하는 의견을 낸 것은 그가 최후의 시한으로 잡은 두 달이 되려면 사흘이 남은 날이었다. 삼촌은 여행 계획을 세워놓고 유를 기다리고 있다고 했다. 자동차를 타고 4박 5일 동안 대륙을 가로지르는 여행을 할 거라고 했다.

세계에서 가장 넓은 호수도 보고 사막에 세워진 인공도시도 들르고 송어 낚시도 할 거라고 했다. 세계에서 가장 넓은 호수도 사막에 세워진 인공도시도 송어 낚시도 그의 흥미를 끌지 않았다. 그에게 중요한 것은 그곳에 가는 것이 아니라 이곳을 떠나는 것이었다. 그런데 이곳을 떠나기 위해서는 그곳에 가야 했다. 그곳에 가는 것이 이곳을 떠나는 방법이었다. 그는 그곳에 가기 위해 이곳을 떠나는 것이 아니라 이곳을 떠나기 위해 그곳에 가려고 했다. 이곳을 떠나는 일 없이 그곳에 갈 수도 없지만, 그곳에 가는 일 없이 이곳을 떠날 수도 없었다.

그는 두 달이 되는 날을 초조하게 기다렸다. 그날이 '늦어도'의 날, 마지막 날이므로, 마지막 날 다음은 있을 수 없으므로 그는 그날 안에 E국, 다른 대륙의 대도시에 들어갈 수 있는 입장권을 받게 될 거라고 기대했다. 그것은 믿음이 아니라 강박에 가까웠다. 그날까지만 기다릴 거라고 다짐한 것이 아니라 그날 이후에는 기다릴 일이 없을 거라고 세뇌하긴 했지만, 그날이 되어도 비자를 받지 못하면 어떻게 할지에 대해서는 궁리한 바가 없었다. 받지 않으면 안 되기 때문에 받지 못하게 될 경우를 가정하지 않으려고 했다.

그랬으므로, 그날까지 아무 연락도 받지 못하게 되자 그는 어떻게 해야 할지 갈피를 잡지 못했다. 아침부터 초조하게 집배원을 기다려 자기에게 온 우편물이 없다는 걸 직접 확인했으면서도 혹시나 하고 몇 번이나 되물어 나그네여관 주인을 짜증나게 했다. 여관 주인은 처음부터 뜬구름 잡는 것 같은 그의 말을 믿지 않았다. 우편물이 왔느냐는 질문을 받고는 콧방귀를 끼며 건성으로 대답하는 경우가 많았다. 얼마 전부터는 그를 상대도 하지 않으려 했다. "내일, 일주일치 숙박비 내는 날이오. 잊어먹지 마요." 여관 주인의 관심은 숙박비에만 있었다. 숙박비 낼 능력 없는 것이 확인되면 가차 없이 쫓아내고 말 거라는 게 여관 주인의 속생각이었다. 저 한심하고 정신 나간 투숙객을 쫓아낼 기회가 오기를 기다리고 있기도 했다. 그는 유를 미워할 이유가 없었지만 미워했다. 허황한 소리나 지껄이며 하는 일 없이 몇 달씩 여관방에서 뒹구는 남자를 미워하지 않을 수 없다고 속으로 중얼거렸지만, 그것은 그냥 미워한다는 말이나 다르지 않았다.

어떤 경우에도 이루어지지 않을 수 없는 최후의 시간으로 상정한 두 달을 넘겼으므로 그는 혼란에 빠졌고, 따라서 여관 주인의 근거 없는 미움에 신경 쓸 여력이 없었다. 그는 그것 말고 다른 방법이 떠오르지 않았기 때문에, 당연히 그래야 하는 것처럼 E국의 비자센터로 달려갔고, 기다리라는 대로 두 달을 기다렸는데 왜 비자가 나오지 않느냐고 항의했다. 직원은, 지난번에 상대했던 사람이 아니었지만, 그 직원과 마찬가지로, 침착하고 건조하고 태평하고 기계적이었다. 흥분해서 따지는 그의 두서없고 무례하고 헝클어진 말들을 끝까지 다 들은 다음, 너무나 자주 들어온 말이라 생각할 것도 없다는 듯 침착하게 대꾸했다. 매뉴얼에 있는 내용을 읽고 있는 것 같은 목소리였다. "평균적으로 그렇다는 거예요. 비자가 나오는 건 랜덤이에요. 우리는 결과가 언제 나올지 몰라요. 왜 늦게 나오는지 왜 거절되는지 알 수 없고 추측할 수도 없어요. 우리는 신청만 받아요. 발급하는 건 우리 소관이 아니에요. 그건 아시죠?" 한결같이 침착하고 태평하고 건조한 목소리를 내는 직원의 목소리에 화가 나려고 했다. 유는 감정 과잉 상태에 있는데 비자센터의 직원은 너무나 냉정하게 감정을 억제하고 있었다. 아니, 억제할 감정 같은 것이 있는 것 같지 않았다. 직접적인 감정 표현을 몹시 저열한 것으로 판단하는 듯한 사람 앞에서 그는 심한 모멸감을 느꼈다. 무력감이 동반된 모멸감이었다. 가지가지 생각과 감정이 뒤섞인 혼란 속에서 그는 할 필요가 없는 말, 하지 않아야 할 말들을 했다. 그는 벌써 오래전에 E국으로 가는 비행기 티켓을 끊어놓았다고 했고, 그의 외삼촌 부부가 자기가 오기만을 간절하게 기다리고 있다고 했고, 하룻밤에 만 원씩 숙박비를 내고 나그네여관에 임시로 묵고 있는데 더 머물 돈이 없다고 했고, 이미 여기서는 자기 존재가 사라지고 없다고 했다. 그러면서 도대체 자기를 붙잡고 있는 이유가 뭐냐고, 마치 그 직원이 그를 붙잡고 있기라도 한 것처럼 항의했다. 심지어 호주머니에서 비행기 표를 꺼내 흔들기까지 했다. 마땅히 어처구니없어해야 하는 상황인데도 비자센터의 직원은 아무렇지 않은 표정을 유지했다. 바위를 마주하고 있는 것이나 마찬가지였다. 그는, 무슨 말이든 좀 해봐요, 말을, 하며 씩씩거렸다. 자기의 기분을 헤아려주지도 동조해주지도 않는 직원이 몹시 못마땅했기 때문이다. 그러나 직원은 무슨 말도 하지 않고, 어떤 감정도 드러내지 않고 그저 빤히 쳐다보기만 했다. 마침내 그는 치미는 감정을 주체하지 못하고 소리 질렀다. "당신이 아무 권한이 없다면 권한 가진 사람을 만나게 해줘요. 내 비자를 내주거나 거절하거나 연기할 권한을 가진 사람을 만나서 직접 이야기하겠어요." 직원은 그에게서 눈을 떼지 않은 채 대답했다. "우리는 서류를 받기만 해요. 서류 심사는 여기서 안 해요." 여전히 책을 읽는 듯한 목소리였다. "그러니까 심사하는 사람을 만나겠다고. 그 높은 사람을 만나게 해달라고." 그는 주먹을 쥐고 흔들었다. 어디서 그런 용기가 나는지 자신도 알지 못했다. 아니, 용기가 나지 않아서, 용기를 내려고 일부러 이러는 건지도 몰랐다. "만날 수 없어요. 심사는 여기가 아니라 M국에서 이루어지기 때문이에요. 우리는 접수된 서류를 M국으로 보내요. 우리나라를 비롯해서 모든 아시아권 국가의 비자 발급 업무는 M국에 있는 E국 대사관에서만 해요. M국 대사관에서 심사를 해서 직접 고객님께 발송해요. 우리 손을 거치지 않아요. 신청한 사람은 발급된 비자를 받을 수도 있고 비자가 거부되었다는 통보를 받을 수도 있어요. 고객님처럼 늦어지는 경우는, 꼭 그렇다는 건 아니고요, 대개 담당자가 신중을 기하고 있을 가능성이 높아요. 쉽게 오케이하기도 노하기도 마땅찮아서 자꾸 결정을 미루고 유보하고 그럴 거라는 뜻이에요. 어디까지나 그럴 가능성이 있다는 거지 꼭 그렇다는 건 아니에요. 확실한 건 아무것도 없어요. 거듭 말하지만, 우리는 심사 과정 일체에 대해 아무 권리도 책임도 없어요. 다시 말하지만, 우리는 서류를 받아서 M국으로 보내는 일만 해요. 그게 다예요." 직원의 침착한 설명이 그를 극도의 혼란 속으로 몰아넣었다. 대상이 뚜렷하지 않은 분노와 억울한 생각과 심한 무기력 가운데서 그는 소리 질렀다. 자기가 소리 지르고 있다는 것도 의식하지 못하는 상태에서 소리 질렀다. "난 벌써부터 여기 없다고요. 무슨 소린지 모르겠어요? 난 여기 없는 사람이라니까. 그런데 왜 이래. 있지도 않은 사람한테 왜 이래." 비자센터의 직원은 끄떡하지 않았다. 누구라도 흔들릴 만한 상황에서도 흔들리지 않았다. "더 기다려보세요. 다른 방법이 없어요."

*

　나그네여관 주인은 당장 방을 비우라고 했다. 유는 숙박료를 내고 하룻밤을 더 묵겠다고 했지만 여관 주인은 일주일치를 선불로 내야 한다고 했다. 그가 하룻밤씩 숙박료를 내며 투숙하려 한 것은 당장 다음 날이라도 혹시 비자를 받을지 모른다는 기대가 있었기 때문이었다. 여관 주인은 숙박비에 대해

주당 7만 원이지 하룻밤에 만 원이 아니라고 주장했다. 그는 방이 텅텅 비어 있지 않느냐고, 방을 비워두면 뭐 하느냐고, 자기에게 방을 내주는 것이 손님을 받지 않고 비워두는 것보다 이익이 아니냐고 설득하려 했다. 여관에 빈방이 많은 것은 사실이었다. 그와 비슷한 처지의 장기 투숙객 세 명을 빼면 거의 손님이 없었다. 그러나 그의 틀리지 않은 말은 여관 주인의 심기를 불편하게 했다. 여관 주인에게 그는 아무 일도 하지 않고 허송세월하는 한심한 놈팡이일 뿐 아니라 어느 순간부터는 수상하고 꺼림칙한 위인이기도 했다. 한심한 놈팡이는 싫어하기만 하면 되지만 수상하고 꺼림칙한 위인은 싫어하기만 해서 되는 대상이 아니었다. 한심한 놈팡이는 한심하니까 경멸만 하면 되지만 수상하고 꺼림칙한 위인은 수상하고 꺼림칙하기 때문에 긴장까지 해야 했다.

　실제로 그를 긴장하게 하는 일이 며칠 전에 일어나기도 했었다. 제복 차림의 경찰이 여관에 들어온 것은 자정이 조금 못된 시간이었다. 경찰은 범죄 예방 차원의 검문이라며 투숙 중인 사람들의 신상에 대해 물었다. 그때 다섯 개의 방에 손님이 들어 있었다. 출장 중인 것으로 보이는 오십대 남자 한 명과 대학생으로 보이는 남녀 커플을 빼면 장기 투숙자들이었다. 경찰은 젊은 커플이 들어 있는 방의 여자가 직업여성인지, 혹시 미성년자가 아닌지 물었다. 성매매든 미성년자 숙박이든 엮이면 골치 아플 게 뻔했다. 몇 달 전에 가출한 미성년자 두

명을 숙박시켰다가 호되게 당한 적이 있는 여관 주인은 과장되게 손을 내저으며 부정했다. 그들이 들어올 때 주의 깊게 보지 않아 확신할 수 없으면서도 서른 살은 되어 보이는, 처음 본 여자였다고 대답했다. 경찰은 그 방만 빼고 나머지 방들의 투숙객들을 검문했다. 투숙객들은 모두 주민등록증을 소지하고 있었고, 검문에 불응하지 않았다. 208호에 묵은 유도 물론 주민등록증을 소지하고 있었고, 검문에 불응하지 않았다. 검문 시간은 길지 않았다. 주민등록증에 붙은 사진을 숙박객의 실제 얼굴과 대조해보고 어딘가에 무전으로 조회한 후 돌려주었다. 왜 여기 묵고 있느냐, 언제까지 묵을 거냐, 뭘 하고 살았느냐, 같은 질문을 받은 사람은 208호의 유 말고는 없었다. 그는 E국의 비자를 기다리고 있는 사정을 이야기했다. 내일일지 모레일지 모르지만 비자가 나올 때까지 이곳에 묵을 거라고 사실대로 답했다. 뭘 하고 살았느냐는 질문에 대해 이것저것 안 해본 게 없다고 대답하면서는 약간 울컥했다. 그러나 경찰은 그의 감정을 눈치채지 못하거나 감정 따위는 염두에 두지 않는다는 얼굴을 하고 수첩에 뭔가를 적었다. 여관 주인은 바로 옆에서 그 모습을 지켜보았다. 10년째 같은 자리에서 여관을 운영하고 있는 눈치 빠른 주인은 경찰의 태도에서 무언가를 감지했다. 208호 투숙객은 다른 방의 투숙객들과 같지 않다. 그는 다른 사람들과 다르다. 그 순간 유는, 여관 주인에게 단순히 한심한 놈팡이가 아니라 수상하고 꺼림칙한 위인이 되었다. 그저 싫어하고 경멸만 할 수 있는 상대가 아니게 되었다. 여관 문을 나서는 경찰에게 여관 주인이 목소리를 낮춰 물었다. "208호 남자, 뭔가 있지요? 뭐예요?" 경찰은 모자의 챙을 만지며, 뭐가 있긴, 하고 얼버무렸다. 그거예요, 그거? 하고 되묻자, 이 사람 참, 쓸데없이 호기심은, 무슨 일 생기면 신고나 잘해요, 미성년자 들이지 말고, 하고는 골목 속으로 사라졌다. 여관 주인은 208호 투숙객에 대해 더 구체적이고 자세한 정보를 얻고자 했지만, 그것만으로도, 아니 덜 구체적이고 덜 자세하기 때문에 오히려 더, 그를 경계하고 기피할 이유가 충분하다고 생각했다. 어쩐지 찝찝하더라니, 내 예감이 틀리지 않았지, 하고 그는 속으로 중얼거렸다. 그렇지만 이제 예전처럼 그를 경멸만 할 수 없었다. 이제 그는 아무 일도 하지 않고 빈둥거리는 한심한 놈팡이가 아니라 무슨 일을 할지 알 수 없는 위험한 인물이었기 때문이다.

억지로 쫓아낼 수는 없지만 쫓아낼 수 있는 기회를 굳이 날려 보낼 이유는 없다고 생각했으므로 여관 주인은 망설이지 않았다. 그는 더 이상의 숙박이 불가능하다고 일부러 퉁명스러운 목소리로 말했다. "텅텅 비든 꽉꽉 차든 그건 당신이 상관할 일이 아니니까 내 방이나 비워요." 여관 주인은 목소리를 높이지는 않았지만 유독 '내 방'을 강조했다. 연속되는 불운에 지친 유는 몹시 심난한 표정을 지으며, 그러지 마세요, 제발, 하고 하소연하듯 말했다. "힘들어요. 죽을 것 같다고요." 이미 괴롭힘을 당할 만큼 당했으니 당신까지 괴롭히지 말라는 투의 유의 말은 투정처럼 들렸다. 그가 투정으로 들릴 수 있는 말을 한 것은 나그네여관 주인을 오해했다는 증거다. 그는 자기에게 호감을 가지고 있지 않을지는 몰라도 적대적이기까지 하진 않을 거라고 생각하고 있었다. 그는 세상의 몰이해와 몰인정에 기분이 상할 대로 상한 자신을 이해해주기 바랐지만, 여관 주인이야말로 그를 이해할 마음이 전혀 없으며 인정을 베풀 의향은 더욱 없다는 걸 알지 못했다. 그런 걸 간파할 만한 여유가 없었다. 오로지 E국의 비자를 기다리며 지냈다. 당연히 그의 심난한 표정과 투정하는 듯한 목소리는 여관 주인의 마음을 움직이지 못했다. 나그네여관에서 나갈 수 없는 처지가 된 투숙객으로서는 보통 난감한 일이 아니었다. 수중에 돈이 별로 없다는 건 두번째 문제였다. 그곳을 지켜야 하는 더 급한 이유가 있었다. 그는 비자를 수령할 곳을 적는 란에 나그네여관의 주소를 적었다. 그곳이 그의 거주지였다. 그의 비자는 나그네여관으로 배달될 것이었다. 그러니까 그는 비자를 받을 때까지는 나그네여관에 투숙해 있어야 했다. 다른 선택의 여지가 없었다. 기다릴 때까지 기다렸지만, 더 기다려야 했다. 기다릴 때까지 기다렸다고 해서, 기다린 것이 오지 않는데도, 그만 기다릴 수는 없는 일이었다. 아직 기다린 것이 오지 않았다면, 아무리 오래 기다렸어도 기다릴 때까지 기다린 것이라고 할 수 없었다. 기다림은 기다리는 것이 올 때까지 연기될 수밖에 없다. 실은 연기되는 것이 기다림의 속성이기도 하다. 무한정은 기다림의 속성이고 무작정은 기다리는 사람의 태도이다. 기다리는 사람은 기다리는 것 말고는 다른 길이 없기 때문에 기다린다. 그러니까 참된 기다림은 연기되는 순간부터 비로소 시작된다고도 할 수 있다. 그는 어쩔 수 없이 하루나 이틀 더 기다려볼 마음을 먹었다. 하루나 이틀 후에는 또 하루나 이틀 더 기다려볼 마음을 먹을지 모르지만, 당장은 거기까지는 생각하고 싶지 않았다. 기다리는 사람은 언제나 하루나 이틀을 기다린다. 수없이 쌓이는 하루나 이틀 들. 하루나 이틀을 기다리지 않고 그 이상의 시간을 기다릴 수는 없다. 그가 하루씩 숙박료를 내며 나그네여관에 묵겠다고 한 것은 돈이 모자라서만은 아니었다. 그것이 하루나 이틀을 기다리는 방법이었기 때문이다. 하루나 이틀 안에 그를 이곳에서 다른 곳으로 이동해 갈 비자가 분명히 나올 텐데 일주일치 숙박료를 미리 지불할 이유가 없다는 논리가 묘한 위안을 주었다. 물론 억지였고, 그것이 억지라는 걸 그는 잘 알고 있었다. 자기가 만든 억지 위안을 엄호하기 위해 그는 일주일치 숙박료를 미리 지불했을 경우 하루나 이틀 안에 비자가 나와 이곳을 나가게 되더라도 교활하고 인정머리 없는 여관 주인이 나머지 돈을 돌려줄 리 없다는 생각을 했다. 그렇지만 그가 예상하지 못한, 여관 주인의 지나치게 완강한 반대는 그의 억지 논리나 교묘한 위안이 발 들일 틈을 주지 않았다. 그는 연속되는 자신의 불운에 지쳐 있었고, 남은 기력을 여관 주인과 실랑이하는 데 쓰고 싶지 않았으므로 어쩔 수 없이 일주일치 숙박료를 선불로 내겠다고 물러났다.

그랬으므로 그렇게 물러났는데도 투숙을 허용하지 않겠다고 고개를 젓는 여관 주인을 이해할 수 없었다. 유는 여관 주인이 자기 말을 제대로 알아듣지 못한 거라고 단정하고, 일주일 숙박료를 선불로 내겠다고요, 하고 단어 하나하나에 힘을 주어, 다소 짜증을 섞어 말했다. 여관 주인은 굳은 얼굴을 펴지 않고 손만 내저었다. "왜요? 왜 방을 안 주겠다는 거예요?" 그는 이해할 수 없었으므로 이해할 수 없다는 표정을 지었다. 여관 주인은 그의 이해를 도와주지 않았다. 방이 텅텅 비어 있어도 방을 내주지 않을 권리는 자기에게 있다고 아무렇지 않게 말하는 여관 주인에게 하마터면 화를 낼 뻔했다. 그를 자제시킨 것은 그런 상황에서도 완전히 사라지지는 않은, 아니, 그런 상황의 유난스러움이 불러낸 일종의 처세 본능 같은 것이었다. 그는 자기가 화를 내서 상대방의 화를 돋워서는 안 되는 입장이라는 걸 본능적으로 알아챘다. 그의 사정이 그만큼 여의치 않았다. 그는 주인이 자기에게 왜 그러는지 생각하려고 했지만, 어떤 생각도 떠오르지 않을 뿐 아니라 어떤 생각을 떠올리는 것이 그 순간에 그가 할 일이라는 생각이 들지 않았기 때문에 생각하는 것을 그만두었다. 위기를 감지한 순간에 작동하기 마련인 본능적인 처세 감각이 그의 움직임을 주도했다. 그는 거의 울 것 같은 목소리를 냈다. "왜요? 나한테 대체 왜 이러는 거예요, 다들?" 여관 주인은 더 상대하고 싶지 않다는 듯 청소기 플러그를 콘센트에 연결하며 무슨 말인가를 했다. 청소기의 소음 때문에 정확하지는 않았지만, 그걸 나한테 왜 물어, 자기한테 물어야지, 하는 것처럼 들렸다. 그게 무슨 뜻인지, 왜 그런 말을 하는지 분명하게 파악할 수 없었다. 그런데도 그 순간 둔중한 무언가가 머리를 세게 때리는 것 같은 충격이 느껴졌다. 이 사람이, 자기가 1년 3개월간 감옥살이한 사실을 어떤 식으로든 눈치챈 것일까. 그래서 그런 것일까. 술에 취한 상태에서 옆자리 손님과 시비가 붙어 주먹질을 했는데 정신을 차리고 보니 유치장 안이었다. 피해자는 병원 침대에 누워 있었고 합의를 해주지 않았다. 재판을 받고 수감되었다가 형기를 마치고 출소한 것이 5년 전이었다. 그것이 어떻단 말인가? 하고 반문할 여유가 그에게는 없었다. 신원증명을 요구하는 회사에 입사 원서를 쓰지 못했던 일이 떠올랐다. 유는 무거운 짐이 어깨를 짓누르는 것 같은 극심한 피곤을 느꼈다. 실제로 무릎이 반쯤 꺾였다. 가까스로 중심을 잡고 선 그는 청소기의 소음이 멈추기를 끈질기게 기다렸다. 청소를 하는 동안 여관 주인은 그를 없는 사람처럼 대했다.

그는 무릎을 꿇지는 않았지만 그런 심정이 되어서 필사적으로 방 하나를 구했다. 그는 자기가 왜 이곳에 며칠 더 묵어야 하는지를 설명하며 주인의 자비심에 호소했다. 오랫동안 비자를 기다려왔다고, 이제 하루 이틀이면 나올 텐데, 그 비자가 나그네여관으로 배달되게 되어 있다고, 그러니까 자기는 그 비자가 나올 때까지 여기 묵어야 한다고, 숙박료를 더 내더라도 좋으니 방을 달라고 사정을 했다. 그 말에 여관 주인이 반응을 보였다. "얼마나 더 낼 건데요?" 주인의 목소리는 퉁명스러웠다. "얼마나 더 내면 되겠소?" 그가 되물었다. 그를 물끄러미 바라보던 여관 주인이, 성수기 요금이 세 밴데, 그렇게라도 할래요? 했다. 주변에 해수욕장이나 스키장이 있는 것도 아니고 성수기가 따로 있다는 게 납득되지 않았지만 그런 걸 따져서 주인의 심기를 불편하게 할 상황이 아니었다. 그는 무조건 그렇게 하겠다고 대답했다. 숙박비를 낼 능력이 안 된다는 인상을 주어서 주인의 마음을 바꾸게 할 수는 없는 일이었다. 여관 주인은 선심을 베풀었지만 굳이 생색내지 않겠다는 듯 아무 말도 하지 않았다. 그는 고마워할 이유가 없었지만 공치사를 하듯 고맙다고 인사했다.

그날 밤 유에게 전화를 걸어온 외삼촌은 아직도 비자를 받지 못했다고 하자 불편한 심정을 드러냈다. 일처리를 잘못하는 거 아니냐? 하는 말속에는 미덥지 않은 조카에 대한 불신과 그런 놈을 불러올 생각을 한 자신에 대한 후회가 스며 있는 것 같았다. 그는 자기가 큰 잘못을 한 것 같았기 때문에 죄송하다고 말했다. 외삼촌은 짜증을 낸 것이 어른스럽지 못하다고 생각했는지 곧 목소리를 바꿨다. "뭔가 잘못되지 않았다면 이렇게까지 늦을 순 없는데, 이상한 일이구나. 혹시 모르니까 M국 대사관에 이메일을 띄워보고 또 우체국에도 한번 문의를 해봐라. 할 수 있는 일은 다 해봐야지."

　기대해서가 아니라 외삼촌 말대로, 혹시 모르니까, 할 수 있는 일은 다 해봐야 한다는 심정으로 다음 날 날이 밝자마자 우체국으로 달려간 유는 뜻밖의 사실을 알게 되었다. M국에서 그에게 온 우편물이 한 통 있었다. M국에서 그에게 올 우편물은 E국의 비자 말고는 없었다. 우체국 직원은 그 우편물이 2주일 전에 배달되었다고 했다. 2주일 전에요? 그의 입에서 탄성이 터져 나왔다. "네, 딱 2주일 전이네요." 직원은 우편물 배달 문서를 그에게 보여줬다. 그의 이름도 맞고 나그네여관의 주소도 틀림없었다. 수령인이 한말숙 씬데요, 하고 직원이 알려줬다. 한말숙이 누구죠, 하는 말이 그의 입에서 나왔다. 우체국 직원은 입꼬리를 묘하게 끌어올리고 어깨를 으쓱해 보였다. 당신이 모르면 누가 알겠어요,라고 말하고 싶어 한다는 걸 눈치챘지만 그는 모른 체하고 내처 질문을 이어갔다. "여자던가요?" 질문이 입 밖으로 빠져나오자마자 입 안에서 대답이 만들어졌다. 어리석긴. 여자겠지, 당연히. 그런 이름을 가진 남자가 어디 있겠어. 그것은 우체국 직원의 표정에서 그가 읽은 말이기도 했다. 표정과는 달리 직원은 지극히 공손한 어투로 자기는 집배원이 아니기 때문에 수령인에 대해 말할 수 있는 게 없다고 했다. 하기야 그도 모르는 한말숙을 그 사람이

알 리 없었고, 그 사람이 알든 모르든 중요한 일이 아니기도
했다. 중요한 것은 그의 비자가, 이미, 2주 전에, 그의 주소지
로, 배달되었다는 사실이었다. 갑자기 마음이 급해진 그는, 담
당 집배원을 연락해드릴까요? 하는 우체국 직원의 친절한 물
음을 뒤로하고 우체국을 나왔다. 그 이름을 잊어버리면 큰일
이라도 난다는 듯 한말숙이라는 이름을 계속 입에 굴리며 뛰
다시피 걸어 여관으로 갔다.

*

　다짜고짜 자기 비자 내놓으라고 요구하는 유를 여관 주인은
어처구니없다는 듯 쳐다보았다. "2주 전에 배달되었다는데,
내 비자 말이야, 수령인이 한말숙이래. 당신 부인 이름 아냐?"
유는 여관 주인이 자기 우편물을 받아놓고 일부러 전해주지
않은 거라고 단정했다. 그렇게 생각할 수밖에 없는 상황이었
다. 그 사람이 왜 그런 짓을 했을지 이유를 확정할 수는 없지
만, 그동안 자기를 대한 태도로 보건대 그러고도 남을 사람이
었다. 납득할 만한 이유 없이 자기를 경멸하고 언짢게 대해온
것처럼 납득할 만한 이유 없이 자기 우편물을 감추고 전해주
지 않은 것이 분명하다고 그는 생각했다. 납득할 만한 이유 같
은 것 없이도 얼마든지 그런 일을 할 수 있는 인물이라는 판단
이 서자 그 사람이 자기 우편물을 받아놓고 전달하지 않았다

는 게 기정사실처럼 느껴졌다. 근거 없는 여관 주인의 적대감이 자기에게 닥친 모든 불운과 불만스런 일들의 원인인 것처럼 여겨졌다. 그는 주먹부터 한 대 날리고 싶은 기분을 억누르며 앞뒤 없이 몰아붙였다. 두서없이 내쏟는 그의 말들은 앞뒤 맥락을 확보하지 못한 여관 주인의 귀에는 횡설수설로 들렸다. 이 사람이 미쳤나, 하는 말이 나온 것은 당연하다고 할 수는 없어도 이상하다고 할 수도 없었다. 그는 정말로 미친 것처럼 보였으니까. 여관 주인은 궁지에 몰린 쥐가 고양이에게 대드는 격으로 이해하고 긴장했다. 수상하고 꺼림칙한 놈이 미치기까지 했다면 그보다 더 위험할 수 없는 일이었다. 무엇보다 유의 입에서 나온, 한말숙이라는 이름을 가진 사람을 여관 주인은 알지 못했다. 그의 아내는 한말숙이 아니었고, 아주 바쁠 때가 아니면 여관에 나오지도 않았다. 최근에는 거의 나온 일이 없었다. 그런데도 유는 한말숙, 한말숙 말이야, 당신 부인, 하고 대들듯 소리쳤다. 객실 청소를 하고 있던 여자 종업원이 왜 그러느냐고 계단을 내려오지 않았다면 사태가 어떻게 전개되었을지 알 수 없는 노릇이었다. 나그네여관의 객실 청소를 도맡아 하는, 나이에 비해 허리가 심하게 굽은 육십대 초반의 여자 이름이 한말숙이었다. 그녀는 날짜는 정확히 기억하지 못했지만 외국에서 온 우편물을 받은 건 기억했다. 여관 주인이 잠깐 자리를 비운 사이에 집배원이 우편물을 들고 왔고, 수령인 란에 이름을 쓰라고 해서 자기 이름을 썼고, 그리고 언제나처럼 우편물 놓아두는 곳에 다른 우편물과 함께 두었다고 그녀는 증언했다. 누구에게 온 우편물인지는 알지 못했는데, 그것은 그녀가 영어를 읽을 줄 모르기 때문이었다. 누구에게 온 우편물인지 알았더라도 사정은 달라지지 않았을 텐데, 그것은 그녀가 유의 이름은 물론 사장의 이름도 몰랐기 때문이다. 그녀는 사장에게 온 우편물로 알았다고 말했다. 여관 주인은 자기가 매일 우편물을 정리하는데 그런 걸 본 적이 없다고, 뭔가 착각하는 게 아니냐고 여종업원에게 따지듯 물었다. "얼마나 오래됐다고 그걸 기억 못할까." 여종업원은 자신을 늙어서 총기가 떨어진 것으로 간주하는 것 같은 여관 주인의 태도를 언짢아하며, 아직 자신의 기억력이 쓸 만하다는 걸 증명하겠다는 듯 우편물을 놓아두었다는 곳으로 가서 거기 쌓인 물건들을 뒤적거렸다. 사무실이라는 문패가 붙어 있지만 주로 주인이 먹고 뒹굴고 잠자는 공간으로 이용하는, 현관에서 가장 가까운 방 입구 벽에 설치된 철제 앵글 선반이었는데, 여러 장의 수건과 비닐봉지와 신문지가 정리되지 않은 채 뒤섞여 있었다. 우편물이 오면 그곳에 놓아두는지는 모르지만 우편물을 놓아두는 곳으로 지정된 것 같지는 않았다. 몇 달째 여관에 묵고 있는 유도 그곳이 우편물 놓아두는 곳이라는 사실을 알지 못했는데, 그것은 그곳에 우편물이 놓여 있는 모습을 본 기억이 없기 때문이었다. 오히려 그곳에는 다른 것들이 더 많이 쌓여 있었고, 그것들은 거의 항상 정리되지 않아 지저분했다. 아직 쓸 만한 기억력의 소지자라는 걸 확인시켜야 하는 여자 종업원은 손을 바삐 놀려 선반 위의 물건들을 정리했다. 수건과 비닐봉지들을 걷어내자 신문지들이 나왔다. 들쭉날쭉한 전단지들이 그대로 끼어 있는 것으로 보아 읽지도 않은 채 던져둔 것들도 있는 듯했다. M국에서 온 우편물은 수도요금 고지서와 함께 맨 아래에서 발견되었다. 이거 아녜요? 하며 여종업원이 주인을 쳐다보았고, 이거예요, 하고 유가 받았다. 여관 주인은, 그게 왜 거기 숨어 있어? 하며 두 사람의 눈을 피했다. 유는, 여기 있잖아요, 여기 이렇게, 하고 여관 주인의 얼굴을 향해 봉투를 흔들어 보이고는, 그 자리에 선 채 봉투를 뜯어 내용물을 확인했다. 그의 여권에는 M국에 있는 E국 대사의 이름으로 발급된 비자가 들어 있었다. 그가 그렇게 마음 졸이며 기다려온 그것은 그냥 손바닥만 한 한 장의 종이였다. 두껍지도 않고 화려하지도 않았다. 두껍거나 화려하다고 달라질 리 없는데도 그는 그 순간 몰려든 허탈한 기분이 그 두껍지도 화려하지도 않은 종이 때문인 것 같은 생각을 했다. 내일은 올 거야, 하며 잠자리에 들고, 오늘은 받게 될 거야, 하며 잠자리에서 일어났던 날들이 떠오르자 머릿속이 뜨거워지는 것 같았다.

울컥한 기운이 이상하게 여관 주인을 향해 뻗었다. 그는 손가락으로 여관 주인을 가리키며, 사람을 색안경 끼고 보는 거 아니에요, 내가 뭐랬어, 내가 그렇게 무시해도 되는 사람 아니라고 했지, 하고 말했다. 그러나 그는 거기까지밖에 말하지 못했다. 한껏 욕을 해주려는 마음과는 달리 입가에 슬그머니 웃음이 머금어졌던 것이다. 근거 없이 당한 수모와 억울함, 초조한 기다림의 시간들에 대한 기억은 갑자기 찾아온 희열과 우쭐한 자부심에 의해 스르르 무너져 내렸다. 속에서 올라온 뜨거운 기운이 금방이라도, 입이든 눈이든 코든 가리지 않고 터져 나올 것 같았기 때문에 그는 말을 멈췄고, 몸을 돌렸고, 얼른 자기 방으로 들어가버렸다. 그랬기 때문에, 물론 여관 주인이 워낙 작은 소리로 말한 탓도 있지만, 그래도 한 번 낸 숙박료는 돌려주지 못합니다,라는 말을 듣지 못했다. 여관 주인은 공연한 걱정을 한 셈이다. 이곳에서의 삶에 미련이 없는 그는 이곳의 화폐에도 미련이 없었다. 이곳에서의 삶에 미련이 없기 때문에 이곳의 화폐에도 미련이 없었다. 이곳의 화폐는 다른 곳으로 삶의 자리를 완전히 바꾸기 전에 이곳에서 어쩔 수 없이 영위해야 하는 최소한의 구차한 삶을 위해 필요했을 뿐이었다. 그러니까 그것은 임시적이고 한시적인 것이었다. 삶이 임시적이고 한시적이므로 화폐도 임시적이고 한시적일 수밖에 없었다. 비자가 나왔으므로 그는 수중의 돈을 헤아릴 이유가 없었고, 그렇기 때문에 숙박료를 놓고 왈가왈부하지 않아도 되었다. 무신경해도 될 조건을 가진 자만이 너그러워진다. 그는 무신경해도 될 조건을 가졌으므로 너그러워졌다. 그러므로 여관 주인이 숙박료를 돌려주지 않겠다는 말을 큰 소리로 했더라도 괘념치 않았을 것이다.

*

그는 여행사에 전화를 걸어 E국행 항공권을 확정했다. 다행히 이틀 후에 좌석이 하나 있었다. 외삼촌에게 전화를 걸어 이틀 후에 비행기 탈 수 있다는 소식을 전했다. 외삼촌은 여행 중이었다. 조카가 오면 같이 여행을 하려고 계속 연기해왔는데 언제까지 미룰 수 없어 부부가 먼저 여행을 떠났다고 했다. 일정을 단축해서 그가 도착하는 시간에 맞춰 공항에 나가겠다고 했다. 외삼촌과 통화를 마친 후 유는 지갑을 털어 중국 음식을 시켰다. 방바닥에 간 신문지 위에 탕수육과 깐풍기와 짜장면과 짬뽕을 놓고 사람들을 불렀다. 나그네여관에 장기투숙 중인 두 사람(한 사람은 아직 귀가 전이었다)과 한말숙이라는 이름을 가진 종업원이 그와 함께 둘러앉았다. 그들은 소주잔을 부딪치며 축하의 말을 건넸다. 한 사람은 그런 사람인지 몰랐다며 진심으로 부러워했다. 자리 잡히면 자기도 초청해달라고 부탁하기도 했다. 유는 거기 들어가는 것이 보통 힘든 게 아니라고, 아무나 초청받을 수 없다고 거드름을 피웠다. 그 모든 절차들을 다시 하라고 하면 못 할 것 같다고 말했는데, 그것은 과장도 거짓도 아니었다. 여관 주인은 그동안 자기가 한 행동이 민망하기도 하고 남은 숙박비를 돌려줘야 할 일이 생길까 봐 걱정스러워서 프런트를 지켜야 한다는 구실을 대고 올라오지 않았다.

식사 자리는 술자리로 바뀌었고, 밤늦게까지 이어졌다. 두 차례나 근처 편의점에 가서 술과 안주를 더 사 와야 했다. 마지막까지 남은 사람은 1층 끝 방에 6개월째 묵고 있는 사십대 후반의 정씨 성을 가진 남자였다. 그는 도심 사무실 빌딩의 경비원으로 한 주씩 밤과 낮을 바꿔가며 근무한다고 했다. 통 말을 하지 않던 그는 술이 웬만큼 들어가자 자기가 지방의 건축 현장에 관리자로 가 있는 동안 전세금을 빼서 달아난 아내에 대해 이야기하며 눈물을 훌쩍였다. 바람난 아내를 찾아 여기저기 헤매 다닌 이야기를 하며 자기 머리를 주먹으로 쳤다. 아내 찾는 걸 포기하고 아무도 모르는 곳으로 흘러들어와 경비원 노릇을 하고 있다는 이야기를 하면서는 벽에 머리를 찧었다. 유는 그 모든 이야기를 무심하게 다 들었다. 술에 취하기도 했거니와 이틀 밤만 지나면 이곳이 아닌 다른 세계로 이동해 있을 거라는 기대에 부풀어 있었으므로, 이미 이곳에는 존재하지 않는 것이나 마찬가지였으므로 상대가 무슨 이야기를 하든 아무런 감정의 동요 없이 받아줄 수 있었다. 상대가 무슨 이야기를 하든, 이미 이곳에 존재하지 않는 것이나 마찬가지인 그의 귀에는 현실감 있는 이야기로 들리지 않았다. 무슨 이야기든 다 들어주었지만, 그가 듣는 이야기들은 현실감이 탈색되고 고유의 내용과 의미를 따라 구별되지 않았으므로 들지 않은 것과 다르지 않았다. 또한 유는 그 사람 못지않게 많은 말을 그 사람과 마찬가지로 취기에 사로잡혀 두서없이 늘어놓았는데, 그가 무슨 이야기를 했든, 이미 이곳에 존재하지 않는 것이나 마찬가지인 그의 입에서 나온 말들 역시 현실감이 없긴 마찬가지였다. 현실감이 탈색되고 고유의 내용과 의미를 따라 구별할 필요가 없었으므로, 그가 아무리 장황하게 늘어놓았다고 해도 아무 말도 하지 않은 것과 다르지 않았다. 한 말을 또 하고, 들은 말을 또 들으며 밤을 새웠다. 유는 해가 뜰 무렵이 되어서야 쓰러져 잠이 들었고, 1층 끝 방 남자도 그때에야 자기 방으로 돌아갔다.

*

찾느라 힘들었잖아요. 갑자기 왜 거처를 옮기고 행방을 감춰요? 집행관은 그의 목덜미를 눌러 꼼짝 못하게 해놓고 물었다. 내가 언제 행방을 감췄어요? 내가 뭣 땜에 그런 짓을 하겠어요? 나를 왜 찾았다는 거예요? 유는 얼굴이 바닥에 눌린 채 고개를 돌리지도 못하고 물었다. 찌그러진 말들 사이로 신음이 섞여 나왔다. 잠은 물론 술기운도 빠져나간 다음이었다. 멀쩡한 집 놔두고 여관살이를 왜 하시는데? 이 나라를 뜨려고 한다면서? 집행관은 힘이 셌다. 유는 몸을 바로 세우려고 버둥거렸지만 그럴 때마다 고통만 더해질 뿐이었다. 무슨 말이에요, 그게? 하고 묻는데 옆에 비스듬히 서 있는 여관 주인의 모습이 보였다. 이봐요. 유는 그에게 자신을 변호해달라고 부탁했다가 곧 그 사람이 자신을 위해 변호의 말을 해줄 리 없다는 걸 깨닫고 입을 다물었다. 여관 주인은 유에게 호의적이었던 적이 한 번도 없었다. 그 사람이 갑자기 자기편이 되어줄리 없었다. 이 나라를 뜨려고 한다는 말을 한 사람이 그 사람일 거라고 생각하자 변호의 말을 부탁하려 했던 조금 전의 자신이 한심하게 여겨졌다. 잘 들어요. 두 번 이야기 안 해요. 대체 왜 이러느냐고 찌그러진 말을 계속 내뱉는 그에게 집행관이 지극히 사무적인 톤으로 말했다. 당신은 2008년 4월 16일 출소했어요. 이런 일은 아주 드물지만, 그렇다고 전혀 일어날 수 없는 건 아니에요. 당신은 행정 착오로 67일 일찍 석방되었어요. 채우지 않은 67일의 형기가 남아 있다는 말이에요. 다시 말하지만 이런 일은 아주 희귀한 경우에 속해요. 집행하는 사람이나 당하는 사람이나 기분이 엿 같긴 마찬가지예요. 하지만 할 일은 해야지요. 유는 자기가 착오로 만기 전에 출소했다는 것이야말로 착오가 분명하다고 생각했다. 착오가 아니라면 이런 일이 생길 리 없기 때문에 착오라고 생각했다. 그는, 출소한 지 5년이나 됐는데, 무슨 말이냐고, 착오라니, 그게 무슨 말이냐고, 그럴 리 없다고 항의했다. 통보를 마쳤으므로 더 할 말이 없다는 듯 집행관은 아무 말도 하지 않고 그의 몸을 일으켜 세웠다. 그의 몸은 가볍게 들렸다. 유는, 착오예요, 착오,

당신 실수하는 거예요, 하고 집행관의 무덤덤한 얼굴을 향해 소리쳤다. 자신에게서 시선을 떼지 않고 서 있는 여관 주인에게, 이런 일은 일어날 수 없어요, 안 그래요, 말 좀 해줘요, 무슨 말이든 좀 해줘요, 하고 호소했다. 그의 기대와는 달리 여관 주인은 한마디도 하지 않았다. 그는 여관 주인이 무슨 말이든 해주기를 바랐다. 아무 말이든 해주는 것이, 설령 자기에게 불리한 말이라도 해주는 것이 침묵하는 것보다는 나을 것 같았다. 혹시 자기를 위해서든 자기를 향해서든 무슨 말이라도 하지 않을까 싶어서 그는 집행관에게 끌려가면서도 자꾸만 뒤를 돌아보았다. 그러나 끝내 아무 소리도 들을 수 없었다. 입가에 번지는 야릇한 미소가 그가 본 여관 주인의 마지막 모습이었다. 마침내 유는 착오가 아니라 꿈이라고 생각하려고 했다. 꿈이 아니면 이런 일이 일어날 리 없기 때문에 꿈이라고 생각하려고 했다. 너무나 생생해서 현실보다 더 실감나는 그런 꿈도 있는 법이라고, 자기는 그런 꿈을 꾸고 있는 것이 분명하다고 생각하려고 했다. 곧 꿈에서 깰 것이고, 그러면 모든 것이 제자리로 돌아가 있을 것이다. 그러면…… 유는 이 악몽의 세계에서 벗어나게 해줄 E국의 비자, 천신만고 끝에 그의 손에 들어온 그 입국 허가 증명서가 자기 품에 있다는 생각에 필사적으로 매달렸다.

하지 않은 일

1

사람은 자기가 한 일에 대해서만 이야기할 수 있다. 하지 않은 일을 한 것처럼 이야기할 수는 있지만 한 그대로를 이야기할 수는 없다. 가령 누구에게 들은 것을 자기가 경험한 것처럼 이야기할 수는 있어도 경험한 대로 이야기하지는 못한다. 그런 일은 불가능하다. 마찬가지로 사람은 자기가 한 일에 대해서만 추궁받을 수 있다. 하지 않은 일을 추궁하는 것은 부당하고 불가능하며 하지 않은 일에 대해 추궁당하는 것 역시 부당하고 불가능하다. 그러나 부당하고 불가능한 일이라고 전혀 일어나지 않는 것은 아니다. 불가능한 일이 일어나는 것이 불가능하지 않은 세상이다. 그러니까 당신은 한 일에 대해서만이 아니라 하지 않은 일에 대해서도 한 대로 말하라는 추궁을 받을 수 있다는 사실을 알아야 한다. 당신은 하지 않은 일에 대해 추궁받을 이유가 없기 때문에 (그것은 부당할 뿐 아니라 불가능하기 때문에) 답하지 않았지만, 추궁하는 자는 당신이 했기 때문에 답하지 못하는 거라고 공격했다. 하지 않았으면 하지 않았다는 것을 증명하라는 요구는 무리하고 부자연스럽다. 하지 않은 사람은 하지 않았다는 말 말고는 할 수 없다. 해명할 수 없고 거짓말조차 할 수 없다. 한 사람은 했으므로 해명할 수 있고, 심지어 거짓말도 할 수 있다. 이런저런 이유로 이렇게 저렇게 했다고 해명하거나 이렇게 한 것이지 그렇게 한 것이 아니라고, 혹은 이렇게도 저렇게도 한 적이 없다고 거짓말을 하는 것이 가능하다. 해명이든 거짓말이든 하기 위해서는 무언가를 해야 한다. 해명과 거짓말은 한 일에 근거한다. 하지 않았다,는 당신이 할 수 있는 유일한 말이다. 유일하고 최종적인 답이다. 하지 않았다는 말 외에 다른 말을 덧붙이는 것은(그것은 하지 않았다면 불가능한 일이므로), 당신의 진심을 스스로 부정하는 행위다. 하지 않았다는 한마디로 충분하고, 그러므로 다른 말을 하지 못한다. 그 말밖에 하지 않는 것이야말로 당신이 하지 않았다는 확실한 증거다. 그러나 당신의 그 증거를 다른 사람, 당신을 불신하는 사람은 반대 증거로 사용한다. 그는 그 말밖에 하지 않는 것이야말로 그 일을 했다는 확실한 증거라고 우긴다. 진실을 드러낸 그 유일한 한마디 말이 거짓을 고발하기 위한 자료로 쓰인다. 고발하는 자는 당신이 한 일을 한 대로 말하지 않으려고 그 말만 한다고 비난한다. 고발하는 자는 당신보다 당신을 더 잘 아는 것처럼 군다. 마치 당신이 잘 알지 못하는 당신에 대해 알아듣게 설명해주는 사명을 맡은 것처럼 의기양양하다. 잘 모르는 모양인데, 내가 가르쳐줄 테니 잘 들어. 당신은 이런 일을 했어. 당신은 이런 사람이야…… 그러나 원칙적으로 그런 일은 불가능하다. 아주 특별한 경우가 아니면, 당신 아닌 누군가가 당신에게, 당신은 이런 사람이야, 하고 말할 수 없고(그러나 불가능한 일이 일어나는 것이 불가능하지 않은 세상이다), 설령 말한다고 해도 그 사람의 말로 인해 '이런 사람'이 아닌 '당신'이 '이런 사람'으로 드러나거나 '이런 사람'이 아닌 '당신'이 '이런 사람'임을 비로소 자각하게 되는 일은 일어나지 않는다(불가능한 일이 일어나는 것이 불가능하지 않은 세상이라고 해도). 그렇게 말하는 사람은 다만 '당신'이 '이런 사람'이기를 바라는 마음을 아주 서툴고 무례한 방법으로 드러내는 것뿐이다.

2

인정할 사실이 없는데도 인정하라고 요구하는 사람은 막무가내고 끈질기고 비타협적이다. 그는 묻고, 다만 물을 뿐, 대답을 기다리지 않는다. 질문에 대답을 해도 대답하지 않는다고 공격하는 것이 그 때문이다. 어떤 대답도, 그가 바라는 대답이 아닌 한 대답으로 간주되지 않는다. 그러니까 아무리 대답해도 대답하지 않은 것이 된다.

불길한 기운과 언짢은 감정을 애써 억누르며 당신은 그런 일을 한 적이 없다고, 아마 오해를 하고 있는 것 같다고 답했다. 당신은 할 수 있는 한 당신을 추궁하는 사람의 기분을 헤아리려고 노력했다. 이 사람이 왜 이럴까. 왜 당신이 하지 않은 일을 했다고 몰아붙이는 것일까. 무엇이 오해를 만들어냈을까. 당신에게 적대감이나 원한을 품고 있지 않는 한 확신하지 않으면서 비방한다고 생각할 수는 없었다. 원한이 있거나 확신이 있거나 둘 중 하나일 것이다. 원한은 크든 작든 사건을 통해 만들어지는데, 그 사람과는 크든 작든 사건이라는 게 없었다. 사실은 만나본 적도 없는 사람이었다. 그러니까 그 사람이 당신에게 적대감이나 원한을 가지고 있다고 판단할 수는 없었다. 물론 당신이 기억하지 못하는 어떤 사건이 있을지도 모른다. 그렇다면 그 사람이든 누구든 당신에게 그 사건을 상기시켜주어야 한다. 상기시켜주기 전에는 그 사람이 무슨 일로 어떤 원한을 품게 되었는지 단정할 수 없다. 그러므로 당신은 그 사람이 무엇 때문인지 모르지만, 당신이 그 일을 했다는 확신에 사로잡혀 있다고 생각할 수밖에 없었다. 그렇다면 그 사람은 왜 그런 확신에 사로잡혔을까. 당신은 납득할 만한 이유를 찾으려고 애를 썼다. 그러나 아무리 생각해봐도 그런 걸 찾을 수 없었으므로 당신은 몹시 곤혹스러워졌다. 그 사람이 약자와 피해자를 자처하고 나섰기 때문에 곤혹스러움이 더했다. 약자와 피해자를 자처하는 것은 싸움의 상대방을 추악한 가해자로 몰아세우는 데 효과적인 수단이다. 힘이 없거나 덜 가진 자들이 힘이 있거나 더 가진 자들보다 항상 의로운 것은 아니고, 가난한 자들이 부자들보다 무조건 선한 것도 아니다. 사악한 약자도 있고 의로운 강자도 있다는 것을 안다. 힘이 있거나 가진 것이 많은 사람이 악을 행할 때 힘이 없거나 가진 것이 없는 사람이 악을 행할 때보다 그 영향이 파괴적일 가능성은 있지만, 그렇다고 약자와 가난한 자가 곧 의인이고 선인이라는 등식이 성립되는 것은 아니다. 그럼에도 불구하고 피해자를 자처하는 사람이 자신의 약함을 내세우면, 가해를 한 것으로 추정된(고발된) 사람의 악덕이 두드러지게 되는 것 또한 부정할 수 없는 사실이다. 갈등과 분쟁에서는 감정이 자주 재판관 역할을 떠맡기 때문이다. 피해는 부자연스럽게 과장되고 약함은 인간 본성과 어울리지 않게 부각된다. 그 사람이 확신하는 자기 나름의 근거를 제시하지 않은 것은 아니었다. 그러나 그에 의해 제시된 이른바 명백한 증거라고 하는 것은 도무지 관계가 있다고 할 수 없거나 그 관계가 너무 빤해서 특별하게 다뤄지기 어려운 것이었다. 예컨대 그것은 카시오페이아자리의 어느 별과 페가수스자리의 어느 별의 관계만큼 무관하거나 빤했다. 그 별들은 카시오페이아와 페가수스로 구분되므로 서로 무관하고, 하늘에 떠 있는 별(들 가운데 하나)로 분류되므로 특별할 것이 없다. 그것들을 확신의 근거로 불러낼 수는 없다. 무관하거나 빤한 관계에 의미를 부여하고 집착하는 사람을 이해하기 위해서 당신은 그 사람의 특이한 캐릭터나 개별적인 처지를 고려하고자 했다. 예컨대 이상 성격이나 강박, 혹은 그런 것을 유발할 만큼 급박하거나 비정상적인 상황 같은. 그렇지만 그 사람의 특이한 캐릭터나 개별적인 처지에 대해 아무 정보도 가지고 있지 않은 당신은 그 사람이 왜 그러는지 추측할 수밖에 없었는데, 정보 없이는 추측조차도 여의치 않기 때문에, 당신이 추측을 통해 얻어낸 것은 추측을 통하지 않고 얻어낼 수 있는 것과 다를 게 별로 없었다. 당신은 무관하거나 빤한 그 증거라고 하는 것이 어떻게 그로 하여금 당신이 하지 않은 일을 했다고 확신하게 만드는 것인지 수수께끼라고 단정하지 않을 수 없었다. 당신은 그런 생각을 숨기지 않았다. 그러니까 당신은, 그 사람의 주장과는 달리 아무 반응도 보이지 않은 것이 아니다. 당신은 당신의 진심이 전달되기를 간절히 바라면서 동시에 당신의 진심이 받아들여지지 않을지 모른다는 불길한 예감에 시달리며 질문에 답했다. 바람은 빗나갔고, 불길한 예감은 현실화되었다. 추궁하는 자는 오히려 당신의 반응에서 새로운 의혹을 만들어냈다. 그는 오해와 수수께끼라는 단어를 들고 당신을 공격했다. 오해가 있다는 말은 그 일을 했다는 고백이며, 수수께끼라는 표현을 쓴 것은 당신이 한 일을 우연의 영역으로 도피시킴으로써 책임에서 달아나려는 비겁한 술책이라고 해석했다. 그 일을 어떻게 했는지 한 대로 상세히 밝히라는, 한층 노골적이고 거칠어진 추궁의 말에 당신은 할 말을 잃었다. '어떻게'는 방법을 묻는 의문사다. 어떻게 했는지 말하려면 먼저 해야 한다. 하지 않은 일을 어떻게 했는가? 하는 문장은 성립되지 않는다. 한 사람은 했으므로 어떻게 했는지 말할 수 있지만, 하지 않은 사람은 하지 않았으므로 어떻게 했는지 말할 수 없다. 이것은 하지 않은 (하지 않았다고 말하는, 하지 않았다는 말밖에 할 수 없는) 사람에게는 해서는 안 되는 요구다.

3

어떤 완벽한 대답도, 질문자가 원하는 것이 완벽한 대답이 아닐 때는 질문자를 만족시키지 못한다. 어떤 완벽한 대답도, 질문자가 원하는 것이 그 대답이 아닐 때는 질문을 끝나게 하지 못한다. 질문자가 원하는 것이 완벽한 대답, 그러니까 진실이 아니라 자기가 가지고 있는 확신에 대한 무조건적인 인정일 때는, 그 말을 들을 때까지 질문을 멈추지 않기 때문이다. 한 연예인의 학력에 대한 의혹을 제기하며 진실을 요구한 사람들이 있었다. 그 연예인은 진실을 요구하는 자들에게, 그럴 의무가 있는 건 아닌데도 그들이 원하는 대로 진실을 제시했다. 그가 제시한 진실은 의혹을 해소하기에 충분한 것이었지만, 그러나 의혹을 제기한 사람들은 기왕의 의혹을 거두어들이지 않았다. 오히려 그가 제시한 진실이 의혹을 증폭시키는 구실이 되었다. 의혹이 강화되고 추가되고 사나워졌다. 연예인은 의문이 제기될 때마다 충실히 응했지만 아무리 충실히 답을 해도 의심하는 사람들의 의심을 잠재울 수 없었다. 대꾸하면 할수록 억측이 심해졌다. 진실을 요구하는 사람들이 정말로 원하는 것은 진실, 즉 완벽한 대답이 아니었기 때문이다. 그들이 원하는 것은 다만 그들이 제기한 의혹을 인정하고 항복하는 것이었다. 그들이 가르쳐주는 그를 그가 몰랐던 진정한 그 자신으로 받아들이는 것이었다. 만족하지 않기로 작정한 사람들을 만족시키는 것은 어렵다. 믿지 않기로 작정한 사람들을 믿게 하는 것은 불가능하다.

4

하지 않은 일은 주장할 수 없기 때문에 증명할 수도 없다. 한 사람은 주장할 수 있고, 주장하는 자는 증명의 의무를 가진다. 하지 않은 자는 주장하지 않고 주장할 수 없으므로 증명의 의무도 지지 않는다. 그러니까 하지 않은 일을 증명하라는 요구는, 그것도 상세한 설명을 통해 조목조목 답하라는 요구는 교묘한 추궁의 기술이고 일종의 모욕의 방법이라고 할 수 있다. 당신을 추궁하는 자는 세목들을 열거하고 조목조목 답하라고 요구했는데, 그것은 상상력을 발휘하라는 강요와 같다. 상상력을 발휘하여 하지 않은 그 일을 만일 했다면 무엇을 어떻게 했을지 헤아리게 했는데, 그것은 당신이 구태여 헤아릴 이유가 없는 것들이었다. 한 일을 헤아리는 것은 자연스럽지만 하지 않은 일을 헤아리는 것은 자연스럽지 않다. 하지 않은 일들의 세목을 부자연스럽게 헤아릴 때 당신의 내부에서 당신이 하지 않지 않았다면 해야 했을 일들의 세목이 줄지어 늘어섰다. 추궁하는 자가 노리고 기대하는 것이 아마 그것이었을 것이다. 그 어느 순간에 그 부자연스러운 헤아리기가, 당신의 내부에서, 눈치채기 어려울 정도로 은밀하게, 자연스러운 헤아리기로 슬쩍 몸을 바꾸는 일이 일어나려 했다. 일종의 암시. 부자연스러움에 묻어 있는 불편함의 잔털들을 털어내려는 무의식적인 움직임 때문이다. 하지 않은 일들에 대해 설명할 수는 없지만 했을 수도 있는 일들에 대해서, 한 대로가 아니라 한 것처럼 설명하는 것은 가능하지 않아? 하는 식의 변장된 논리가 퍼져나간다. 그것이 옷을 벗으라는 요구라는 건 명백하다. 떳떳한가. 그러면 옷을 벗고 나서라. 그러니까 그것은 옷을 벗겨 광장에 세우는 것과 같다. 떳떳한 사람이 왜 광장에서 옷을 벗는 수치를 경험해야 하는가, 하고 묻는 것은 당연하다. 그러나 떳떳하다면 옷을 벗는 수치를 두려워할 리 없다는 주장의 위세 또한 당당하다. 옷 벗기를 두려워하는 것이 곧 혐의를 인정하는 것이라고 몰아세울 때 이 거꾸로 선 논리는 찌르는 것밖에 모르는 흉기가 된다. 어떤 사람에게는 옷을 벗는 것이 아무렇지 않은지 모르지만(그런 사람이 있는지 당신은 확신할 수 없다) 어떤 사람에게는 아무렇지 않지 않다. 아무렇지 않지 않은 사람에게 특히 이 요구는 모욕이 된다. 대체 왜 옷을 벗고 나서야 한단 말인가. 대체 왜 옷을 벗고 무엇을 (하지 않은 일을?) 증명해야 한단 말인가. 수치스러운 짓을 하지 않았다는 사실을 증명하기 위해 수치스러운 짓을 해야 한단 말인가. 이로써 옷을 벗음으로써 떳떳함을 증명하라고 요구하는 자의 의도가 무엇인지 분명히 알 수 있다고 당신은 생각했다. 추궁하는 자는 모욕하려고 하는 것이다. 당신에게 치욕을 안기려고 하는 것이다. 그것 말고 다른 것을 생각할 수 없었다.

5

치욕은 사람의 몸을 뜨겁게 한다. 치욕 앞에서 사람의 몸은 정신을 지키기 위해 스스로 열을 내고 뜨겁게 달궈진다. 그러나 역설적이게도 정신의 수치는 몸의 그 달궈진 뜨거움에 의해 드러나고 만다. 목의 흉터를 가리려는 목적으로 두른 목도리가 거꾸로 목의 흉터를 강조하는 것과 같은 일이 일어나는 것이다. 위장이 고백이 된다. 위장을 많이 할수록 더 많이 고백하게 된다.

당신은 당신의 몸에 새겨진 가장 뜨거운 경험을 기억해냈다. 밤이었고, 밖에는 눈이 내리고 있었다. 막사를 흔드는 차가운 바람이 가끔 짐승 소리를 내며 울었다. 당신은 훈련소에서 막 나온 신병이었다. 그날 그 내무반에 배치된 당신은 같은 처지의 동기 한 명과 함께 한쪽 침상에 부동자세로 서 있었다. 건너편 침상에는 다른 내무반원들이 모여 당신들 쪽을 주시했다. 몇 명은 비스듬히 누워 있었다. 몇 명은 빙글거리며 웃고 몇 명은 신병의 허점을 잡아내겠다는 듯 날카롭게 쏘아보았다. 무심한 듯 딴청을 피우는 사람도 있었지만 그러나 그들이라고 당신 쪽에 신경을 쓰지 않은 것은 아니었다. 당신과 당신의 동기는 별로 기억나지 않는 훈계를 들었고, 별로 기억할 필요가 없는 시답잖은 질문들을 받았다. 시답잖지 않은 질문은 없었다. 모든 질문이 시답잖은 것이었으나 당신과 당신의 동기는 시답잖은 질문으로 받아넘길 수 없었다. 그 질문 역시 시답잖은 것이었다. 그 질문이야말로 당신이 그 자리에서 받은 많은 질문들 가운데 가장 시답잖은 것이었다. 당신은 그렇게 생각했다. 그렇게 생각했지만 그렇게 대응해선 안 된다는 걸 알고 있었다. 그렇게 대응해선 안 된다는 걸 알고 있었지만 어떻게 대응해야 하는지는 알지 못했다. 당신은 이등병이었다. 그들은 비속한 말을 섞어서 당신과 당신의 동기에게 가장 최근에 여자와 잠을 잔 경험이 언제인지 묻고 그 일을 아주 생생하게, 디테일을 살려 묘사하라고 명령했다. 당신의 동기는 선임들의 그 시답잖은 요구에, 놀랍게도 그다지 놀라지 않고 따랐다. 마치 그 질문이 나오리라고 예상하고 예습이라도 해온 것처럼 망설임 없이 이야기를 풀어내 듣는 사람들을 만족시켰다. 키득거리는 웃음소리와 발로 침상을 두드리는 소리가 들렸다. 이야기를 하는 사이사이 더 상세한 세부 묘사를 요구하는 질문들이 끼어들고, 그들이 기대하는 것을 훤히 꿰고 있는 듯 당신의 동기는 능숙한 화술로 그들의 기대에 부응했다. 모두들 웃고 떠들며 즐거워했지만 당신은 그럴 수 없었다. 곧 맞닥뜨리게 될 난처한 상황에 대한 걱정과 불안이 등줄기를 타고 올라왔다. 그들이 웃고 떠들고 즐거워할수록 당신의 등줄기는 더 화끈해졌다. 저 이등병은 어떻게 저럴 수 있을까, 어떻게 저렇게 능숙하게…… 당신은 당신의 동기에 대해 감탄만 했다. 마침내 건너편 침상 위의 달궈진 시선들이 당신에게로 향했다. 남녀의 성교 장면에 대한 디테일하고 생생한 묘사를 듣기 원하는 선임들을 만족시킬 능력이 당신에게는 없었다. 아니, 그것이 문제가 아니었다. 가장 최근에 여자와 잠을 잔 게 언제냐는 질문에 대한 당신의 솔직한 대답이 그들을 실망시키고 기분 나쁘게 만들 수 있다는 사실을 당신은 이해하지 못했다. 당신이, 여자와 잔 적 없습니다, 하고 훈련소에서 막 나온 신병답게 목소리를 높여 대답하는 순간 후끈거리던 내무반의 공기가 차갑게 식었다. 본의 아니게 당신은 내무반에 어딘가 부자연스러운 침묵을 만들었다. 한없이 길게 여겨졌지만 그러나 그렇게 긴 시간이 흐르지 않았다. 군대 들어오기 전에 여자하고 안 잤어? 하는 질문에 이어, 뭐야, 이 새끼, 태어나서 여자랑 잔 적이 한 번도 없다는 거야? 하는 핀잔이 뒤따랐다. 당신은 뭔가 잘못되어가고 있다는 걸 감지했지만, 어떻게 잘못되어가는지, 잘못되어가는 걸 어떻게 바로잡을 수 있을지 가늠하지 못했다. 그렇지 않았다면 그 대목에서, 네, 그렇습니다, 하고 눈치 없이 큰 소리로 대답하지는 않았을 것이다. 당황했기 때문에 당신의 목소리는 평소보다 더 커졌다. 몇 사람이 당신의 큰 목소리보다 더 크게 웃었다. 짜식아, 상상력을 발휘해서라도 고참들 기분 돋울 찐한 이야기를 만들어야 할 거 아냐, 하고 누군가 충고했지만, 당신은 입을 열지 못했다. 머릿속이 수심 깊은 물처럼 검고 아득해서 아무것도 상상할 수 없었다. 수초들이 마구 자라 엉키고 헝클어져 생각의 길을 막았다. 당신은 출제될 문제를 미리 예상하고 예습해온 수험생이 아니었다. 어, 이 새끼가 하늘 같은 고참 말을 엿으로 아네, 하며 상병 계급장을 단 사병이 두루마리 휴지를 던졌다. 당신의 이마를 정확히 맞힌 다음 두루마리 휴지는 리본처럼 풀어지며 바닥으로 떨어졌다. 아닙니다, 하고 당신은 또다시 큰 소리로 대답했다. 뭐가 아니야, 새끼야, 하는 질문이 바로 튀어나왔기 때문에 당신은, 하늘 같은 고참을 엿으로 아

는 게 아닙니다, 하고 여전히 큰 소리로 대답했다. 당신은 당
신이 상황에 맞지 않은 말을 하고 있다는 사실을 눈치챌 여유
가 없었고, 그랬으므로 그들이 왜 키득거리는지 알 수 없었다.
엿 같은 새끼. 그러니까 저게 태어난 이후 여자 맛을 한 번도
안 본 물건을 달고 있다는 말이네. 누가 한 말인지 분간이 되
지 않았지만 누군가의 그 말에는 조롱이 담겨 있었다. 그리고
당신을 향해 두루마리 휴지를 던졌던 상병이 벌떡 몸을 일으
키더니 침상에서 내려왔다. 몹시 화가 난 얼굴이었다. 그는 당
신 앞에 서서 으르렁거렸다. 너, 이 새끼. 거짓말하면 죽여버
릴 거야. 똑바로 불어. 진짜야? 진짜로 한 번도 안 해봤어? 당
신은 꼼짝하지 않고 서서 똑바로 불었다. 네, 그렇습니다. 상
병이 얼굴을 찡그리며 야릇하게 웃었다. 보면 알 수 있다. 여
자 맛본 물건은 표시가 나거든. 내 눈은 못 속여. 어디 그 귀한
물건 한번 보자. 입은 피식피식 바람 빠지는 소리를 내고 있었
지만 눈빛은 여차하면 집어삼키기라도 할 듯 사나웠다. 당신
은 상관의 모든 질문에는 무조건 큰 소리로 대답해야 한다는
교육을 받았지만, 그 상황에서 어떤 대꾸를 어떻게 해야 할지
판단할 수 없어서 가만히 있었다. 긴장으로 몸이 떨렸다. 지금
부터 알몸이 되는 시간 5초. 옷을 벗는다. 실시. 상병의 건조
한 목소리는 저음이었고 위압적이었다. 당황한 당신은 거짓말
이 아니라고 사정하듯 말했다. 그러나 상병은 당신 말에는 대
꾸하지 않고 숫자를 세기 시작했다. 지금부터 4초. 하나……

그게 아니고, 사실은…… 당신은 간절한 눈빛으로 상병을 쳐다보았다. 제발 내 말을 믿어줘요. 그러나 상병은 당신의 눈을 바라보지 않았다. 이제 3초. 당신은 어쩔 수 없이 훈련소에서처럼 민첩하게 입고 있던 군복을 벗었다. 차마 팬티를 내릴 수 없어 머뭇거리는 당신에게 상병이 꿈쩍하지 않고 서서 특유의 위압적인 저음으로 명령했다. 팬티를 벗는다. 팬티를 벗는 시간 0.5초. 실시. 당신은 양다리에 힘을 주어 붙이고 발바닥을 오므리고 버텼다. 당신은 그때 내무반에 있는 사람들이 어떻게 움직이고 어떤 반응을 보이는지 감지할 능력을 상실했다. 낄낄거리는지 조롱하는지 욕을 하는지 알지 못했다. 처음 선 무대에서 어두운 객석을 보고 있는 연기자와 같았다. 관객들은 저마다의 표정을 짓고 있지만 초짜 배우는 누구의 얼굴도 표정을 보지 못한다. 아무것도 보지 못하는 것은 아무것도 보이지 않기 때문이다. 아무것도 보이지 않는 것은 아무것도 없기 때문이 아니라 거기에 없는 다른 것을 보기 때문이다. 있는 것이 아닌 다른 것. 다른 것을 보는 자는 있는 것을 보지 못한다. 예컨대 당신은 그때 당신 안의 굴욕과 수치에 주목했다. 치욕이 당신의 정신을 찌그러뜨리고 바스러지게 했다. 당신은 다리 사이에 걸친 팬티 한 장이 당신을 치욕으로부터 지켜주기라도 할 것처럼 이를 악물고 버텼지만 그러나 버틸 수 없다는 걸 당신보다 잘 아는 사람은 없었다. 당신의 몸에 손을 댄 사람이 누구였는지 기억하지 못한다. 억센 손이 당신의 아랫도리를 잡고 흔들었다. 당신은 통증을 느꼈고, 그러나 통증 때문이 아니라 통증보다 더 지독한 수치심에 어쩔 줄 몰라 하며 필사적으로 허벅지에 힘을 주었다. 당신의 몸은 물기 하나 없이 바싹 마른 나무처럼 되었다. 몸이 걷잡을 길 없이 뜨거워졌다. 치욕이 당신의 뻣뻣한 몸에 불을 붙여 태우는 걸 느끼며 당신은 눈을 감았다. 말해라, 하고 당신을 추궁하는 자는 다그쳤다. 그러나 그가 들으려고 하는 것은 당신의 말이 아니었다. 당신이 무슨 말을 하든, 그가 원하는 말이 아니라면, 당신은 아무 말도 하지 않은 것이 된다. 그렇기 때문에 당신은 이를 악물고 입술을 깨문다. 입술에서 피가 나고 이빨이 부러진다.

6

그렇다. 당신의 침묵은 왜곡되었다. 당신은 당신이 할 수 있는 말을 이미 했으므로 더 말할 수 없었고, 당신을 추궁하는 사람이 듣기 원하는 말을 해줄 수 없으므로 더 말할 것이 없었다. 당신은 침묵을 통해 의혹-질문의 회로 밖으로 나가려고 했다. 그러기를 바랐고, 그럴 수 있을 거라고 막연히, 아니 기만적으로 생각하려고 했다. 당신이 분쟁이나 갈등은 말할 것도 없고, 다른 사람과의 사소한 의견 충돌조차 불편해한다는 것을, 다른 사람은 모르는지 모르지만, 당신은 잘 안다. 당신은 갈등을 견디지 못하고 충돌을 이기지 못한다. 당신은 누구와도 거의 싸우지 않는데, 그것은 불만이 없거나 불만을 감지하는 기관에 문제가 있어서가 아니라 싸움의 현장에 가득 들어차기 마련인, 달궈진 육체와 벼려진 정신에서 뿜어져 나오는 독한 기운을 맨몸과 맨정신으로 감당할 자신이 없기 때문이다. 갈등과 충돌 앞에서 당신은 언제나 한없이 무력하다. 불만과 갈등을 속에서 은밀히 삭이고 누르고 덮고 다른 것으로 바꿔치기 하는 기술이 필요한 것은 그 때문이다. 당신은 갈등을 피하고 충돌에서 달아나기 위해 때때로 자신의 바람을 예측과 섞거나 전망으로 바꾸곤 한다. 그렇게 되었으면 하고 바라는 것을 그렇게 될 거라는 예측으로 위장한다. 대외적으로 평화주의자인 양한 것이나 온순하고 신중한 성격의 소유자로 보이도록 한 것도 당신의 소심함과 비겁을 감추기 위한 매우 소심하고 비겁한 기만술이라는 것을, 당신 자신은 잘 안다. 잘 안다는 것을 어떻게든 의식하지 않으려 한다는 것도 잘 안다. 그러니까 침묵을 통해 전달하려는 당신의 진심이 받아들여질 거라고, 더 이상의 의혹 제기나 추궁은 없을 것이고, 이제 시달림에서 놓여날 거라고 생각한 것은 바람을 예측과 섞은, 당신 자신을 향한 기만에 지나지 않은 것이었다. 오랫동안 익혀 온 당신의 그 기술이 당신의 내부에서만 유효하게 작동한다는 것은 참으로 안타까운 일이다. 유감스럽게도 당신을 추궁하는 자는 당신 기술의 영향권 안에 있지 않다. 당신의 침묵은 당신의 바람과 다르게 작용했다. 선의는 악의를 이길 수 없다. 말랑말랑한 것은 딱딱한 것을 감당할 수 없고 둥글둥글한 것은 날카로운 것을 버틸 수 없다. 이 땅에서는 언제나 강박과 억측이 합리와 상식을 누른다. 그 사람은 마침내 당신의 침묵이 자신의 추궁을 암묵적으로 시인한 것이라고 받아들였다. 어떤 변명도 해명도, 심지어 거짓말조차 할 수 없게 되어서 입을 다문 것이라고 해석했다. 어떤 변명도 해명도 할 수 없게 되었는데도 시인하지 않고 (비겁하게도) 그냥 넘어가려 한다고 판단했다. 그 사람은 당신이 하지 않았다고 주장하는 그 일을 당신이 했다는 확신에 차 있는 사람이었으므로 의기양양해졌다. 당신의 침묵은 당신의 바람과는 달리 그 사람의 확신을 강화했다. 그 사람의 확신은 더 깊고 견고해졌다. 어느 날 누군가로부터 몹시 주저하는 듯한 전화를 받기까지 당신은 그 사람이 무슨 일을 하는지, 무슨 일을 할 수 있는지 생각하지 않았고, 않으려 했다.

7

당신에게 전화를 걸어온 사람은, 저기, 괜찮아요? 하고 물었다. 한때 자주 만나 운동을 같이하던 사이였으나 무슨 일이 있었던 것도 아닌데 오랫동안 연락이 끊겨 궁금하던 터라 당신은 그 전화를 반갑게 받았다. 모처럼 만나 운동을 하면 좋겠다는 생각을 잠깐 했다. 그런데 전화를 건 사람은 곧바로 인사를 하지 않고 몇 초간 뜸을 들였다. 그것은 하기 어려운 말을 꺼내려고 하거나(예컨대 돈을 꿔달라고 한다든지) 전화 건 걸 순간적으로 후회할 때 보이는 반응과 같았으므로 당신은 약간 긴장했다. 당신은 너무 많은 돈이 아니라면 꿔줄 결심을 하고, 무슨 일 있어요? 하고 물었다. 그것이 그가 당신에게 묻고 싶어 한 말이라는 걸 당신은 몰랐다. 몰랐으므로, 저기, 괜찮아요? 하는 질문을 받고, 뭐가요? 하고 되물었다. 상대방이 곧바로 대답하는 대신, 저기, 하고 머뭇거리는 그 짧은 순간 당신의 머릿속으로 섬광 같은 것이 번쩍하고 스쳤다. 저릿저릿한 느낌이 등줄기를 타고 흘렀다. 이번에는 당신이 머뭇거렸다. 걱정되어서요, 하고 당신의 지인이 말했다. 그리고 다시 말을 끊고 잠깐 기다렸다가 망설임을 끝낸 듯 덧붙였다. 누군가 알려줘서 들어가봤는데, 깜짝 놀랐어요. 어떻게 된 일이에요? 인터넷이라는 곳이 참과 거짓을 따지는 게 아니라 참이든 거짓이든 뭐든 버무려서 부풀리고 부글부글 끓게 만드는 공간이잖아요. 마음이 많이 상했을 것 같아서, 전화를 할까 말까 망설이다가, 그래도 모르는 척하면 안 될 것 같아 했는데, 혹시 모르고 있는 거예요? 당신은 몰랐다. 당신을 추궁하던 자가 당신이 더 이상 아무 대꾸도 하지 않자 당신이 하지 않은 일을 했으며, 했으면서도 하지 않았다고 거짓말을 했으며, 하지 않았으면 하지 않았다는 사실을 조목조목 자세히 해명해보라는 요구를 묵살했다는 내용의 문서를 만들어 뉴스를 제공하는 모든 온·오프라인상의 매체에 뿌렸으며, 그 가운데 선정적인 기사를 주로 다루는 한 온라인 매체가 그 사람이 만든 문서를 백 퍼센트 활용하여, 당신을 추악한 절도범과 거짓말쟁이로 몰아가는 기사를 썼다는 사실을 모르고 있었다. 전화를 끊고 직접 확인한 바에 따르면, 당신이 하지 않았다고 극구 부정한 일을 목격했다는 증인까지 거론되어 있었다. 증인은 두 명이었고 당신과 동일한 업종에 종사하는 이들이라고 했고, 익명이었다. 증인 두 명의 발언이 추가된 것을 빼면 내용은 당신이 알고 있는 대로였다. 진심이 받아들여질 것이고 더 이상 시달리지 않아도 될 거라는 기대와 예측은 무너졌다. 당신은 명치를 세게 얻어맞은 것처럼 숨이 막히면서 온몸에 불이 붙는 것 같은 느낌을 받았다. 어린 시절 추악한 욕설과 함께 당신의 이름이 적힌 담벼락 앞에서 당신은 그 뜨거움과 숨 막힘을 경험한 적이 있다. 그리고 이십대의 어느 날 내무반의 침상 위에서도. 당신은 마치 과거의 그 경험들이 현재의 치욕을 불러내기라도 한 것처럼 꿈틀거리며 일어서려는 뜨거움과 숨 막힘의 기억들을 몰아내기 위해 싸웠다. 무엇보다 당신을 견딜 수 없게 한 것은 그 글에 동원된 증인들의 존재였다. 그들은 당신을 추궁했던 사람과 마찬가지로, 아니 어떤 면에서는 더 과격하게 당신을 추악한 범죄자로 몰았다. 이니셜로만 표기된 증인들은 현장에서 범죄 현장을 똑똑히 목격한 양 증언하고 개인적인 의견까지 덧붙였는데, 그 의견에 의하면 당신은 변명의 여지가 없고 변호나 옹호해줄 가치도 없는 아주 질이 나쁜 파렴치한이었다. 머리가 어질어질하고 세상이 빙글빙글 돌았다. 하지 않은 일을 목격할 수 있는 능력은 누구에게도 없다. 그런데 도대체 그들은 무엇을 어떻게 보았단 말인가. 도대체 이 사람들은 누구이며 왜 이런 말을 하는가. 당신은 피해자를 자처하는 사람이 자기가 피해를 입었다는 의식에 강박되어 있으므로, 그 강박적인 피해의식에 휘둘려 전후좌우 맥락을 분별하지 못하고 외곬으로 내달릴 수도 있다는 데까지 생각을 열어둔 상태였다. 어떤 상황에서 피해는 부자연스럽게 과장되고 약함은 인간 본성에 어울리지 않게 부각되기 마련이니까. 온라인 매체의 기자는 폭로성 기사의 선정성에 마음을 빼앗겼을 수도 있다. 그래야 하는 것은 아니지만 그럴 수 없는 것은 아니다. 군이 이해하자면 이해하지 못할 일은 아니라는 뜻이다. 당신은 '굳이 이해하는' 데 탁월한 사람이다. 굳이 이해할 수 있으면 이해하는 쪽을 택하는 사람이다. 상대방을 위해서가 아니라 당신 자신을 위해서. 그래야 그 문제에 얽매이지 않을 수 있으니까. 그렇다면 이 사람들은? 당신과 유사한 일을 한다는, 그래서 어쩌면 당신과 아는 사이일지도 모르는 이 사람들은 왜 당신이 하지 않은 일을 하는 걸 본 것처럼 증언하는 것일까. 당신은 이해할 수 없는 이 증인들 또한 어떻게든 이해해보려고 했다. 그들에게 선정적인 기사를 주로 다루는 매체의 기자가 느꼈을지도 모르는 선정성에 대한 유혹이 있을 리없었다. 당신은 그들이 어떤 오해나 착각을 했을 가능성을 생각했다. 하지만 그렇게 생각하기에는 그들의 발언이 지나치게확신에 차 있었다. 무엇 때문인지 모르지만 당신에게 좋지 않은 감정이나 피해의식을 가지고 있을 가능성을 어쩔 수 없이상정했다. 그럴지도 모른다고 생각하기 위해서는 그들이 누구인지 아는 것이 중요했다. 그런데 그들은 이니셜로만 존재했다. 당신은 그들이 그렇게 중요한 발언을 이니셜의 가면 뒤에숨어서 하는 것은 옳지 않다고 생각했다. 당신은 그 기사를 쓴기자에게 메일을 보내 그 두 사람의 이름을 알려달라고 요구했다. 기사는 제보받은 사항을 보도하는 형식으로, 그러니까피해자를 자처하는 사람이 제기하는 의혹을 전하는 식으로 교묘하게 작성되어 있었으므로 기자에게 시비를 걸기가 애매했다. 당신은 그들을 어떻게든 굳이 이해하고자 하는 당신의 심정을 표현하고 그 이니셜의 증인들이 누구인지만 물었다. 답장은 바로 왔다. 그러나 기자는 취재원 보호라는 구실을 내세워 그들이 누구인지 밝히는 걸 거부했다. 보호라는 단어가 가시처럼 걸렸다. 자기에게 불리한 증언을 한 사람을 보복하는범죄자와 동일시된 것 같은 기분이 당신을 몹시 언짢게 했다.당신은 그들이 단순한 취재원이 아니며, 그런 정도의 중요한발언을, 그렇게 확신에 차서, 목격자인 양 하려면 이니셜의 가면 뒤에 숨어서는 안 되며, 따라서 보호라는 명분 역시 이유가 되지 않는다고 판단했지만, 갈등과 충돌의 거북하고 번거로운 과정을 거쳐 이뤄낼 결과에 대해 확신할 수 없었으므로, 아니, 어떤 결과인가를 얻어내기 위해 치러야 할 갈등과 충돌의 거북하고 번거로운 과정을 견딜 기력이 없었으므로 더 이상 밀어붙이지 않았다. 그 익명의 두 증인이 실재하는 인물일까, 하는 의문은 마지막까지 사라지지 않았지만(왜냐하면 그런 엉뚱한 진술이 실제로 가능하다고는 도저히 믿어지지 않았으니까) 당신은 되도록 그 문제에 집착하지 않으려 했다. 집착하기가 어려웠다고 하는 편이 더 정확한 표현일까. 그렇지만 그 익명의 증인들은 실체 없는 그림자가 되어 아주 오랫동안 당신을 괴롭혔다(왜냐하면 어떤 불가능한 일도 일어나는 일이 불가능하지 않다는 것을 알아버렸으니까). 그 이후 당신은 누구를 만나든 이 사람이 그 사람일지 모른다는 의심을 해야 했다. 특히 이니셜이 같은 이름을 만나면 좀처럼 마음을 열지 못하고 눈치를 살펴야 했다. 당신의 몸과 정신은 궤도를 잃은 위성처럼 되었다. 당신은 혼란스러웠고 어지러웠고 무기력해졌다. 당신은 사람을 만나는 게 두려워졌다. 당신은 소리 지르고 싶었다. 소리를 질러서 세상과 사람들에 대해 몹시 화가 났다는 사실을 알리고 싶었다. 화가 났다는 사실을 알리기 위해 할 수 있는 어떤 표현이든 다 하고 싶었다. 그러나 당신은 소리 지르는 걸 포함해서 어떤 표현도 하지 못했는데 그것은 당신의 상태가 단순히 화만 나 있는 것이 아니었기 때문이다. 그렇게 간단하지 않았다. 당신의 내부는 온갖 부정적인 감정들이 뒤섞여 부글부글 끓고 있는 용광로였다. 불을 붙이고 온도를 높여 달아오르게 하는 재료들이 당신의 내부에 뒤섞인 채 쌓여 있었다. 당신은 환멸과 치욕을 느꼈고 억울했고 슬펐고 무서웠다. 솔직히 말하자면 당신은 어떻게 해야 할지 몰랐다. 그러니까 당신의 후배가 당신 앞에서 버럭 소리를 지르며 당신 대신 화를 냈을 때 당신은 당신이 마땅히 보여야 할, 그러나 보이지 않고 있는 반응에 대해 가르쳐준 것 같아 반가웠다. 당신은, 그래, 나쁜 놈들이고 미친놈들이야, 모조리 부숴버리고 싶어, 하고 소리 지르려고 했다. 그런데 그 순간 설명하기 힘든 불편한 기분이 당신의 입을 막았다. 안타깝게도 당신은 후배의 지나치게 큰 목소리에서 일종의 의도, 꾸며낸 것 같은 과장기를 감지했다. 당신의 머릿속으로 화가 난 상태에서도 화를 내지 않거나 화를 내지 못할 수 있는 것처럼(당신이 그랬다) 화가 나지 않은 상태에서도 화를 내는 것이 가능하다는 생각이 무슨 재앙이나 저주처럼 떠올랐다. 저주에 붙들린 순간 저주에 붙들리지 않은 것처럼 행동한다는 것은 불가능하다. 당신의 목소리는 후배의 목소리보다 더 커졌다. 당신은 후배를 따라 '미친놈'에게 화를 내는 대신 후배를 향해 화를 냈다. 어쩌라는 거야. 날더러 어쩌라는 거야. 당신은 '미친놈'에게 화를 낸 후배가 아니라 '미친놈'에게 화를 내게 한 후배를 향해 화를 냈다.

무엇 때문인지 그가 당신을 대신해서가 아니라 당신을 위해서 화를 내고 있는 것 같은 생각이 들었기 때문이다. 당신은 미친 사람처럼 변해갔다.

8

방에 틀어박힌 당신의 신체에 나타난 증상은 터질 것 같은 심장의 팽창과 타는 듯한 뜨거움과 엄청나게 빠른 맥박의 움직임 그리고 프레스로 찍어 누르는 것 같은 답답함이었다. 그것들은 간격을 두고 따로따로 쳐들어온 것이 아니라 한꺼번에 습격했다. 당신의 무방비한 조그만 육체를 차지하기 위해 여러 개의 각기 다른 무기로 동시에 공격을 가해왔다. 터져버릴 것 같고 타버릴 것 같고 끊어질 것 같고 숨이 멈춰버릴 것 같은 일이 동시에 일어났다. 한순간에 그대로 소멸되어 없어져버릴 것 같았지만, 그러면서도 결코 소멸되지는 않았으므로 당신은 육체에 찍히는 고통을 고스란히 받아내야 했다. 숨을 끌어 모아 거푸 내뱉지만 뜨거움도 답답함도 쫓겨 나가지 않았다. 당신의 신체는 그것들에게 점령당한 식민지가 되었다. 고통이 식민지를 유린했다. 당신은 당신을 점령한 고통에게 고통을 가하기 위해 주먹질을 하고 당신을 점령한 고통을 내쫓기 위해 숨을 크게 거푸 내뱉었다. 그러나 당신을 점령한 고통은 당신의 주먹질에 고통당하지 않고 당신의 발작적인 호흡에 의해 쫓겨나지 않았다. 그렇다고 어딘가로 달아날 수도 없었다. 달아날 곳이 없었다. 고통이 신체에 달라붙어 신체를 이루었으므로, 신체가 고통으로 이루어져 있었으므로, 고통만 놔둔 채 달아날 방법이 없었다. 고통과 함께, 고통에 붙들린 채 달아나는 것은 단순한 이동일 뿐 고통으로부터 달아나는 방법이라고 할 수 없었다. 오랫동안 잠들지 못해 눈 속 실핏줄이 다 터져 빨갛게 충혈되었어도 의식하지 못했다. 차라리 잠들었으면, 잠을 자고 일어났으면, 하고 바랐지만 그런 팽창과 뜨거움과 압박 가운데 있는 몸을 잠재우는 것은 쉽지 않았다. 잠들기를 간절히 원했지만 잠들까 봐 불안하기도 했다. 아주 잠깐 실수처럼 잠 속에 들어갔다가도 이내 깜짝 놀라 깨어 일어나고 그다음에는 다시 뜨거운 불과 무거운 프레스에 시달렸다. 음식을 입에 집어넣지만 맛을 느끼지 못했다. 맛을 느끼는 감각기관들은 주눅이 들어 뇌에 정보를 제공하지 못했다. 어쩌다 제공된 정보도 입력이 거부되었다. 마른 빵과 달콤한 케이크가 구별되지 않았다. 잘 구워진 스테이크와 까맣게 탄 생선이 구별되지 않았다. 그렇기 때문에 하루 종일 아무것도 먹지 않거나 하루 종일 아무거나 먹기만 했다. 하루 종일 아무것도 먹지 않거나 아무거나 먹기만 하는 것이 다른 일이 아니었다. 맛을 구별해서 느끼지 못하니까 아무거나 먹어도 되고 아무것도 먹지 않아도 되었다. 감각을 잃은 사람은 감각이 없기 때문에 아무것이나, 뜨거운 것이든 뾰족한 것이든 거리낌 없이 만지는가 하면, 감각이 없기 때문에 아무것도, 부드러운 것이든 촉촉한 것이든 만지고 싶어 하지 않는다. 그런 이치다. 충족도 기대도 없다. 먹지 않아도 배고프지 않고 먹어도 배부르지 않다. 먹는 것이 먹는 것이 아니고 먹지 않는 것이 먹지 않는 것이 아니기 때문이다.

9

어떤 반응은 미심쩍고 어떤 반응은 의심스러웠다. 아무 말도 하지 않으면 하지 않는 것이 불만이고, 무슨 말인가를 하면 하는 것이 불만이었다. 아무 말도 하지 않으면 왜 아무 말도 하지 않는 걸까, 의심하고, 무슨 말인가를 하면 왜 저 말을 하는 걸까, 하고 의심했다. 알은체를 해도 수상해 보이고 알은체를 하지 않아도 수상해 보였다. 알면서 왜 말을 꺼내지 않는 걸까, 도대체 무슨 꿍꿍이일까, 하거나, 알고 있다는 것을 굳이 표현하는 것은 왜일까, 무슨 속셈이 있는 걸까, 했다. 병이었다. 당신은 믿을 수 없었다. 당신은 웃는 사람의 웃음을 믿을 수 없고, 위로하는 사람의 위로의 말을 믿을 수 없고, 침묵하는 사람의 침묵을 믿을 수 없었다. 웃음 너머, 말 너머, 침묵 너머에 있는 웃음, 말, 침묵 아닌 것이 당신을 괴롭혔다. 그러나 웃음 너머에 있는 웃음 아닌 그것이 무엇인지, 위로의 말 너머에 있는 위로의 말 아닌 그것이 무엇인지, 침묵 너머에 있는 침묵 아닌 그것이 무엇인지 당신은 알지 못했다. '아닌' 어떤 것이 있다는 것만 느끼고 짐작할 뿐, 그것이 무엇인지는 가늠하지 못했다. 무엇인지 모르지만 있다는 걸 부정할 수 없는 그것이 당신의 가슴을 찍어 눌렀다. 혈관 속의 피들이 달음박질치고 가슴이 격렬하게 뛰었다. 자기 방에 스스로 틀어박혀 침묵을 만들어놓고서, 당신은 사람들의 침묵에 대해 조바심치고 의아해했다. 사람들이 자기를 벌레 보듯 피하고 있다고 생각하며 스스로 괴로움의 짚단을 쌓았다. 밖에 나다니지 않았으므로 사람들은 당신을 피할 수가 없는데도 당신은 사람들이 당신을, 무슨 부정한 물건처럼 여기고 접촉하려 하지 않는다고 간주했다. 그 정도는 아니라도 겸연쩍음과 기피의 대상이 되어 있는 건 맞다고, 마주쳤을 때 어떻게 대해야 할지 몰라 마주치지 않으려 한다는 종류의 생각을 필사적으로 물고 늘어졌다. 그것은 뒤집힌 그림과 같았다. 누군가 다가와 말을 붙일까 봐 두려워 피하는 건 당신 자신이었다. 당신은 의혹과 불신과 혼란의 감옥에 갇힌 수인이었다. 감옥은 어둡고 깊고 좁았다. 당신은 옴짝달싹할 수 없었다.

10

한 선배는, 세상 살다 보면 별일을 다 만나는 거라고, 좋은 일만 만나는 게 아니라 나쁜 일도 만나고, 인과가 반듯한 일도 만나지만 제멋대로 헝클어져서 다잡을 길 없는 엉뚱한 일도 만난다고, 그게 세상이라고, 억울하고 속상한 걸 계속 생각하고 있으면 더 억울하고 속만 더 상할 테니까 털어버리라고, 말도 안 되는 일을 말이 되는 것처럼 신경 쓸 게 뭐냐고, 잊어버리라고 충고했다. 당신은 전화기를 어깨에 받친 채 선배의 말을 듣고 있었지만 마음속에서는 어떤 감흥도 일어나지 않았다. 선배의 진심을 의심한 건 아니었다. 당신에 대한 신뢰를 바탕에 깔고 하는 말이라는 확신이 있었지만 그런데도 그 말을 듣는 순간 당신은 어딘가 꺼림칙한 기분이 운무처럼 밀려드는 걸 느꼈다. 그가 당신의 기분을 당신이 인정할 만큼 충분히, 그러니까 당신이 이해한 것처럼 이해한 것 같지 않았고, 그것은 당연한 일인데도, 당연한 일이라고 생각하면서도 모종의 불편함을 느꼈다. 그것은 섭섭하다는 말로 표현하기에는 미진한, 조금 더 끈적거리고 훨씬 칙칙한 기분이었다. 선배가 당신이 겪고 있는 일을 겪고 있고, 당신이 그에게 무슨 조언인가를 해야 하는 입장이라면 당신 역시 그 선배가 보인 반응과 다른, 더 나은 어떤 반응을 보일 리 없을 테지만, 그 순간에는 그런 생각을 하지 못했다. 당신은 그 일을 알은체도 하지 못하고 쭈뼛거리거나 시선을 피해 달아나거나 했을 가능성이 매우 높지만, 그 순간에는 그런 생각을 하지 못했다. 불편함은, 생각의 회로를 거치지 않고 그냥 솟구쳤다. 그것은 무엇이었을까. 선배는 당신이 겪고 있는 일이 대단치 않다고 말함으로써 당신을 위로하려 했다. 문제를 축소해서 말하는 것이 위로의 방법이라는 것을 당신은 안다. 위로의 문장은 축소하는 문장이다. 위협을 가하기 위해서는 문제를 확대하고 위로하기 위해서는 문제를 축소한다. 그래서 병문안을 간 사람은 중병에 걸려 곧 죽을 운명의 환자에게 금방 자리를 털고 일어나게 될 거라고, 금방 함께 산책하고 여행 떠나고 음악회에 가고 공을 차게 될 거라고, 그러니 용기를 내라고 말한다. 병문안 온 사람은 위로의 의무를 진 사람이다. 위로의 의무를 진 사람만 병문안을 간다. 선배는 위로했고, 당신은 그것을 인식했지만, 위로는 받지 못했다. 당신은 누군가 자기 입장을 이해해주고 위로의 말을 해주기를, 표면적으로 드러내지는 않았지만, 간절히 바라고 있었다. 그랬으므로 선배의 위로가 전혀 위로가 되지 않는다는 사실을 깨닫자 몹시 당황했다. 당신은 궁리했고 고민했다. 그리고 마침내 위로를 하는 자는 그의 진심이나 호의, 간절함과 상관없이, 위로를 받는 사람에게, 물론 의도한 건 아니라고 해도, 자기 위치(위로를 받는, 즉 자기를 아는 누군가에게 위로해야 하는 부담을 억지로 지우고 있는)를, 물론 무의식적으로, 자각하게 한다는 사실을 깨달았다. 위로를 주고받는 관계에 끼어든, 어쩔 수 없는, 보이지 않는 강박과 강요, 그 이상한 위계가 꺼림칙함의 정체라는 걸 당신은 어렴풋이 알아차렸다. 그것은 당연한 일인데도, 위로하는 사람의 가슴이 당신과 똑같이 불붙은 것처럼 뜨겁고 프레스로 찍어 누르는 것 같이 답답할 수는 없는 일이며, 또 진정으로 그러기를 바라는 것이 아닌데도 마음의 불편이 누그러지지 않았다.

졸지에 재산과 자식을 잃고 온몸에 종기가 생겨 재 속에서 뒹구는 욥을 위로하기 위해 멀리서 찾아온 친구들이 왜 욥을 만족시키지 못했는지 이해할 수 있을 것 같았다. 욥은 그 친구들(의 위로)로 인해 되려 더 큰 고통을 당했다. 욥은 친구들의 위로를 받아들이지 않았고(못했고), 그래서 그들 사이에 상황에 맞지 않는 신학 논쟁이 벌어진다. 논쟁이라니. 기이한 장면이 아닐 수 없다. 병문안 온 자리에서 병문안 온 사람과 병문안받는 사람 사이에 그렇게 심각하고 격렬한 논쟁이 벌어진다는 건 위로가 불가능한 고통이 있다는 걸 시사한다고, 혹은 하는 자에게나 받는 자에게나 어차피 불순할 수밖에 없는 것이 위로의 본질이라는 걸 시사한다고 당신은 생각했다. 욥은 친구들이 그를 위로하러 온 것이 아니라 위로의 과제를 수행하러 왔을 뿐이라는 걸, 처음에는 몰랐을지라도, 결국 알게 되었을 것이다. 겉으로는 위로의 모양을 하고 있는 친구들이 속으로는 자기의 우연한 불행을 은근히 고소해하고 있다는 사실을 간파했을 것이다. 그의 우연한 불행에 필연을 첨가하기 위해 인과응보와 신의 징벌이라는 관념을 동원하고 있다는 사실을 눈치챘을 것이다. 그리하여 친구들이 자기의 고통을 나누기 위해서가 아니라 자기의 고통을 보고 즐기기 위해 먼 길을 달려왔다고 의심했을 것이다. 고통이 아니라 쾌락이 친구들을 움직였다고 생각했을 것이다. 당신은 욥에게 당신을 투사했다. 욥이 되어 그 친구들을 고발했다. 그러자 신경 쓰지 말고 잊어버리라는 선배의 말은 진정한 위로와 진지한 충고가 아니라 어떻게든 부여된 과제에서 벗어나기 위해 던진 성의 없는 관용어와 같은 것이 되었다. 그렇게 믿어서가 아니라 그렇게 말해야 하기 때문에 그렇게 말하는 상황이 있는데, 그 선배의 경우가 그렇다고 당신은 생각했다. 그 생각이 뒤틀리고 비뚤어진 것임을, 나중에는 물론이거니와 그 생각을 하는 순간에도 확실하게 깨닫고 있었다. 그렇지만 당신은 그 생각이 뒤틀리고 비뚤어져 있다는 것을 애써 부정하려 했고, 그 뒤틀리고 비뚤어진 생각을 억지로, 어떤 점에서는 필사적으로, 그러니까 가학적으로 밀어붙이려고 했다. 그 정도로 당신의 내부는 피폐해져 있었다. 당신은 위로가 필요하지 않은 것은 아니지만 위로를 받는 것은 불가능하다는 것을 깨달았다. 욥처럼 논쟁을 할 수는 없었다. 그 깨달음이 당신의 입을 닫게 했다. 당신은 과묵하고 침울한 사람이 되었다. 당신은 자기 방에 틀어박혔고, 언제라도 불이 붙으면 활활 탈 수 있는 바싹 마른 나무가 되어 시간을 견뎠다.

11

그렇게 웅크리고만 있지 말고 나서서 떳떳함을 증명하라고
말할 때 당신 아내의 어투에서 당신은 약간의 짜증을 읽었다.
당신이 방문을 닫고 들어가 칩거한 지 사흘째 되는 날이었다.
당신의 아내는 문밖에서 가만가만 이야기했다. 설득하려는 의
도라면 몰라도 짜증을 낸 건 아니었다. 그러나 어느 때보다 예
민해진 당신은 그녀에게 없는 짜증을 읽어냈다. 예민하다는
것은 거의 보이지 않는 흐릿한 신호도 포착한다는 뜻이고, 보
일 리 없는 기미조차 감지한다는 뜻이다. 물론 그녀가 당신을
이해하지 못하거나 비난하려는 뜻을 가지고 그런 말을 한 것
이라고는 생각하지 않았다. 당신의 아내는 세상으로부터 상처
받지 않고 진실로부터 배반당한 적 없이 자란 여자이고, 그래
서 세상을 과소평가하거나 진실에 대해 터무니없이 낙관적이
라는 정도의 생각을 하긴 했다. 그뿐이다. 당신은 그녀를 비난
할 마음은 없지만, 그녀의 충고를 받아들일 마음도 없었다. 그
렇게 되지 않았다. 당신이 진실을 말하기를 두려워하는 이유
는 진실을 믿지 못해서가 아니라 사람을 믿지 못해서다. 진실
이 받아들여지기 어려운 것은 그것이 사람에 의해 받아들여져

야 하기 때문이다. 사람은 잘 받아들이는 존재가 아니며, 잘 받아들이지 않으면서도 잘 받아들이는 척할 수 있는 존재라는 게 당신의 생각이다. 따라서 받아들이는 것처럼 보이는 경우에도 정말로 받아들였다고 안심할 수 없다는 것을 당신은 안다. 곧이곧대로 받아들이는 것처럼 보이는 사람은 많지만, 곧이곧대로 받아들이는 사람은 많지 않다고 당신은 생각한다. 말하자면 당신은 당신의 아내조차 온전히 신뢰하지 못하는 것이다. 그것은 이상하지 않다. 당신에게 사람은 조작법을 알 수 없는 복잡하고 난해한 기계와 같은 것이 되었다. 사람은 사랑을 표현하기 위해 거짓을 말하거나 거짓을 감추기 위해 사랑을 표현할 수 있는 자이며, 사랑을 표현하기 위해 거짓을 말한다는 의식 없이 거짓을 말하거나 거짓을 감추기 위해 사랑을 표현한다는 의식 없이 사랑을 표현할 수 있는 자다. 꽃을 들고 무릎 꿇은 모든 남자의 마음속에 사랑이 있다고 말할 수 있을까. 남자의 손에 들린 꽃과 여자 앞에 꿇은 무릎은 사랑을 위한 장식이다. 이 장식은 내용을 표상하기도 하고 내용을 위장하기도 한다. '있는' 사랑이 넘쳐흐르는 것일 수도 있고, '없는' 사랑이 있는 것으로 꾸며진 것일 수도 있다. 이 장식은 상대를 향하기도 하지만 더 자주는 자기 자신을 향한다. 상대방에게 사랑을 전하기도 하지만, 자기에게 사랑을 부여하기도 한다. 꽃과 무릎 꿇기를 통해 어떤 남자는 자기 안에 있는 사랑을 흘려보내지만, 어떤 남자는 자기 안에 없는 사랑을 만들어낸다. 그 순간에 어느 쪽이 더 사랑의 감정에 빠져 있는지는 단언할 수 없다. 만들어낸 사람이 흘려보낸 사람보다 사랑의 감정을 덜 느끼고 있다고 할 수 있을까? 누군가 (어떤 필요나 요구, 혹은 다른 동기 때문에) 사랑을 꾸몄다고 해도, 그 순간에 그가 자기 사랑이 꾸며진 것이라고, 그러니까 가짜라고 인식하고 있는지 어떤지는 단정해서 말할 수 없다. 사람은 때로, 필요에 의해 자발적으로 무지한 자가 된다. 심지어 자기의 자발적 무지에 대해 무지하기를 선택하기도 한다. 말하자면 어떤 무지는 뛰어난 지각 능력의 표출이다. 모르는 자는 알은체하기가 힘들지만, 아는 자는 모르는 체하는 것이 용이하다. 모르는 체하는 걸 모르는 체하는 것도 가능하다. 지각 능력의 범위 안에 무지 또한 포함되어 있다. 사람을 작동시키는 기제는 한 가지가 아니고 원인과 결과가 항상 반듯한 것도 아니고 처음과 끝이 딱 들어맞는 것도 아니다. 사람은 복잡하고 알 수 없고 예측할 수 없다.

언젠가 당신은 어떤 사람으로부터 이유 없이 시달림 받은 이야기를 가까운 친구에게 털어놓은 적이 있다. 시도 때도 없이 전화와 이메일을 이용해 종잡을 수 없는 글을 보내와 당신을 괴롭힌 사람에 대한 이야기였다. 처음에 자신의 감정을 두서없이 토로한 문장들은 막연하고 추상적인 표현이 많아 정확하게 무슨 뜻인지 헤아리기가 쉽지 않았고, 당신은 그 문장들을 주의 깊게 읽고 헤아릴 필요가 있다고 생각하지 않았으므로 방치했다. 횟수가 늘어나고 사적인 감정이 표현되기 시작하는 글을 받고서야 뒤늦게 사태가 심상치 않은 걸 알아채고 정중하지만 단호하게 더 이상 이런 글을 보내지 말아달라고 부탁했다. 그러나 당신의 부탁은 받아들여지지 않았다. 상대는, 당신이 보낸 답장의 내용은 무시하고, 당신이 반응을 보인 사실만을 의미 있게 받아들였다. 상대는 더 자주 더 노골적인 문장을, 밤낮을 가리지 않고 보내왔다. 문장들은 때로는 호소하고 때로는 공격하고 때로는 원망하며 종잡을 길 없는 방향으로 치달았는데, 그 문장들만 보면 당신은 적절하지 않은 사랑을 강요해서 그 사람을 몹시 곤혹스러운 상황으로 몰아넣고 있는 사람이었다. 당신이 보낸, 상황을 이해시키거나 타이르는 문장들은 심하게 굴절되어 되돌아왔다. 말들은 말 그대로 받아들여지지 않았다. 말들은 왜곡되고 뒤집히고 엉뚱하게 탈바꿈했다. 왜곡하고 싶은 사람은 어떤 천국의 말도 지옥의 말로 바꿀 줄 안다. 천국에 대해 쓴 어떤 문장도 지옥에 대한 문장으로 읽을 줄 안다. 관용적으로 쓰인 흔한 부사든 제대로 찍혔거나 잘못 찍힌 문장부호든 무엇이든 빌미가 된다. 그때까지는 운이 나빠서 정서적으로 불안정한 상태에 있는 사람의 망상과 편집증의 표적이 되었을 뿐이라고 간주하며 근거 없는 시달림을 견뎌왔지만, 마침내 계속 그렇게 하도록 내버려두는 건, 당신에게는 물론 상대방에게도 결코 이로운 일이 아니라고 판단하기에 이르렀다. 당신은 이메일과 핸드폰의 수신을 차단했다. 그러자 상대방은 당신의 다른 이메일 계정을 찾아내서 연락을 해왔다. 당신은 그것도 차단했다. 당신은 네 개의 이메일을 모두 차단했다. 그러나 그것이 끝이 아니었다. 이번에는 수신을 차단하지 않은 핸드폰 번호로 이상한 문장의 메시지가 왔다. 당신이 그것마저 차단하자 얼마 지나지 않아 다른 번호를 이용해서 문자가 왔다. 그런 식의 숨바꼭질이 한동안 계속되었다. 심신이 지칠 대로 지친 당신은 하는 수 없이 자주 만나던 친구에게 그동안 있었던 일들을 털어놓고 도움을 청했다. 당신의 이야기를 들은 친구의 반응 속에서 당신은 그가 당신의 말을 곧이곧대로 듣지 않는다는 사실을 알아차리고 당황했다. 그는 그 사람이 아무 근거 없이 그냥 그러진 않을 거라는 식의 반응을 보였다. 당신이 어떤 식으로든 어떤 신호를 보냈을 거라고 믿는 눈치였다. 당신이 커피 한잔 마신 적 없다고 손을 내젓는데도 당신의 친구는 고개를 젓거나 야릇한 미소를 지어서 믿지 못하겠다는 표시를 했다. 거듭되는 당신의 완강한 태도에 마지못해 믿는다니까, 믿어, 하고 말은 하면서도 절대로 믿지 않는다는 표정을 고수했다. 당신은 당황한 나머지 언짢은 감정을 충분히 표현하지도 못했다. 그 순간 이유 없는 시달림을 받는 동안 당신이 아무에게도 밝히지 못하고 혼자 끙끙거리기만 한 까닭이 무엇이었는지 비로소 깨달았다. 상대방에 대한 배려 때문이라는 건 말할 필요도 없이 기만이었다. 당신은 당신의 말이 곧이곧대로 받아들여지지 않을 이런 사태를 우려하고 두려워했다. 진실은 받아들여지기가 어렵다. 사람은 잘 받아들이는 존재가 아닌 것이다. 다른 사람의 진심을 믿기가 믿지 않기보다 더 어려운 것이 사람의 본성이다.

당신의 아내는 떳떳하다면 세상을 향해 진실을 말하라고 했다. 당신은 떳떳하다면, 이라는 말에 상처를 받았다. 당신의 아내는 당신이 받아들인 것과 같은 뜻으로 말하지 않았기 때문에 자기의 말이 당신에게 상처를 주었다는 사실을 눈치채지 못했다. 설득하려는 의도는 몰라도 다른 것은 없었을 것이다. 그러나 예민해진 당신은 그녀가 의도하지 않은 것을 읽어냈다. 당신은 당신 아내가 의도한 것과 상관없이 그녀가 당신을 온전하게 믿지 않는다고 받아들였기 때문에 상처를 받았다. 벽이 양쪽에서 엄청난 속도로 달려와 당신의 몸을 납작하게 만드는 것 같은 충격이 느껴졌다. 당신은 외마디 소리를 지를 듯 입을 벌렸다가 금방 울 것 같은 얼굴을 하고 벽에 이마를 찧었다. 그리고 당신의 입에서 뜨거운 말들이 쏟아져 나왔다. 난 아니야. 난 절대로 하지 않았어. 난 아니야. 닫힌 방 안에서 당신은 주로 이를 악물고 지냈지만, 한번 입을 열면 한나절이 넘도록 그 말을 되풀이했다. 마치 그 말 말고는 다 잊어버린 사람처럼 그 말만을 간절히, 줄기차게 반복했다. 그것은 신음 같았고 주문 같았다.

12

당신의 집 담벼락에 당신의 이름이 더러운 욕과 함께 씌어져 있는 걸 본 열한 살의 어느 날 당신은 골방에 틀어박혔다. 흰 분필과 검은 크레용을 이용해 담벼락 가득 써놓은 그 상스럽고 난폭하고 음란한 단어들은 당신이 한 번도 입에 올려본 적이 없는 것들이었다. 당신은 도둑놈이었고 어머니와 붙어먹은 자였고 저주받은 자였고 끔찍한 방법으로 살해당할 자였다. 무시무시하고 추잡하고 치욕스러운 모든 단어들이 그 벽에 전시되어 있었다. 당신은 그 단어들을 읽는 것조차 힘들어서 달아나듯 그곳을 벗어났다. 당신 속에서 뜨거운 것이 치밀어 오르더니 온몸으로 퍼져나갔다. 가슴이 쿵쿵 소리를 내며 격렬하게 뛰었다. 숨을 쉬기 어려운 건지 숨을 쉬고 싶지가 않은 건지 알 수 없었다. 누가 그런 낙서를 했는지 짐작할 수 없는 것은 아니었다. 자기들의 그늘 아래로 들어오지 않는다고 당신을 괴롭히는 힘센 동네 형들이 있었다. 문방구와 식품점에서 물건을 훔치고 힘 없는 아이들을 협박해서 돈을 빼앗는 일을 할 수 없었기 때문에 당신은 그들과 어울리지 않으려고 했다. 당신은 갖은 협박과 구타를 참았다. 그들은 당신을 끌어들이려다가 뜻대로 되지 않자 음해하고 조롱하는 쪽으로 전략을 바꿨다. 어쩌면 그 역시 당신을 포섭하려는 방법이었을지 모른다. 그들은 자기들이 훔친 수없이 많은 물건들의 범인으로 당신을 지목해 고발했고, 문방구점 주인은 당신이 억울하다고 하소연하는데도 상습적인 절도범으로 학교에 알렸다. 당신은 하지 않았다는 말만 반복했다. 하지 않았으므로 하지 않았다는 말 외에는 할 말이 없었다. 왜 하지 않았는지, 어떻게 하지 않았는지는 말할 수 없었다. 아무도 당신의 말에 귀를 기울이지 않았다. 담임선생님도 당신을 믿어주지 않았다. 담임은 당신이 그런 짓을 하지 않았을 수 있다는 가정조차 하지 않으려 했다. 다만 자기 반 아이가 상습적인 절도범으로 신고된 사실만을 수치스러워했다. 담임은 반성문을 쓰라고 했다. 수업이 끝난 토요일 오후 교실에 앉아 당신은 버텼다. 실토할 것이 없었으므로 실토하지 않았고, 반성할 것이 없었으므로 반성문을 쓰지 않았다. 그 결과 당신에게는 부모님을 모시고 등교하라는 지시와 함께 도둑놈에 뻔뻔한 거짓말쟁이와 반성할 줄 모르는 고집쟁이라는 오명이 덧붙었다. 당신의 담벼락이 더럽혀진 것은 그날이었다. 당신은 그들이 기대하고 예상한 것보다 훨씬 큰 모욕과 수치심을 느꼈다. 협박을 받고 주먹질을 당할 때의 고통과는 질이 다른 종류의 괴로움이 당신을 괴롭혔다. 하지 않은 일을 한 사람으로 지목된 억울함보다 억울함의 호소가 먹혀들지 않는 억울함이 더 크고 견디기 어려웠다. 당신은 항복할 수도 없었다. 당신은 죽을 것 같았고 실제로 죽고 싶었다. 학교에서 돌아오자마자 골방에 들어가 문을 잠그고 틀어박힌 것이 당신의 선택이었다. 그러나 그곳에 틀어박혀 무엇을 하겠다는 생각으로 들어간 것은 아니었다. 무엇을 어떻게 하기 위해서가 아니라 무엇도 어떻게도 할수 없었기 때문에 골방으로 들어갔다. 당신은 창문도 없는 골방의 퀴퀴한 어둠 속에 웅크리고 앉아 중얼거렸다. 난 아니야. 난 그런 사람이 아니야. 난 절대 아니야. 그것은 신음 같기도 하고 주문 같기도 했다. 당신의 어머니는 담벼락의 추악한 낙서들을 보고서도 어떤 벼락 맞을 자식이 이런 짓을 했다니, 하면서 속상해하긴 했지만 뜻밖에도 심각하게 마음 쓰지는 않는 모습을 보였다. 그 대신 골방에 틀어박혀 꼼짝하지 않는 당신을 나무랐다. 당신은 당신의 어머니가 그런 추악한 낙서를 한 사람보다 그런 추악한 낙서로 충격받는 사람이 더 나쁘다고 비난하는 것 같은 인상을 받았고, 그것은 납득할 수 없는 일이었고, 그래서 더욱 골방에서 나갈 수 없었다. 무슨 속상한 일이 있는지 모르겠다만. 주먹만 한 놈이 무슨 고민이냐. 좋은 말로 할 때 기어 나와라. 그렇게 야단을 치고 나서 당신의 어머니는 담벼락에 물을 뿌려 낙서를 지웠다. 분필로 쓴 글씨들은 지워졌지만 크레용으로 쓴 글씨들은 잘 지워지지 않고, 오랫동안 그대로 있었다. 그리고 그것은 낙인처럼 당신의 영혼에 찍혔다.

골방의 퀴퀴한 어둠 속에 틀어박혀 지낸 사흘 동안 당신은 아무 일도 하지 않고 웅크리고만 있었지만 아무 일도 하지 않은 것은 아니었다. 아무 일도 하지 않고 골방에 틀어박힌 채 무슨 일인가를 했다는 걸 당신 자신도 알지 못했다. 투덜거리면서도 당신의 칩거를 용인해주던 어머니가 다음 날 저녁, 내일 월요일인데 학교 가야지, 하며 몇 번이나 문을 두드려도 대답이 없자, 이 녀석이 정말 뭐 하는 짓이야, 하며 골방 문고리를 부수고 들어갔는데 당신의 모습은 보이지 않았다. 두 평 남짓한 그 좁은 골방에, 비록 창문이 없어 어두컴컴하고 잡동사니 물건들이 마구잡이로 처박혀 어지럽긴 했지만 숨을 만한 곳이 있을 리 없었다. 당신의 어머니는 당신 이름을 몇 번 불러보고 잡동사니들 사이를 건성으로 휘저어 살핀 다음 훼손된 문고리를 만지작거리며 고개를 갸우뚱했다. 이 녀석이 언제 어떻게 나갔지? 당신의 어머니는 당신이 갔을지 모르는 곳을 찾아다니며 그날 밤을 새웠다. 당신은 아무 데서도 발견되지 않았다. 다음 날 아침, 뜬눈으로 밤을 새운 당신의 어머니는 경찰에 실종 신고를 하기 전에 혹시나 하고 다시 골방 문을 열어보았는데, 골방의 잡동사니들 사이에서 그것들 중에 하나인 것처럼 웅크린 채 잠들어 있는 당신을 발견했다. 이 녀석, 너 어디 갔다 왔니? 언제 돌아왔어, 대체? 하고 어머니는 물었지만 당신은 대답할 수 없었다. 당신은 어디도 간 적이 없었기 때문이다.

그날 오후, 몸에 열이 들끓어 학교에 가지 않고 누워 있는 당신의 집에 몇 명의 아이들이 찾아왔다. 그들은 자기들이 당

신에게 절도범 누명을 씌우고 흉측한 낙서를 한 범인이라고
자백하고 용서를 빌었다. 당신은 어리둥절한 상태로 그들의
말을 들었다. 그렇게 말할 아이들이 아니었다. 그런 짓을 한
아이들이 그렇게 말할 리가 없었다. 잔뜩 긴장한 당신은 이번
엔 또 무슨 꿍꿍이로 저러는가, 의심이 가득 담긴 눈으로 쳐다
보기만 했다. 그들은 고개를 숙이고 거의 무릎을 꿇을 듯 몸을
굽히고, 기어 들어가는 목소리로, 다시는 괴롭히지 않을 테니
이제 제발 그만 좀 찾아오라고 호소했다. 당신은 그 말을 더
욱 이해하기 어려웠다. 그들이 당신을 찾아온 적은 있지만 당
신이 그들을 찾아간 적은 없었기 때문이다. 찾아다닌 것은 그
들이었고, 당신은 피해 다니는 자였다. 당신은 종잡을 길 없는
그들의 말을 듣지 않으려고 딴생각을 했다. 그러려고 했다. 그
럴수록 딴생각은 떠오르지 않고 그들의 목소리에 귀가 기울여
졌다. 그들이 말을 이었다. 눈만 감으면 네가 나타나. 미치겠
어. 눈을 뜨고 있어도 나타나. 못살겠어. 그들은, 나는 아니야,
나는 그런 사람이 아니야, 하고 울면서 호소하는 당신 때문에
무서워서 잠을 잘 수가 없다고 말했다. 처음에는 그냥 나쁜 꿈
을 꾸는 거라고 생각하고 무시하려 했지만 너무 생생하고 또
렷해서 그럴 수 없었다고 했다. 자기가 꾸고 싶은 것을 골라서
꿀 수 없는 것이 꿈이긴 하지만 똑같은 장면이 반복적으로 나
타나는 것을 아무 일도 아닌 것처럼 무시할 수는 없지 않느냐
고 했다. 더구나 세 사람 모두 똑같은 꿈을 꾼다는 게 말이 되

느냐며 몸서리를 쳤다. 재를 뒤집어쓴 끔찍한 몰골의 당신이 그들에게 나타나, 난 아니야, 난 그런 사람 아니야, 하고 호소하는 게 전부지만, 그것이 전부니까 더 무서워서 눈을 감을 수 없다고 했다. 첫날은 잠든 후에 나타났는데 다음 날부터는 아무 때나 나타난다고 했다. 아무 때나 아무 데서나 흉측한 몰골로 나타나, 난 아니야, 난 그런 사람이 아니야, 하고 울먹이는 바람에 무서워죽겠다고, 고작 사흘밖에 되지 않았는데 한 30년은 시달린 것 같다고 하며 울 것 같은 표정을 지었다. 그들은 당신이 그런 사람이 아니라고 말하지 않아도 그런 사람이 아닌 걸 확실히 안다고, 어떻게 그걸 모를 수 있겠느냐고, 그러니 제발 더 이상 나타나지 말아달라고, 덜덜 떨며 빌었다.

13

당신의 아내는 당신의 심정을 이해하지 못한 것은 아니지만, 당신이 그런 일로 외부와의 접촉을 완전히 끊고 칩거에 들어간 것은 마땅하지 않다고 생각했다. 상황을 바꾸기 위해 어떤 적극적인 행동도 하지 않고 그냥 물러나 있는 당신의 소극적인 태도를 속상해하고, 세상에 대한 혐오와 사람들에 대한 불신이 지나쳐 폐인처럼 되어버리지 않을까 염려했다. 심각하지 않은 일이라고 할 수는 없지만 하늘이 무너지기라도 한 것처럼 코 빠뜨리고 주저앉아 있어선 안 된다는 것, 무너져 앉아 있을 것이 아니라 일어나 나서야 한다는 것이 그녀의 견해였다. 당신의 아내는 속상하지만 당신의 칩거가 너무 오래가지 않기를 바라며 기다리기로 했다. 그러나 굳게 닫혀 있는 당신의 방을 언제까지 지켜보고만 있어야 할지 몰라 자주 한숨을 쉬었다. 가끔 당신의 방문에 귀를 대고 서서 방 안의 움직임을 포착하려고 했지만 대개는 아무것도 포착하지 못했다. 간혹 웅얼거리는 소리가 들렸지만 무슨 소리인지 파악하기 어려웠다. 신음처럼 들리기도 하고 기도처럼 들리기도 했다.

어느 날, 외출에서 돌아온 당신의 아내는 당신의 집 앞을 서성이는 누군가를 만났다. 어딘가 불안정하고 초조한 낯빛의 남자는 집 앞에서 몇 시간째 기다렸다고 하면서 당신을 만나고 싶다고 했다. 말을 하면서 정면으로 얼굴을 쳐다보지도 않았다. 좀 미심쩍었지만 남을 해칠 사람으로는 보이지 않았으므로 당신의 아내는 용건을 말하면 자기가 전해주겠다고 했다. 그러나 남자는, 속으로 끌려 들어가는 것 같은 소심한 목소리로 직접 만나서 이야기해야 한다고 했다. 그녀는 비스듬히 수그린 남자의 옆얼굴을 주의 깊게 바라보았다. 어디선가 본 듯한 얼굴이라는 생각은 들었지만 어디서 보았는지는 기억나지 않았다. 그녀는 조심스럽게 이름을 물었다. 남자는 머뭇머뭇 입을 열 듯하다가 이름은 밝히지 않고, 죄송합니다, 하고 고개를 깊이 숙였다. 금방이라도 뒷걸음질 칠 것 같은 자세였다. 해치려고 온 것 같지는 않았으므로, 그리고 어디선가 본 것 같은 얼굴이기도 했으므로 당신의 아내는 잠깐 기다리라고 하고 집으로 들어와 조심스럽게 당신 방문을 노크했다. 아마 당신을 밖으로 불러낼 계기가 찾아와서 마침 잘되었다는 생각도 했을 것이다. 누가 찾아왔어요. 급한 일이래요. 그녀는 문틈으로 소리를 집어넣었다. 안에서 아무 반응도 나오지 않았기 때문에 그녀는, 나예요, 들어갈게요, 하고는 3초쯤 기다렸다가 문고리를 살그머니 돌렸다. 문은 열리지 않았다. 그녀는, 나예요, 안에 있어요? 묻고 귀를 기울였다. 아무 소리도 새어나오지 않았다. 처음에는 문이 잠겨 있다면 굳이 억지로 따고 들어가겠다는 생각을 하지 않았지만, 정말로 문이 열리지 않는 걸 확인하자 억지로라도 문을 열고 들어가야겠다는 오기가 발동해서 그녀는 신발장 서랍에 보관되어 있는 열쇠 꾸러미를 꺼내 들었다. 나예요. 들어갈게요. 그녀는 이번에도 3초쯤 시간을 두었다가 고리에 열쇠를 집어넣고 돌렸다. 톡 소리를 내며 문이 열렸다. 그녀는 당신의 공간에 발을 들여놓으며 당신을 찾았다. 당신이 벽에 등을 기대고 웅크리고 있거나 쪼그리고 잠들어 있을 거라고 그녀는 생각했다. 그러나 그녀는 당신을 보지 못했고 당신의 목소리도 듣지 못했다. 당신의 아내는 스위치를 올려 형광등을 밝혔다. 당신이 칩거하고 있던 방은 비어 있었다. 어둠 속에 포진해 있던 후덥지근한 어떤 기운이 후다닥 달아나는 게 느껴졌지만 당신의 모습은 보이지 않았다. 그녀는 당신이 그 방에 없을지도 모른다는 생각을 하지 않았기 때문에 당황했다. 그녀는 오래전에 당신의 어머니가 그랬던 것처럼 고개를 갸웃한 채 문고리를 잡고 서서 중얼거렸다. 이 사람이, 언제 어떻게 나갔지?

당신이 아무 일도 하지 않고 골방에 틀어박힌 채 무슨 일인가를 했다는 걸 당신 아내는 물론 당신 자신도 알지 못했다.

확실성의 붕괴, '놀라운 회의론자들'의 세상

정홍수

이승우의 소설은 일견 '사변적'이거나 '관념적'이라는 인상을 준다. 경험의 구체를 즉자적으로 묘사하기보다는 문제가 되는 경험 세계를 사유의 질료로 거듭 곱씹으며 하나의 인식 대상으로 정립해가는 집요한 의식의 투쟁기가 두드러져 보이기 때문일 테다. 물론 그런 과정에서 현실의 구체가 건조해지는 측면이 없지도 않은 만큼, 다소간의 부정적 뉘앙스를 지닌 대로 관념적이거나 사변적이라는 인상은 정당화될 수도 있을 것이다. 그러나 이승우 소설에 제대로 부딪혀본 사람이면 다 아는 사실이겠거니와, 이승우 소설이 가장 강력하게 저항해온 것이 현실에 대한 피상적이고 모호한 접근이다. 궁극의 지점에 남게 될 모호함이나 복잡성을 일깨우고 환기하기 위해서라도 이승우 소설은 우선 최소한의 명석판명한 진실의 지대를 확보하려고 한다. 이때 일종의 정념의 수사학이 절제되고, 당면한 사태의 논리적 해명이 앞으로 나온다. 오해하지 말아야한다. 이승우 소설의 '논리' 역시 이성의 영토 안에 있지만, 계몽과 지배의 힘을 모른다. 이렇게 말할 수 있다면, 그것은 최소한의 방어적 이성이고 논리다. 세상의 질서와 인간 욕망의심연이 뒤엉키며 만들어진 부조리와 불합리, 억지와 막무가내의 현실로부터 최소한의 인간 진실을 지켜내려는 안간힘이 거기에 있다. 그러나 이승우 소설은 그러한 방어조차 순수한 상태로 수행될 수 없다는 것을 안다. 그 방어와 저항의 언어 역시 세상의 질서나 인간 욕망의 심연에서 벗어나 있는 것은 아니기 때문이다. 그리고 이 지점에서 이승우 소설은 엄격한 자기 성찰의 윤리학을 불러들인다. 아마도 그 윤리학의 다른 이름이기도 한 죄의식의 뿌리에는 이승우 소설의 기원적 풍경이 있을 테지만, 그 풍경은 감춤과 드러냄의 변증법 속에서만조금씩 점멸하듯 모습을 드러낸다. 그렇게 해서 삼엄한 윤리적 자기 성찰과 한몸을 이루는, 주저하고, 우회하고, 되돌아가는 사유와 논리의 집요한 저작(咀嚼)은 이승우 소설의 뼈대이자 육체가 된다. 그러나 아무리 그렇게 해도 사태의 진상은 온전히 드러나지 않고 결락과 공백은 남는다. 미궁을 헤쳐 나올아리아드네의 실은 끝없이 유보된다. 결국은 '미궁에 대한 추측'이 될 수밖에 없는 소설의 운명. 그러나 이승우 소설은 그운명을 받아들이는 한에서 미궁과의 싸움을 멈추지 않아왔다.

1981년 중편 「에리직톤의 초상」으로 작품 활동을 시작했으니, 햇수로 35년 가까이 된다. 이승우의 작가적 성실은 호가 나 있지만, 더 놀라운 것은 소설적 영역의 폭넓음이다. 신과 인간의 관계를 탐사하는 초월적 주제에서부터 신화적 세계를 경유한 다양한 물음들이 한국 소설의 형이상학적 폭과 깊이를 넓히고 심화해왔다면, 카프카적 불안과 인간 욕망의 만화경이 교차하는 일상의 풍경을 인간 진실에 대한 예리한 물음으로 뒤바꾸는 이승우 소설의 다채로운 발견술 또한 그에 못지않은 폭과 깊이를 보여왔다. 소설의 주제가 갖는 무게 때문에 자칫 가려진 측면이 없지 않지만, 사실 작가 이승우는 뛰어난 이야기꾼이다. 이야기에 대한 장인적 통제술에서도 그러하거니와, 도무지 이야기가 있을 법하지 않은 곳에서 이야기를 찾고 발굴해낸다는 점에서 더욱 그러하다. 『오래된 일기』(창비, 2008) 이후 6년 만에 펴내는 신작 소설집 『신중한 사람』에서 '이야기'의 발굴은 주로 인간 심리의 미로, 욕망의 어두운 지대를 겨냥하고 있다. 물론 그 미로의 맞은편에는 편집증적 망상(妄想)과 자기기만을 강요하는 막무가내의 부조리한 현실이 있다.

앞서 주저하고 우회하며 사태의 진상을 향해 나아가는 이승우 소설의 집요한 사유에 대해 언급했지만, 바로 그러한 의미에서라도 이승우 소설의 중심인물은 '신중한 사람'일 수밖에 없다. 그러나 이번 소설집의 표제작을 비롯하여 여러 곳에서 모습을 드러내는 그 '신중함'에 대해서는 조금 자세히 살펴볼 필요가 있다.

우선 그 신중함은 기본적인 의사소통의 수준에서 제기된다. 세상의 연속성을 언어의 불연속성이 따라갈 수 없다는 근본적 한계는 차치하고라도 이번 소설집의 화자들이 사태의 진술에서 보이는 극도의 신경증적 의심과 강박은 얼핏 과도하다 싶을 정도다. 살아왔던 시간의 무의미('이미')와 도래하지 않는 미래의 영원한 유보('어디')를 대비시키며 '어디에도 없는 존재'(이 테마는 소설집의 다른 작품 「어디에도 없는」에서 좀더 사실적으로 반복된다)로 살아가는 현대인의 실존적 불안을 한 폭의 추상화처럼 보여주는 「이미, 어디」의 서두를 보자.

그는 무슨 일인가를 해야 하지만 무슨 일을 해야 할지 모르는 사람처럼 행동한다. 무슨 일인가를 해야 하지만 무슨 일을 해야 할지 모르기 때문에 어떤 행동도 하지 않는 사람처럼 행동한다. 무슨 일을 한다고 할 수도 없고 하지 않는다고 할 수도 없다. 아무 일도 하지 않는 것은 아니지만 어떤 일을 하는 것도 아니다. 어떤 일인가를 하지만 그가 하는 일은 아무 일도 하지 않는 사람이 하는 일이다. 그러니까 그는 아무 일도 하지 않는 일을 하고 있는 셈이다. 그렇지만 그것은 놀라운 일도 아니고 특이한 일도 아니다. 이곳에 있는 대부분의 사람이 무슨 일인가를 해야 하지만 무슨 일을 해야 할지 모르는 사람처럼 행동하거나 무슨 일인가를 해야 하지만 무슨 일을 해야 할지 모르기 때문에 어떤 행동도 하지 않는 사람처럼 행동하기 때문이다. 이곳에 있는 대부분의 사람들이 무슨 일을 한다고 할 수도 없고 하지 않는다고 할 수도 없는 일을 한다. 아무 일도 하지 않는 것은 아니지만 어떤 일을 하는 것도 아니다. (p. 114)

이렇게 쓸데없이 말을 길게 늘여놓는 것을 흔히 '요설(饒舌)'이라고 한다. 통상의 서술로 하자면, '그는 대부분의 이곳 사람들처럼 딱히 하는 일도 없이 지낸다' 정도면 될 것을 작가는 이 소설의 화자 '나'를 통해 부연하고 부연하며 길게 늘여놓았다. 그런데 정말 인용한 소설의 서두는 의미 없는 말의 늘임에 불과한 걸까. 가령 '딱히 하는 일도 없이 지낸다'는 말은 얼마나 부정확한가. 그는 정말 아무런 일도 하지 않는 건가. 일이라고 할 것까지는 없더라도 무언가를 하지는 않는가. 이렇게 하나하나 빈틈을 메우며 따져가다 보면 "그러니까 그는 아무 일도 하지 않는 일을 하고 있는 셈이다"라는 진술에 도달하지 않겠는가. 그런데 이 진술조차 상황의 정확한 기술에 미치지 못한다면? 다시 하나하나 진술의 여백을 채워갈 수밖에 없다. 그렇게 해서 화자는 나름의 결론에 이르게 된다. "이곳에 있는 대부분의 사람들이 무슨 일을 한다고 할 수도 없고 하지 않는다고 할 수도 없는 일을 한다. 아무 일도 하지 않는 것은 아니지만 어떤 일을 하는 것도 아니다." 물론 이 결론 역시 잠정일 수밖에 없다. 아마 아무리 길게 늘여 상황을 재기술

해도 마찬가지일테다. 작가 역시 이러한 한계를 잘 안다. 그래서 문단을 바꾸어 이렇게 쓸 수밖에 없는 것이다. "이를테면 그는 아주 천천히 걸어 다닌다." 이야기가 앞으로 나가려면 말이다.

물론 작가가 이 대목의 기술을 이처럼 미세한 수준까지 계속 수정하면서 이루려고 했던 효과는 소설의 주제와도 긴밀히 연결되어 있다. 소설의 무대로 제시되는 호수가 있는 마을은 「고도를 기다리며」의 나무 하나 달랑 서 있는 황량한 무대를 떠올리게도 하는 곳으로, '어디'로의 출발은 끝없이 연기되는 가운데 무의미한 기다림의 시간만이 지속된다. '그'가 '이미'를 떠나 이곳에 오기 이전에도 누군가가 비슷한 행로를 밟았고, 그 사람 역시 무의미한 기다림 끝에 호수의 안개 속으로 사라져간 터였다. 작가는 그 무의미한 기다림의 장소, 호수가 있는 잔디공원의 묘사(한 페이지가 넘는 분량이다)를 소설 속에서 글자 하나 틀리지 않게 반복하거니와, 소설의 결말에서 개와 함께 안개 속에 삼켜지는 '그'의 모습이 더 섬뜩하게 느껴진다면 그건 바로 그 반복이 생성하는 보이지 않는 '차이' 때문일 것이다. 같은 맥락에서 '그'가 마을에서 보내는 시간은 그 무의미의 증폭을 위해서도 미세하게 기술될 필요가 있었다고 할 수 있다. 인용한 서두를 비롯, 손톱을 물어뜯는 버릇을 거의 한 페이지에 가깝게 분석하는 대목 등은 어쩌면 그 자체 공허하고 무의미한 시간의 재현이자 반복일 수도 있다. 다시 말해 편집증적 재현의 글쓰기는 헛된 기다림의 불안과 실패를 상연하고 있는 것인지도 모른다. 그것은 불안을 감염시킨다.

　　그는 불안을 없애기 위해서 손톱을 물어뜯고 손톱을 물어뜯어 물어뜯을 손톱을 제거함으로써 다시 불안을 만들어낸다. 손톱을 물어뜯는 버릇이 있는 사람에게는 물어뜯을 손톱이 없으면 없어서 불안하고 있으면 있어서 불안하다. 손톱을 물어뜯는 모습을 보는 사람은 그가 손톱을 물어뜯기 때문에 불안해진다. 손톱을 물어뜯는 사람은 손톱을 물어뜯음으로써 자신의 불안을 만들고, 의도와는 상관없이 다른 사람의 불안도 만든다. (p. 121)

　　그런데 이번 소설집 전체의 맥락에서 이 과잉(그러나 그 목표에 도달할 수 없다는 의미에서 과소일 수밖에 없는) 기술의 의미를 살펴본다면 어떠할까. 그때 우리는 소설의 화자들이 하나같이 의사소통의 불안에 시달리고 있다는 사실과 마주하게 된다. 물론 여기서 '불안'은 의사소통의 실패를 예감한 불안이다. 그들은 그 실패의 예감 때문에 필사적으로 말하려고 한다. 어떤 말도 다 말할 수는 없다. 바로 그렇기 때문에 계속 더 말해야 한다. 그러나 말은 언젠가 중단될 수밖에 없고 실패는 도착할 수밖에 없다. 그래서는 종종 그들은 처음부터 말하기를 포기하기도 한다. 여기서 불연속적일 수밖에 없는 언어의 근본적 한계 말고도, 대화는 동일한 언어 규칙을 공유한 사람들

사이에서 이루어지는 것이 아니라 규칙을 공유하지 않는 사람들 사이의 비대칭적 관계 속에서(가르치기 – 배우기) '필사적인 도약'을 통해 겨우 가능하다고 한 가라타니 고진의 통찰(『탐구 1』, 송태욱 옮김, 새물결, 1998 참고)을 함께 생각해볼 수도 있겠다. 고진에 따르면 동일한 언어 게임은 자기 대화 곧 '내성'의 영역이며, 타자의 타자성을 전제하는 순간 대화는 서로 다른 언어 게임 속에 들어가게 된다. 따라서, "타자는 비트겐슈타인의 '놀라운 회의론자'로서 나타나게 될 것이다. 그것은 나 자신이 믿고 있는 확실성을 붕괴시켜버린다".

사실 이승우의 이번 소설집 『신중한 사람』에 임립하고 미만해 있는 것은 이 괴물스러운 타자들이다. 그 타자들은 '놀라운 회의론자'이기에 앞서, 아예 상대의 말을 듣지 않는다. "어떤 대답도, 그가 바라는 대답이 아닌 한 대답으로 간주되지 않는다. 그러니까 아무리 대답해도 대답하지 않은 것이 된다"(「하지 않은 일」, pp. 269~70). 타자와의 '대화'라는 불가능한 거래에서 벌어지는 기이한 양상은 질문과 대답의 자리를 바꾸어서도 일어난다. 가령 질문을 한 자는 그저 상대의 대답이 나올 때까지 느긋하게 기다리면 되는 걸까. 그 대답을 무시하든 무시하지 않든 말이다. 이승우 소설은 그게 그렇게 간단한 문제가 아니라는 것을 보여준다. "질문을 받은 자가 의무를 진다는 생각은 피상적이다. [……] 대답이 돌아올 때까지 질문자는 아무런 권리도 갖지 못한다. 질문했기 때문이다"(「딥 오리진」,

p. 153). 대답이 돌아온다면 상황이 달라질까. "질문에 대한 대답을 들었으므로, 대답까지 들었으므로, 질문자는 대화를 끝낼 수 없다. 기대한 대답을 들었다면 기대한 대답을 들었기 때문에 끝낼 수 없고, 기대한 대답을 듣지 못했다면 기대한 대답을 듣지 못했기 때문에 더욱 끝낼 수 없다"(p. 153). 생전 처음 보는 여성(결말에 이르면 이 여성이 화자인 '그'의 망상 속 인물일 가능성이 암시되기는 하지만)이 한 소설가에게 자기 때문에 커피집에 나타난다는 억측을 늘어놓을 때, 말도 안 되는 상황을 종결시키려면 아예 질문을 하지 말아야 했던 것이다. 그녀는 이제 자기가 하고 싶은 말을 마음껏 늘어놓게 된다. 그러니, "그는 신중했어야 했다"(p. 153). 그러나 타자와의 관계에서 '신중함'은 종종 문제를 더 꼬이게 만든다.

「신중한 사람」은 그 '신중함' 때문에 곤경의 늪으로 한 발한 발 빠져 들어가는 사람의 이야기다. 'Y'가 신중한 성격이된 것은 자신의 의견을 표출했을 때 일어날 수 있는 시끄러움과 번잡함을 피하려는 마음 때문이다. "신중한 자는 보수주의자여서가 아니라 신중하기 때문에 현상을 유지하며 산다. 현상이 유지할 만한 가치가 있기 때문이 아니라 현상을 유지하지 않으려 할 때 생길 수 있는 시끄러움을 피하기 위해 어쩔수 없이 현상을 받아들이고, 그 때문에 때때로 비겁해진다. 그럴 때 먹은 것이 얹힌 듯 가슴이 답답해서 가끔 쿵쿵 소리 나게 가슴을 때렸다. 그것이 그가 할 수 있는 전부였다"(p. 47).

Y는 그 신중함 탓에 아내와 딸의 자기주장 앞에서 거듭 물러설 수밖에 없었고, 오랫동안 구상하고 준비해온 전원생활의 꿈도 계속 유보할 수밖에 없었다. 3년간의 해외 지사 근무 후 Y는 기러기아빠 신세로 홀로 귀국하는데, 이제 그는 딸의 유학 자금을 위해서라도 조기 퇴직은 생각도 할 수 없게 된다. 아내 역시 딸과 함께 남겠다는 의사를 비치는바, 그 '대화'의 메커니즘은 신중한 사람이 게임의 패자가 될 수밖에 없는 사정을 잘 보여준다. "자기가 더 힘들 거라고 우길 수 없었으므로 그는 침묵으로 아내의 뜻을 수용했다. 불편을 드러내는 수단인 그의 침묵은 그의 아내에게는 불편을 견디지 않아도 되는 구실이 되었다. 그가 한국에 혼자 돌아오게 된 사연이었다"(p. 54). 이 대화 게임에서는 침묵조차 자신의 것이 아니다. 그러나 Y가 겪게 되는 본격적인 곤경은 지금부터다. 그는 지사 근무를 떠나며 단월에 마련한 전원주택 관리를 마을의 이웃 남자(장팔식)에게 부탁했고 그 대가로 매달 약간의 돈을 부쳐주었던 터였다. 그런데 돌아와보니 자신의 전원주택에는 낯선 사람이 살고 있고, 정성껏 가꾸었던 정원이며 집 안 이곳저곳은 엉망이 되어 있었다.

그는 늘 억지와 불합리와 막무가내를 거북해했다. 〔……〕 못 견뎌 하면서도 견뎌낸 것은 견뎌내지 않을 때 닥쳐올 또 다른, 어쩌면 더 클 수도 있는 억지와 불합리와 막무가내에 대한 예감 때문이었다. 부자연스러운 것을 꺼리는 사람이, 꺼리면서도 부자연스러운 것을 내치지 못하고 받아들이게 되는 공식이 그래서 성립한다. 부자연스러운 것을 꺼리는 사람은 그렇지 않은 사람보다 부자연스러운 상황을 더 잘 받아들이는데, 그것은 부자연스러운 상황을 거부하는 자신의 태도가 혹시 만들어낼지도 모를 더 부자연스러운 상황을 끔찍해하기 때문이다. (pp. 56~57)

결국 자기 집을 남의 집처럼 기웃거려야 하는 상황이 벌어진다. 그는 자신이 '집주인'이라는 사실을 설명하기 위해 진땀을 흘린다. 결국 그는 자기 집의 다락방에 들어가 사는 대가로 하루에 만 원씩 숙박비(한 달치 일시불)를 내는 희한한 임차 계약을 맺게 된다. Y의 전원주택을 점유하고 있는 이상한 세입자가 사라져버린 장팔식과 맺은 계약서를 들이밀며 장팔식이 나타나면 그때 따지라고 막무가내로 버텼기 때문이다. 그는 '신중한 사람'이므로 그렇게 하기로 한다. 이승우의 소설은 이제 그 '신중한 사람'의 내부에서 일어나는 의식의 전도(顚倒)를 무섭게 보여준다. "Y는 남자의 심기를 건드리지 않으려고 조심하는 자신을 의식하지 않으려고 조심했다"(p. 69). 그는 틈나는 대로 망가진 집을 손본다. "집의 소유권을 되찾는 일의 복잡함을 피하기 위해 집의 원형을 회복하는 것이 더 중요하고 우선하는 일인 양 움직이기도 했다"(p. 72). 억지와 불합리와 막무가내의 세상, 실패를 강요하는 타자와의 소통은 '신중한 사람'인 그의 말과 행동의 표출을 가로막아왔거니와, 그 가로막힌 말과 행동은 그의 내부(의식과 무의식 모두)에 쌓이면서 왜곡되고 뒤집힌 자기방어 기제를 만들어내고 있었던 것이다. 그것은 심각한 어지럼증으로도 나타난다. 오래되었고, 상당히 심각한 수준의 병인데도 병에 익숙해져 증상을 못 느끼고 있었던 것뿐이었다. "가끔 세상이 기우뚱했지만 그럴 때면 몸을 반대 방향으로 약간 기울여서 중심을 잡았다"(p. 76). 해서는 소설의 마지막, 우리는 흉측한 해충으로 변해버린 또 한 명의 그레고르 잠자를—어쩌면 더 충격적인 모습으로—지켜보게 된다.

방은 여전히 좁고 어둡고 더럽고 악취가 났지만 그 방에서 잠을 잘 잤다. 그는 자주 '자기 집'처럼 느꼈다. 그것은 굉장한 일이었다. 아내가 아주 가끔 전화를 걸어오면 Y는 복잡하고 시끄럽고 먼지투성이고 안하무인이고 철면피한 도시를 피해 완벽한 공간인 전원에 자신의 왕국을 꾸민 오십대 중반 남자의 행복과 평화에 대해, 혹시 안방의 남자와 여자가 들을까 봐 신경을 쓰며 아주 작은 목소리로 이야기했다. 그 때문에 흡사 속삭이는 것 같았다. (p. 77)

「리모컨이 필요해」는 취업강의차 지방 도시에 내려온 한 사내가 투숙한 여관에서 겪는 이상한 곤경을 다룬 소설이다. 소설 화자 '나'는 새벽이면 저절로 켜지는 텔레비전 소리에 잠을 설치게 되고, 뒤늦게 그게 리모컨으로 설정된 알람 기능 때문임을 알게 된다. 그러나 여관방에는 설정을 해제할 리모컨이 없고, 여관 주인은 리모컨 문제에 태무심하게 반응한다. 여기에 자신을 초청한 선배가 보이는 부담스럽고 불편한 행동이 가세하면서 '나'는 뭔가 가닥을 알 길 없는 수렁 속으로 걸어 들어간다. 그러니까 여기서도 문제는 리모컨이 아니라, '나'란 인물의 신중함이자 소심함이다. '나' 또한 타자와 맞서기에도, 타자를 견디기에도 턱없이 허약한 '신중한 사람'이다. 이틀째 밤 여관 주인에게 리모컨 이야기를 꺼내는 장면을 보자.

그냥 엉거주춤 선 채로 저기, 방에 텔레비전 리모컨이 없어요, 하고 말하는데 무엇 때문인지 좀 치사하다는 생각이 들었다. 방 안의 불이 꺼짐과 동시에, 원래 없어요, 하는 말이 들려왔다. […] 나는, 새벽 5시에 텔레비전이 켜지더라는 말도 해야 한다고 생각했지만, 이미 이불 속으로 들어가버린 남자를 귀찮게 해선 안 된다는 생각이 뒤이어 쳐들어왔기 때문에 커튼이 쳐진 유리문을 잠시 바라보다가 뒤돌아섰다. 무언가 억울했지만 무엇이 억울한지는 선명하지 않았다. (p. 22)

대학에 자리 잡을 가능성이 사라지고, 선배의 부담스런 호의에 기대어 밥벌이를 할 수밖에 없는 처지가 '나'를 이런 소심하고 소극적인 사람으로 만들었을 테다. 그러나 「신중한 사람」의 Y에게 그랬던 것처럼, 우리는 '나'에게도 어렵지 않게 공감하게 된다. 그러고 보면 여기에는 어떤 사회학적 분석이나 정신분석학적 진단의 개념에 앞서 지금 우리가 피부로 호흡하는 공통의 삶의 감각이 있는 것 같다. 가령 이 소설에 등장하는 선배는 공무원으로 안정적인 지위에 있는데, 바로 그 때문에 '나'는 심한 콤플렉스를 느끼고 선배의 행동 하나하나를 이면에서 따져보고 계산하느라 더 소심한 사람이 된다. "과도하게 미안해하는 제스처를 앞세움으로써 의도와는 달리 자신과 나의 처지의 차이를 부각시키는 선배가 불편"(pp. 19~20)했다는 식이다. 그러나 '나'의 기분 따위는 안중에도 없이 매일 저녁 술집과 노래방으로 끌고 다니는 선배의 과도한 친절 또한 어떤 관계의 실패를 보여주기는 마찬가지이며, 그런 의미에서라면 선배의 행동에서도 그 분출의 양상은 다를지언정 타자에 대한 불안과 불편의 증상을 읽는 것은 어렵지 않다. 그러니까 지금 이승우 소설이 문제 삼고 있는 것은 개개인의 성격과 선택의 영역을 넘어선 세상의 병리인 셈이다. 만일 그것이 일견 특정한(혹은 예외적인) 개인의 문제인 것처럼 보인다면, 드러내면서 숨기는 이승우 소설의 변증법적 위장술이 그만큼 뛰어났다고도 할 수 있겠다. 그러나 동시에 그 '세상의 병리'가 고유하고 구체적인 현실로 감지되는 지점을 포착하는 것이야말로 소설의 몫일 터인데, 「리모컨이 필요해」는 「신중한 사람」과 비슷한 경로를 밟아가는 듯하다가 종내 또 다른 질감의 낯설고 이물스러운 현실 앞에 우리를 대면시킨다. 선배의 일방통행식 강권에 의해 들어간 단란주점에서 '나'가 보이는 불안과 초조, 편집증적인 자의식에 대한 묘사와 기술은 그 자체로 이승우 소설의 진경이라 할 만하거니와, 그날 밤 대취 후 여관에서 깨어났을 때 '나'의 옆에는 단란주점의 여인이 누워 있었다. 그리고 그제야 새벽이면 켜지는 텔레비전 알람 설정의 비밀이 암시된다. 여인은 5시 반에는 일어나야 된다고 하고, '나'는 그 이유를 묻는다.

여자는 잠꼬대하듯, 집에 가야죠, 하고 대답했다. 이번에는 묻지 않았는데 그녀가 덧붙였다. 애가 깨기 전에 들어가야죠. 들어가서 밥해주고 학교 보내야죠. 나는 밥과 학교,라는 단어를 처음 들은 것처럼 입술 위에 올려놓고 가만히 굴려보았다. [……] 리모컨이 없던데, 하는 말은 그녀가 이불을 뒤집어쓰고 다시 잠 속으로 빨려 들어가기 직전에 한 말이었다. (p. 39)

기실 텔레비전의 비밀은 이렇게 암시될 필요가 없었는지도 모른다. 그 부분을 공백으로 남겨놓는 편이 '나'가 겪는 곤경의 미궁을 좀더 현대적으로 세련되게 보여주는 방식일 수도 있다. 그런데 이승우 소설이 지금 우리 현실의 비참한 일부를 여기에 '낯설게'(이 대목에서 "밥과 학교,라는 단어를 처음 들은 것처럼" 받아들인 것은 소설 속 '나'의 느낌만은 아닐 것이다) 들여와 연접시킬 때, 그것은 '나'의 섬약한 편집증적 의식을 반성적으로 충격하는 것 이상으로 이승우 소설의 윤리에 대한 자기 심문이 된다. 이승우 소설의 반성하는 의식은 결국 그 자신에게로 회귀하는 의식이라고 할 수 있는데, 비판의 대상이 되는 현실의 내용보다 그 대상 현실의 자리와 위치가 더 문제시되는 이유도 그래서일 것이다. 면제되는 자리는 없다. 현실의 비참과 부조리는 환기되어야 하지만, 그것이 최종적으로 가능한 지점은 연루된 의식의 부끄러움 속에서다. 인용한 소설의 결말에서 '나'가 느끼는 부끄러움은('나'는 "서글프고 묘하고 쓸쓸한 느낌이 퍼져나갔다"고 하고 있지만 이게 부끄러움이 아니고 무엇이랴) 이상한 방식으로 도착한 '연루'의 위치 때문에 더 증폭된다. "조용하고 캄캄했다. 잠들기 좋은 환경이었다. 나는 눈을 크게 뜨고 어둠 속에서 작은 짐승처럼 몸을 웅크리고 있는 검은 텔레비전을 노려보았다." 앞의 인용 뒤에 이어지는 소설의 마지막이다. 이 시선의 행방을 거슬러 올라가면 한 젊은이의 소극적이고 폐쇄적인 자아를 품어주던 그 어둡고 눅눅한 방(『생의 이면』)이 나올지도 모르겠다. 이승우 소설의 기원이자 원풍경 말이다.

타자와의 대면, 소통이 불안과 초조를 야기하고, 대개 실패로 귀결될 수밖에 없는 데는 욕망의 문제도 있다. "모든 욕망은 타자의 욕망"이라는 널리 알려진 이야기는 자기 욕망과의 정직한 대면이 쉽지 않다는 것을 새삼 일깨운다. 뒤틀린 인정 욕망은 환상의 덮개를 필요로 한다. 그 환상이 지나치면 망상이 되고, 심각한 자기기만이 일어난다. 「딥 오리진」은 그 망상과 자기기만을 정교한 소설적 아이러니로 보여준다. 작가는 신뢰할 수 없는 화자incredible narrator를 최대한 활용하면서 망상 안에 망상을 넣는 방식으로 언표의 표층적 진위를 확정 불가능하게 만든다. 이 소설은 통상 '진실게임'이라고 불리는, 세상의 추문들이 생산되고 확산되는 메커니즘에 대한 뛰어난 소설적 사례 보고서다. 그 추문의 메커니즘은 자기기만이라는 혹독한 대가를 필요하지만, 대부분 그 당사자들은 바로 그 자기기만 때문에 그 사실을 모른다. 아마도 그들은 끝내 자신들이 정말로 원한 것이 무엇인지 모를 것이다. 그러나 비슷한 자기기만의 이야기를 담고 있으면서도 좀더 섬뜩하고 무섭기로는 「오래된 편지」 쪽이다. 꽤 명망 있는 작가이기도 한 이 소설의 화자 윤에게도 자기기만이 없는 것은 아니지만, 그에게는 그 기만을 어느 만큼 대상화하고 분석할 힘이 있다. 그는 망상으로까지 도피하지 않는다. 그는 스승이기도 한 작가 J의 유고를 정리하는 과정에서 스승의 명성에 치명적일 수 있는 사진들을 발견한다. 처음에 그는 스스로의 허영심을 만족시키는 방향으로 그 사진들을 처리하기로 마음먹는다. 달리 말하자면 이 소설의 화자 윤은 망상에 자신을 내어준 「딥 오리진」의 별 이름 없는 작가인 '그'보다 훨씬 강하고 치밀하다. 물론 그가 보이는 아이러니의 화술도 더 교묘하다. 그리고 그가 그 '귀중한 유물'을 "혼자서 온전히 소유하기 위해 도로 묻어두는 편을 택했다"(p. 100)고 했을 때 그것은 아마 (그의 욕망과 허영심에 어울리는) 진심이었을 것이다. 그런데 선생의 편지 상자에서 등단 전 자신이 익명으로 부친 '오래된 편지'가 발견되었다면? 자신보다 먼저 등단한 소설 동아리 회원 '후'에 대한 "화와 질투"(p. 107)의 추악한 감정을 '진실'이란 명분으로 분장한 19년 전의 고발장 말이다. 그때 그 친구의 소설을 표절이라고 믿으면서 그는 무엇을 원했던가. 라캉의 유명한 발언을 빌린다면, 아마 '진짜 그'(그런 게 있다면)는 그가 생각하는 곳에는 존재하지 않을 것이다. 그러나 소설 「오래된 편지」는 봉상적인 욕망의 정신분석을 비껴 봉인된 기억을 둘러싼 거래와 타협의 이야기로 넘어간다. 그리고 이 거래에서 그가 발휘하는 '신중함'은 너무도 간교해서 세속의 일반적 윤리 감각으로는 비판의 지점을 찾기가 쉽지 않다. 우리 역시 그만 이 거래를 승인해주고 싶어진다. 섬뜩함이 배가되는 이유다.

　[……] 그는 위악을 다듬었다. 그 사진들을 꼭 공개하겠다거나 반드시 공개해야 한다는 건 아니지만 공개할 권리와 능력이 자기에게 있다는 사실을 거듭 주입함으로써 그는 홍정을 위해 필

요한 조건들을 쌓았다. 그는 신중해야 했고, 신중했다. 그는 J선
생이 그 사진들만 아니라 그 편지 역시 공개되기를 원치 않는다
고 판단하기에 이르렀다. 사진들만 아니라 그 편지들도 만인이
아니라 자기에게만 남겼다고 생각하기로 했다. [……] 그러니
까 순전히 나쁘기만 한 것은 아니다. (p. 109)

이 거래는 '순전히 나쁘기만 한 것은 아니다.' 그래, 그럴 것
이다…… 곤혹스럽지만, 당위가 아니라 실제 우리가 감당할 수
있는 윤리는 이 어름에 있는 게 아닌가 하는 생각마저 든다.

이승우의 이번 소설집은 편편이 모두 꼼꼼히 따라가보고 싶
은 욕망을 불러일으킨다. 황순원문학상 수상작이기도 한 「칼」
이 어둠과 밝음의 강렬한 대비 속에 풀어내는 오이디푸스 드
라마는 이미지와 사유를 통합하는 강인하고 군더더기 없는 문
체의 힘이 너무도 매혹적이다. 그러나 어설픈 첨언을 더 늘이
는 것보다는 독자의 몫으로 남겨두는 것도 좋지 않을까. 다만
'위로가 불가능한 고통'의 이야기, 「하지 않은 일」에 대해서는
한두 마디 첨언을 붙이지 않을 수 없을 것 같다. 작가가 근자
에 겪은 어처구니없는 횡액을 떠올리지 않을 수 없게 하는 이
작품은 그러나 그 성찰의 깊이와 소설적 기품에서 이승우 소
설의 한 정점을 보여준다. 작가는 '당신'이라는 이인칭 화자를
호명하며 자신의 글쓰기, 그 기원에 자리 잡은 어두운 심연과
대면하려고 한다. 그러나 소설 속에서 욥의 이야기를 인용하

며 '위로가 불가능한 고통'에 대해 이야기하고 있기도 하지만, 바로 그 반대편 자리에 선 우리로서도 그 고통의 시간을 따라가기는 너무 힘들다. 사태는 명백하다. "사람은 자기가 한 일에 대해서만 이야기할 수 있"고, "자기가 한 일에 대해서만 추궁받을 수 있다"(p. 267). 그러나 부당하고 불가능한 일이 일어나는 게 세상이다. 그리고 그런 일이 일어났다. 추궁의 증거에 대해 '당신'은 조금은 온건하게 "도무지 관계가 있다고 할 수 없거나 그 관계가 너무 빤해서 특별하게 다뤄지기 어려운 것이었다. 예컨대 그것은 카시오페이아자리의 어느 별과 페가수스자리의 어느 별의 관계만큼 무관하거나 빤했다"(p. 271)고 이야기한다. 그러나 소설에 대해 조금의 상식이라도 있는 사람이라면(이승우 소설에 대한 이해는 차치하고라도), 논의의 대상조차 될 수 없는 일이라고 단호하게 선을 그을 사안이다. 상황은 하지 않은 일을 증명해야 하는 어처구니없는 지경으로 치달았고, 이니셜의 가면을 쓴 판관(이들은 과연 누구일까. 소위 '문학 전문가'로 내세워진 이들은 왜 이니셜의 가면 뒤에 숨어 있는 것일까)까지 나타나서 '하지 않은 일'을 자신들이 보았다는 확신에 찬 증언까지 내놓기에 이른다. 이후 '당신'이 몸과 마음으로 겪은 그 지옥의 시간은 차마 따라 읽기가 힘들 지경이다. 두 개의 삽화가 있다. 군대 내무반에서 겪은 그 치욕의 순간, "당신은 이를 악물고 입술을 깨문다. 입술에서 피가 나고 이빨이 부러진다"(p. 282). 열한 살의 어느 날 겪은 모함과 모욕으로 '당신'은 창문도 없는 퀴퀴한 골방의 어둠 속에서 신음 같기도 하고 주문 같기도 한 중얼거림을 토해내며 사흘을 지낸다. 우리는 여기에 『생의 이면』(문이당, 1992)에서 신학생 박부길이 프락치로 몰려 동료 학생들에게 당하는 린치의 삽화를 추가할 수도 있을 것이다. 그 소설 속의 소설(「사막의 밤」)에서 박부길은 쓴다. "결국은 나 자신만이 적이고 이방인이다. 가능한 유일한 대극은 형식과 개혁, 또는 신과 인간이 아니라, 지상의 세계와 지하의 세계이다. 그대들의 세계와 나의 세계이다"(pp. 235~36). 우리는 이 '지하'의 세계가 이승우 소설이 처음 씌어지던 그 어두운 자취방, 혹은 열한 살의 골방의 환유임을 안다. 그리고 '당신' 역시 지금 골방에 스스로를 유폐하고 있다. 벌이 먼저 있고, 죄를 찾아야 하는 곳. 그 죄의식의 염결과 깊이가 이룬 이승우 문학의 진경. 거짓 화해 따위는 가능하지 않은 세계. 그 골방의 중얼거림은 신음(고통)이자 주문(복수)이었을 것이다. 이것은 어쩌면 '자유의 질서로 지배하는 복수의 꿈'(이청준)보다 더 원초적이고 더 뜨거운 자리일지 모른다. 이청준 문학이 끝내 극복하지 못한 과제가 '자생적 운명'(『당신들의 천국』)이었다면, 이승우 문학은 바로 그 자리에서 시작되었던 것은 아닐까. 그 끝낼 수 없는 싸움의 진경을 우리는 지금 보고 있다. 소설가 이승우가 우리 곁에 있다는 사실이 자랑스럽다.

작가의 말

세상은 예나 지금이나 힘들고 사람은 여전히 난해하다. 그 래서 소설을 쓰지만, 그래서 소설 쓰기가 쉬워지지 않는다. 나는 맷집이 약하고 체력 역시 부실한 편이다. 생각을 너무 많이 하느라 행동하지도 즐기지도 못하는 내 인물들을 보면 언짢고 속이 상한다. 그들에게 미안하다. 나는 그들을 사랑하지만, 사랑하는데도, 그들에게서 세상의 고뇌를 벗겨내지 못했다. 그렇지만 내가 그들을 사랑하지 않는다고 나무라지는 말았으면 좋겠다. 어쨌든 나는 그들을 내버리고 다른 곳으로 달아나지는 않았다, 못했다. 사랑하지 않으면서 사랑한다고 말하는 것은 어렵지만, 사랑한다고 말하고서 사랑하지 않기는 더 어렵다. 내가 내 인물들을 향해 굳이 사랑을 고백하는, 하지 않을 수 없는 이유이다.

2014년 여름
이승우

수록 작품 발표 지면

리모컨이 필요해 『아시아』 2010년 12월호

신중한 사람 『현대문학』 2013년 1월호

오래된 편지 『대산문화』 2012년 가을호

이미, 어디 『현대문학』 2010년 1월호

딥 오리진 『한국문학』 2012년 봄호

칼 『자음과모음』 2010년 여름호

어디에도 없는 『학산문학』 2013년 봄호

하지 않은 일 『문예중앙』 2013년 가을호